검은 사제들

검은
사제들

장재현 원작 ✝ 원보람 소설

날씨가 부쩍 추워지기 시작하던 날, 2층 카페 안에서 검은 사제들 시나리오를 읽었습니다. 한 번 시작된 이야기는 순식간에 흘러갔고, 최 부제가 묵주를 휘감고 한강 다리를 걷는 순간까지 시나리오에서 눈을 뗄 수가 없었습니다. 어두운 그림자가 드리워진 골목으로 걸음을 옮기는 신부의 뒷모습이 머릿속에 선명하게 펼쳐졌습니다.

그때 저는 읽고 쓰는 것을 매일의 일과로 삼으며 습작하는 날들을 보내고 있었는데, 소녀를 구하면서 성장하는 사제의 매력적인 이야기를 읽고 글로 풀어내고 싶어 손가락이 근질거렸습니다. 그리고 영화사에서 제가 쓴 소설들의 문체가 검은 사제들의 분위기와 어울린다고 하여 작업에 참여하게 되었습니다. 개봉과 동시에 책이 출간되었고, 훌륭한 영화와 멋진 배우분들 덕분에 소설도 많은 관심을 받았습니다. 그러나 영화 일정에 맞추어 작업을 하면서, 소설적 완성도에 아쉬움도 많았습니다. 제 능력이 부족했던 탓입니다.

이번에 확장판 작업을 하면 어떠냐는 제안을 받았습니다.

소설적 완성도를 높일 수 있는 기회라 생각하여 감사한 마음으로 다시 한 번 검은 사제들을 작업하게 되었습니다. 본론부터 말하자면, 확장판 작업이 초판 작업보다 훨씬 힘들었습니다. 초판은 시나리오 흐름에 충실하여 소설화 작업을 했다면, 확장판은 소설적인 흐름을 채우고 세부적인 묘사를 풍부하게 하는 데 주력하였습니다. 그리고 이야기가 가진 복선과 개연성을 충분히 살리는 데 집중했습니다. 어쩌면 이야기가 확장된다기보다 소설이라는 형식으로 완성도를 높이는 작업이었다는 설명이 맞는 것 같습니다. 제가 상상하고 창작해서 이야기를 확장시키는 것보다 검은 사제들의 서사를 소설적으로 온전하게 살리고 풍부하게 만들고 싶었습니다. 솔직히 여러모로 걱정이 되지만 저로서는 확장판 작업에 온 힘을 다했기 때문에, 부족한 점이 있다면 앞으로 더 열심히 쓰는 것 말고는 갚을 길이 없을 것 같습니다.

마지막으로 바람이 있다면, 소설에서는 영화와는 다른 방식으로 감동을 느낄 수 있도록 완성도 있는 글을 쓰고 싶습니다. 서점에서 돈을 내고 책을 사주시는 모든 분께 부끄럽지 않도록 노력하겠습니다. 글을 읽어주시고, 평을 남겨주시고, 응원해주신 모든 분께 감사합니다.

구마 : 악마의 사로잡힘에서 벗어나게 하는 로마 가톨릭 교회의 퇴마 의식

장엄 구마 예식 : 교회법 제1172조에 따라 특별히 집전될 수 있는 퇴마 의식

사제 : 주교와 신부를 통틀어 이르는 말

부제 : 부제품을 받아 사제를 돕는 성직자

부마 : 악마가 사람 몸속에 존재하는 심각한 형태

12형상 : 부마의 징후들로 장미십자회에서 일련번호를 분류한 악마의 종류

예수회 : 교육 · 선교 · 박애 활동으로 유명하며, 한때는 반(反)종교개혁을 수행

하는 주도적인 단체로, 후에는 교회를 현대화하는 주도적인 세력.

프란체스코회 : 《성 프란체스코의 수도 규칙》을 따르는 수도회를 일컬음. 특

별히 청빈 정신을 강조하며 낡은 옷도 많이 입는다.

몬시뇰 : 주교와 신부 사이의 직급. 교회법상 권한은 없으나, 공식 의식을 행

할 때는 수단 위에 빨간 띠를 두르거나 단추를 달 수 있다.

말로도르 : 부마자의 숨 속에서 나는 고기 썩는 냄새

성 미카엘 대천사께 드리는 기도
Preghiera a San Michele

성 미카엘 대천사님,

Sancte Michaël Archangele,

산크테 미켈 아크칸젤레,

싸움 중에 있는 저희를 보호하소서.

defende nos in proelio;

데펜데 노스 인 프렐리오;

사탄의 악의와 간계에 대한 저희의 보호자가 되소서.

contra nequitiam et insidias diaboli esto praesidium.

콘트라 네퀴지암 엣트 인시디아스 디아볼리 에스토 프레시디움.

오, 하느님!

Imperet illi Deus,

임페렛트 일리 데우스,

겸손되이 하느님께 청하오니

supplices deprecamur: tuque,

숩플리체스 데프레카무르: 투쿠에,

사탄을 감금하소서. 그리고 천상 군대의 영도자시여,

Princeps militiae caelestis, Satanam aliosque spiritus malignos,

프린쳅스 밀리지에 첼레스티스, 사타남 알리오스퀘 스피리투스 말린뇨스,

영혼을 멸망시키기 위하여 세상을 떠돌아다니는

qui ad perditionem animarum pervagantur in mundo,

퀴 앗드 페르디오넴 아니마룸 페르바간투르 인 문도,

사탄과 모든 악령들을 지옥으로 쫓아버리소서. 아멘.

divina virtute in infernum detrude. Amen

디비나 비르투테 인 인페르눔 데트루데. 에이멘.

주님 자비를 베푸소서.
Kýrie eléison.
키리에 엘레이손.

주 하느님, 전지전능하시며 모든 세기의 주인이신 당신께서는
Dómine Deus noster, Rex saeculorum, Deus Pàter Omnípotens et Omnípollens,
*도/더미네 데우스 노스테르, 렉스 세쿨로룸, 데우스 파테르 옴/엄니포-텐스 엣트 옴니폴렌스

모든 것을 만드시고 모든 것을 당신의 뜻대로 변화시키시는 분이시
나이다.
qui omnia fecit, et omnia mutas cum voluntate tua,
퀴 *옴/엄니아 훼칫트, 에트 옴니아 무타스 쿰 볼룬타테 투아

당신은 바빌론에서 여섯 배가 넘는 화염으로 뒤덮인 불구덩이에서
qui in Babylonia convertisti in rorem flammam fornacis septem temporis ardentis,
퀴 인 바빌로니아 콘베르티스티 인 로렘 플람만 포르나치스 셉템템포리스 아르덴티스,

당신의 거룩한 세 어린 성인들을 구하시고 보호하셨나이다.
et protexisti et servavisti tres sanctos filios tuos;
엣트 프로텍시스티 엣트 세르바비스티 트레스 산크토스 휠리오스 투오스;

저희 영혼의 의사이시며,

Dómine, qui es medicus et doctor animarum nostrarum;

도/더미네, 퀴 에스 메디쿠스 엣트 독크 토르 아니마룸 노스트라룸;

당신을 찾는 이들의 구원이신 분이시여, 당신께 청하오니,

Dómine qui es salus eorum appellantium gratiam tuam, invocamus et exposci
mus te,

도미네 퀴 에스 살루스 에오룸 압펠란티움 그라지암 투암, 인보카무스 엣트 엣스포쉬무스 테,

모든 악마의 힘과 사탄의 모든 작용과 활동을 쫓아주시고 없이하시며

vanifica, pelle et fuga omnem diabolicam potentiam, omnem presentiam et
satanicam machinationem

바니휘카, 펠레 엣트 후가 옴넴 디아볼리캄 포텐지암, 옴넴 프레센지암 엣트 사타니캄 마키나
지오넴

악의 영향과 저주, 혹은 악의를 가진 이들의 시선을 통한 저주,

et omnem malignam influentiam et omne maleficium aut fascinum maleficorum

엣트 옴넴 말린남 인플루엔지암 엣트 옴네 말레휘춤 아웃트 파쉬눔 말레피코룸

당신 종을 향해 저지르는 악행들로부터 보호하소서.

et malorum hominum perpetratum contra servum tuum,

엣트 말로룸 오미눔 페르페투라툼 콘트라 세르붐 투-움,

충만한 선과 힘으로 질투와 저주를 없이하시고, 사랑과 승리로 변화
시키소서.

converte invidiam et maleficium in abundantiam bonarum rerum, vim, succes
sum et caritatem;

콘베르테 인비디암 엣트 말레휘춤 인 아분단지암 보나룸 레룸, 뷤, 숫챗숨 엣트 카리타템;

인간을 사랑하시는 주님,

Domine, qui amas homines,

도미네, 퀴 아마스 오미네스,

전능하신 당신 손을 드높으시고, 강인한 당신 팔을 펼쳐 드시어

tende tuas potentes manus et tua altissima et robusta bracchia

텐데 투아스 포텐테스 마누스 엣트 투아 알팃시마 엣트 로부스타 브랏끼아

영혼과 육신의 보호자인 평화와 힘의 천사를 보내시어 당신의 모상
인 이 종을 방문하시고 도우러 오소서.

et subvenii et visita hanc imaginem tuam, et mitte supra ipsam angelum
pacis, fortem et tutorem animae et corporis,

엣트 숩뻬니이 엣트 비시타 안크 임마지넴 투암, 엣트 밋테 수프라 입삼 안젤룸 파치스, 포르
템 엣트 투토렘 아니메 엣트 코르포리스,

그리하여 모든 악의 힘이 도망치고,

quem depellet et fugabit quemcumque malam vim,

데펠렛트 엣트 후가빗트 쿰퀘에 말람 빔,

질투와 파괴를 일삼는 이들의 악의와 악행이 허물어지게 하소서.

et omne veneficium et maleficium corruptorum et invidiosorum hominum;

엣트 옴네 베네휘치움 엣트 말레휘치움 코룹토룸 엣트 인비디오소룸 오미눔;

그럼으로써 당신께 보호받는 종은 감사의 목소리를 높여

ut cum gratitudine supplex tuus in tui tutela ac fide tibi caneat:

웃트 쿰 그라티투디네 숩플렉스 투우스 인 투이 투텔라 악크 휘데 티비 카네앗트:

"주님은 나의 목자, 내 그분과 함께 하니, 그 누가 나를 해치리오."

"Dominus es salvator mei et non timebo quid homus faciat mihi".

"도미누스 에스 살바토르 메이 엣트 논 티메보 퀴드 오무스 화챳트 미이".

"나의 하느님이신 당신과 함께 있기에 두려워하지 않나이다. 나의 힘이시여, 전능하신 주님, 평화의 주님, 선조들과 미래의 주인이신 주님".

"Non timebo mala quia tu mecum es, tu es Deus mei, tu es fortitudo mea, omnipotens Dominus mei, Dominus pacis, pater futurorum saeculorum v.

논 티메보 말라 퀴아 투 메쿰 에스, 투 에스 데우스 메이, 투 에스 포르티투도 메아, 옴니포텐스 도미누스 메이, 도미누스 파치스, 파테르 푸토로룸 세쿨로룸.

저희 주님이신 하느님, 당신 종을 굽어보시어

Domine Deus Noster, miserere imaginem tuam et explica servum tuum

도미네 데우스 노스테르, 미세레레 임마지넴 투암 엣트 엑스플리카 세르붐 투움

모든 악과 악으로부터 오는 협박으로부터 당신의 모상을 구하시며, 모든 악으로부터 보호하소서;

ex omni damno aut minatione ab maleficio oriundo et serva et pone eum supra omne malum;

엑스 옴니 담노 아웃트 미나지오네 압브 말레휘쵸 오리운도 엣트 세르바 엣트 포네 에움 수프라 옴네 말룸;

지극히 거룩하고 영광스러운 하느님의 어머니이시며 영원하신 동정 마리아와

per intercessionem immaculatae semper Virginis Dei Genitricis Mariae,

페르 인테르쳇시오넴 임마쿨라테 셈페르 비르지니스 데이 제네트리치스 마리에,

빛을 발하는 대천사들과 모든 당신의 성인들의 이름으로 간구하나이다. 아멘.

splendentium Archangelorum et omnium Sanctorum. Amen".

스플렌덴티움 아르칸젤로룸 엣트 옴니움 산크토룸. 아멘

주님 자비를 베푸소서.

Kyrie eleison
(미사시 쓰이는 그리스어. 뜻은 "Signore pietà". "아멘"처럼 원어로 쓰이는 단어임).
키리에 엘레이손

주 하느님, 전지전능하시며 모든 세기의 주인이신 당신께서는

Signore Dio nostro,
신뇨레 디오 노스트로,

모든 것을 만드시고 모든 것을

o Sovrano dei sccoli, onnipotente e onnipossente,
오 소브라노 데이 세콜리, 온니포텐테 에 온니포쎈테,

당신의 뜻대로 변화시키시는 분이시나이다.

tu che hai fatto tutto e che tutto trasformi con la tua sola volontà.
투 케 아이 홧또 뜻또 에 케 뜻또 트라스포르미 콘 라 투아 솔라(소올라) 볼론타.

당신의 바빌론에서 여섯 배가 넘는 화염으로 뒤덮인 불구덩이에서

Tu che a Babilonia hai trasformato in rugiada la fiamma della fornace sette
volte più ardente
투 케 아 바빌로니아 아이 트라스포르마토 인 루쟈다 라 휘암마 델라 포르나체 셋떼 볼테 퓨
아르덴테

당신의 거룩한 세 어린 성인들을 구하시고 보호하셨나이다.

e che hai protetto e salvato i tuoi santi tre fanciulli.
에 케 아이 프로텟또 에 살바토 이 투오이 산티 트레 환츌리.

저희 영혼의 의사이시며,

Tu che sei dottore e medico delle nostre anime.

투 케 세이 돗또레 에 메디코 델레 노스트레 아니메.

당신을 찾는 이들의 구원이신 분이시여,

Tu che sei la salvezza di coloro che a te si rivolgono,

투 케 세이 라 살벳짜 디 콜로로(코올로로) 케 아 테 시 리볼고노,

당신께 청하오니, 모든 악마의 힘과 사탄의 모든 작용과

ti chiediamo e ti invochiamo, vanifica, scaccia e metti in fuga ogni potenza diabolica.

티 키에디아모 에 티 인보키아모, 바니피카, 스캇챠 에 멧띠 인 후가 온니 포텐자 디아볼리카

활동을 쫓아주시고 없이 하시며

ogni presenza e macchinazione satanica,

온니 프레센자 에 맛키나지오네 사타니카,

악의 영향과 저주, 혹은 악의를 가진 이들의 시선을 통한 저주, 당신 종을 향해 저지르는 악행들로부터 보호하소서.

e ogni influenza maligna e ogni maleficio o malocchio di persone malefich ee malvagie operati sul tuo servo...

에 온니 인플루엔자 말린냐 에 온니 말레피쵸 오 말록키오 디 페르소네 말레피케 에 말봐제 오페라티 술 투오 세르보...

충만한 선과 힘으로 질투와 저주를 없이하시고, 사랑과 승리로 변화 시키소서.

fa' che in cambio dell'invidia e del maleficio ne consegua abbondanza di beni, forza, successo e carità.

화케 인 캄비오 델린비디아 에 델 말레피쵸 네 콘세구아 압본단자 디 베니, 포르자, 수쳇쏘 에 카리타.

인간을 사랑하시는 주님, 전능하신 당신 손을 드높으시고, 강인한 당신 팔을 펼쳐 드시어 영혼과 육신의 보호자인

Tu, Signore che ami gli uomini, stendi le tue mani possenti e le tue bracciaaltissime e potenti e vieni a soccorrere e visita questa immagine tua,

투, 신뇨레 케 아미 리(그냥 'ㄹ' 발음 아님 주의) 우오미니 스텐디 레 투에 마니 뽓쎈티에 레 투에 브랏촤 알틧씨메 에 포텐티 에 비에니 아 솟코(르)레레 에 비시타 퀘스타 임마쥐네 투아,

평화와 힘의 천사를 보내시어

mandando su di essa l'angelo della pace,

만단도 수 디 엣싸 란젤로 델라 파체,

당신의 모상인 이 종을 방문하시고 도우러 오소서.

forte e protettore dell'anmia e del corpo,

포르테 에 프롯텟또레 델라니마 에 델 코르포,

그리하여 모든 악의 힘이 도망치고,

che terrà lontano e scaccerà qualunque forza malvagia,

케 테(르)라 론타노 에 스캇체라 퀄룬퀘 포르자 말바좌,–

질투와 파괴를 일삼는 이들의 악의와 악행이 허물어지게 하소서.

ogni venificio e malia di persone corruttrici e invidiose.

온니 베네피쵸 에 마알리아 디 페르소네 코룻트리치 에 인비디오세;

그럼으로써 당신께 보호받는 종은 감사의 목소리를 높여

Così che sotto di te il tuo supplice protetto con gratitudine ti canti:

코시 케 솟또 디 테 일 투오 숩플리체 프롯텟또 콘 그라티투디네 티 칸티:

"주님은 나의 목자, 내 그분과 함께 하니, 그 누가 나를 해치리오."
라고 노래하나이다.

"Il Signore è il mio soccorritore e non avrò timore di ciò che potràfarmil'u omo."

"일 신뇨레 에 일 미오 솟코리토레 에 논 아브로 티모레 디 쵸 케 포트라화르미 루오모"

"나의 하나님이신 당신과 함께 있기에 두려워하지 않나이다."

"Non avrò timore del male perché tu sei con me,

"논 아브로 티모레 델 말레(마알레) 페르케 투 세이 콘 메,

나의 힘이시여, 전능하신 주님, 평화의 주님,

tu sei il mio Dio, la mia forza, il mio Signore potente,

투 세이 일 미오 디오, 라 미아 포르자, 일 미로 신뇨레 포텐테, 신뇨레 델라파체,

선조들과 미래의 주인이신 주님.

Signore della pace, padre dei secoli futuri."

파드레 데이 세콜리 후투리."

저희 주님이신 하느님,

Sì, Signore Dio nostro,

시, 신뇨레 디오 노스트로

당신의 종을 굽어보시어

abbi compassione della tua immagine e salva il tuo servo...

압비 콤팟씨오네 델라 투아 임마쥐네 에 살바 일 투오 세르보...

모든 악과 악으로부터 오는 협박으로부터 당신의 모상을 구하시며,

da ogni danno o minaccia proveniente da maleficio,

다 온니 단노 오 미낫챠 프로베니엔테 다 마알레피쵸.

모든 악으로부터 보호하소서.

e proteggilo ponendolo al di sopra di ogni male.

에 프로텟쥘로 포넨돌로 알 디 소프라 디 온니 말레.

지극히 거룩하고 영광스러운 하느님의 어머니이시며 영원하신 동정
마리아와

Per l'intercessione della più che benedetta, gloriosa Signora la Madre di Dioe
sempre vergine Maria,

페르 린테르쳇씨오네 델라 퓨 케 베네뎃따, 글로리오사 신뇨라 라 마드레 디디오 에 셈프레
베르쥐네 마리아,

빛을 발하는 대천사들과 모든 당신의 성인들의 이름으로 간구하나
이다. 아멘.

dei risplendenti arcangeli e di tutti i tuoi santi. Amen!

데이 리스플렌덴티 아르칸젤리 에 이 뜻띠 이 투오이 산티. 아멘!

주님, 자비를 베푸소서.

主，求您赐我慈悲

Zhu, qiu nin ci wo ci bei

주 하느님, 전지전능하시며 모든 세기의 주인이신 당신께서는

天主，您至高无上，您是世界的救主

Tian zhu, nin zhi gao wu shang, nin shi shi jie de jiu zhu

모든 것을 만드시고 모든 것을 당신의 뜻대로

您创造了一切，您以自能而能

Nin chuang zao le yi qie, nin yi zi neng er neng

변화시키시는 분이시나이다.

改变所有万物.

Gai bian suo you wan wu.

당신은 바빌론에서 여섯 배가 넘는 화염으로 뒤덮인 불구덩이에서

您在六从火焰中的巴比伦里

Nin zai liu cong huo yan zhong de ba bi lun li

당신의 거룩한 세 어린 성인들을 구하시고 보호하셨나이다.

拯救及保护了您的三位圣人

Zheng jiu yu bao hu le nin de san wei sheng ren.

저희 영혼의 의사이시며,

您是我们心灵的医生，

Nin shi wo men xin ling de yi sheng,

당신을 찾는 이들의 구원이신 분이시여, 당신께 청하오니,

您拯救了呼叫您的所有人，祈求您，

Nin zheng jiu le hu jiao nin de suo you ren, qi qiu nin,

모든 악마의 힘과 사탄의 모든 작용과 활동을 쫓아주시고 없이하시며

请您坚决弃绝魔鬼及一切邪灵的活动

Qing nin jian jue qi jue mo gui ji yi qie xie ling de huo dong,

악의 영향과 저주, 혹은 악의를 가진 이들의 시선을 통한 저주,

邪恶的影响与诅咒，或是通过恶意的视线中出来的诅咒

Xie e de ying xiang yu zu zhou, huo shi tong guo e yi de shi xian zhong chu lai
de zu zhou

당신 종을 향해 저지르는 악행들로부터 보호하소서.

请保护一切向您相同圣像的恶行

Qing bao hu yi qie xiang nin xiang tong sheng xiang de e xing

충만한 선과 힘으로 질투와 저주를 없이하시고,

以善与力量而赦免所有嫉妒与诅咒

Yi shan yu li liang er she mian suo you ji du yu zu zhou

사랑과 승리로 변화시키소서.

最后化成爱情与胜利.

Zui hou hua cheng ai qing yu sheng l

인간을 사랑하시는 주님,

爱人间的天主，

Ai ren jian de tian zhu,,

전능하신 당신 손을 드높으시고,

请伸出您的全能的手，

Qing shen chu nin de quan neng de shou

강인한 당신 팔을 펼쳐 드시어

展开您强壮的手臂

zhan kai nin qiang zhuang de shou bi

영혼과 육신의 보호자인 평화와 힘의 천사를 보내시어

派遣和平与爱情的护守天使来保护灵魂与肉体

pai qian he ping yu ai qing de shou hu tian shi lai bao hu ling hun yu rout l

당신의 모상인 이 종……를/을 방문하시고 도우러 오소서.

还访问您的圣母的圣像…来拯救我们

hai fang wen nin de sheng mu de sheng xiang..lai zheng jiu wo men

그리하여 모든 악의 힘이 도망치고,

使得所有邪恶逃离

shi de suo you xie e tao li

질투와 파괴를 일삼는 이들의 악의와 악행이 허물어지게 하소서.

请糟蹋那些抱着嫉妒与破坏而干出恶意与恶行的人

qing zao ta na xie bao zhe ji du yu po huai erg an chu e yi yu e xing de ren

그럼으로써 당신께 보호받는 종은 감사의 목소리를 높여

受您保护的人会高声放歌

shou nin bao hu de ren hui gao sheng fang ge

"주님은 나의 목자, 내 그분과 함께 하니, 그 누가 나를 해치리오."라
고 노래하나이다.

"天主是我的牧人，我与他共度，没有人能害我。"

"tian zhu shi wo de mu ren, wo yu ta gong du, mei you ren neng hai wo."

"나의 하느님이신 당신과 함께 있기에 두려워하지 않나이다.

"因我有主，一切都不怕.

"yin wo you zhu, yi qie dou bu pa.

나의 힘이시여, 전능하신 주님, 평화의 주님,

我的力量，全能的天主，和平的天主，

Wo de li liang, quan neng de tian zhu, he ping de tian zhu,

선조들과 미래의 주인이신 주님".

即是祖先又是未来的主人的天主."

Ji shi zu xian you shi wei lai de zhu ren de tian zhu."

저희 주님이신 하느님, 당신 종.......를/을 굽어보시어

我们的主，天主，请保佑您的圣种

Wo men de zhu, tian zhu, qing bao you nin de sheng zhong

모든 악과 악으로부터 오는 협박으로부터 당신의 모상을 구하시며,

坚决弃绝所有邪恶而形成的威胁

Jian jue qi jue suo you xie e er xing cheng de wei xie

모든 악으로부터 보호하소서.

从所有邪恶中保护我们.

Cong suo you xie e zhong bao hu wo men.

지극히 거룩하고 영광스러운 하느님의 어머니이시며

既保佑又荣耀的圣母

Ji bao you you rong yao de sheng mu

영원하신 동정 마리아와 빛을 발하는 대천사들과

永远的童贞玛利亚与发亮的大天使

Yong yuan de tong zhen ma li ya yu fa liang de da tian shi

모든 당신의 성인들의 이름으로 간구하나이다. 아멘.

以所有圣人的名字来祈求. 阿门.

Yi suo you sheng ren de ming zi lai qi qiu. A men

✝

주님, 저희를 버리지 마소서

달빛이 쏟아지는 밤, 이탈리아 성당의 창가에는 희미한 불빛이 새어 나왔다. 어두워진 하늘 사이로 높이 솟은 건물에는 오랜 세월을 지나온 흔적이 묻어났고, 주변은 정적에 휩싸여 있었다. 성당 내부에는 몇 개의 촛불이 타오르며 주홍빛으로 어둠을 밝혔다. 제단이 놓인 벽면에는 온화한 미소를 짓고 있는 성모마리아 성화가 걸려 있었다.

촛불에서 발하는 작은 빛으로 성당의 안과 밖은 전혀 다른 세상처럼 보였다. 두 사제는 공기가 흐르는 방향으로 유연하게 일렁거리는 빛 앞에 두 손을 모은 채 기도를 올리며 정물처럼 앉아 있었다. 숨소리조차 들리지 않았고, 차분하게 가라앉은 공기가 흘렀다. 두 사제는 각자의 세계에 집중하고 있는 것이 분명했다. 천천히 고개를 들어 정적을 깬 것은 이탈리아인 젊은 사제였다. 은밀한 목소리가 잔잔한 파동을 일으켰다.

"신부님."

늙은 사제가 눈을 뜨지 않은 채 천천히 입을 열었다.

"왜 그러느냐?"

젊은 사제는 주름진 늙은 사제의 눈가를 바라보며 머뭇거리다 말했다.

"여쭈어 볼 게 있습니다."

"무엇이냐?"

젊은 사제가 마른침을 삼키며 입을 다물었다. 입 밖으로 쉽게 꺼낼 수 없는 말인 듯했다. 젊은 사제의 미간이 작게 일그러지면서 가지런히 모은 두 손이 파르르 떨렸다. 늙은 사제는 젊은 사제의 말을 기다리며 성모마리아를 올려다보았다.

"존경하는 신부님. 세상에 그들이 정말 존재한단 말입니까?"

젊은 사제의 물음에 늙은 사제가 돌아보며 되물었다.

"그들? 누구를 말하는 것이냐?"

"저희가 잠든 사이 원수가 밀밭에 심어놓고 간 가라지들 말입니다."

순간 늙은 사제의 얼굴에 어두운 기색이 스쳤다. 젊은 사제의 눈을 바로 쳐다보고서 무언가를 생각하다가 단호한 표정으

로 말했다.

"모르겠느냐. 그들은 세상 곳곳에 은밀하게 숨어 있다."

늙은 사제는 그들을 입에 담는 순간 머릿속에 12형상을 떠올렸다. 눈가에 힘이 들어가면서 주름이 깊어졌다. 젊은 사제는 늙은 사제의 표정이 미묘하게 변하는 것을 보고 등골이 서늘했다. 몸을 움츠리며 고개를 돌려 제단을 바라보았다. 작은 불꽃 주변으로 여전히 따뜻하고 둥근 빛이 있었다. 젊은 사제는 목을 가다듬고서 다시 입을 열었다.

"그럼 그들은 무엇을 하는 겁니까?"

"그들은 우리 안에 묶인 채 으르렁거리며 인간들을 두려움에 떨게 하지."

늙은 사제의 대답에는 더 이상 망설임이 없었다. 보이지 않는 존재에 대해 이야기하는 것은 늘 어려운 일이었으나 이제는 아니었다. 그들은 세상에 존재를 드러내며 두려움이 아닌 공포가 되려 하고 있었다. 젊은 사제가 재차 물었다.

"그럼 그들은 왜 숨어 있는 겁니까?"

"자신들의 존재를 들키면 인간이 신을 믿기 때문이지. 그들은 인간 속에 숨어 악행을 저질러왔다. 히틀러, 스탈린, 난징 대학살, 9·11테러 모두 그들이 인간의 몸을 빌려 저지른 짓이었지."

젊은 사제는 늙은 사제의 말을 곱씹으며 그 의미를 생각했다. 신의 존재를 부정하며 어둠 속에 숨어 있는 존재들. 그들은 고통과 함께했으며 죽음과 가까웠다.

늙은 사제가 품 안에 든 편지를 꺼내어 펼치며 말했다.

"한국에서 12형상 중 하나가 발견되었다고 장미십자회에서 연락이 왔다. 그런데 한국에 있는 정기범 신부와 연락이 되지 않는다."

편지에는 급하게 휘갈겨 내려간 검은 글씨와 함께 십자가를 휘감은 붉은 장미 문양이 선명하게 찍혀 있었다. 젊은 사제는 편지에 시선을 고정한 채 내용을 읽어 내려갔다. 그리고 불안으로 가득 찬 얼굴을 들어 떨리는 목소리로 물었다.

"설마… 저희가 가야 하는 겁니까?"

늙은 사제는 더 이상 대답이 없었다. 앞으로 마주할 존재를 떠올리는 것만으로도 두려움이 파도처럼 밀려들었기 때문이다. 생각을 멈추고 깊고 고요한 마음으로 기도를 하는 수밖에는 다른 방법이 떠오르지 않았다. 늙은 사제의 얼굴엔 이미 모든 결정을 끝낸 사람처럼 비장해 보였고 성모마리아를 올려다보는 시선에는 흔들림이 없었다.

**

구름이 가득한 하늘에 보름달이 보였다. 63빌딩 꼭대기에는 수십 마리의 까마귀 떼가 몰려와 검은 덩어리를 이루며 맴돌고 있었다. 허공에 까마귀 울음소리가 스산하게 울려 퍼졌으나 서울 도심에 울리는 날카로운 경적 소리 사이로 빠르게 사라졌다.

그때였다. 끼익. 빌딩 입구에 낡은 자동차 한 대가 다급하게 멈춰 섰다. 운전석에는 젊은 사제가 흘러내리는 땀을 소매로 훔치며 초조한 얼굴을 하고 있었다. 젊은 사제는 고개를 돌려 입구를 확인할 때마다 쿵쿵거리는 심장을 다잡으려고 숨을 크게 내쉬었다. 긴장감에 호흡마저 떨려올 때였다. 건물 안에서 작은 점처럼 보이는 것이 순식간에 정체를 드러내며 차를 향해 달려왔다. 버둥거리는 이상한 생물을 품에 안은 채 차를 향해 몸을 날리는 사람은 이탈리아인 늙은 사제였다. 몸부림치는 생물을 감당하기 버거운 듯 인상을 잔뜩 찌푸린 늙은 사제는 운전석을 향해 신경질적으로 소리쳤다.

"빨리 출발해! 시간이 없어!"

젊은 사제는 그 말을 신호탄으로 서둘러 액셀을 밟았다. 급하게 출발하는 자동차에서 과열된 엔진 소리가 났다. 젊은 사제는 한 손으로 핸들을 돌리며 다른 손으로 휴대전화를 집어 들었다.

"맞습니다, 그놈이! 일단 축출은 성공입니다!"

젊은 사제의 숨은 거칠었지만 목소리에는 흥분이 가득했다.

뒷좌석에 앉은 늙은 사제는 검은색 보자기에 꽁꽁 둘러싼 생물을 끌어안고 끊임없이 중얼거렸다. 마치 뭔가에 홀린 사람처럼 입에서 내뱉고 있는 것은 기도였다. 기도 소리가 차 안을 메우자 보자기 속에 있는 생물이 거칠게 움직이며 꽥! 꽥! 울음을 울었다. 여전히 휴대전화를 든 채 씨름을 거듭하던 젊은 사제는 상대를 향해 쏘아붙이며 말을 이었다.

"알아요, 알아! 오늘밖에 기회가 없었다니까!"

고속으로 내달리는 자동차 소리와 날카롭게 울리는 목소리, 그리고 정체를 알 수 없는 짐승 소리가 뒤섞이며 차 안은 점점 혼란스러워졌다. 늙은 사제의 기도 소리는 집중력을 잃어가기 시작했고, 그사이 검은 천에 싸인 생물은 최후의 몸부림을 치듯 발악했다. 늙은 사제는 자신의 두 손으로 흘러드는 사악한 기운에 숨이 조여드는 착각이 일었다. 그는 눈을 질끈 감고 긴박한 목소리로 외쳤다.

"계속 기도해!"

젊은 사제는 재빠르게 거울을 힐끗거리며 뒤를 살폈다. 검은 천에서 퍼져나오는 흐릿한 기운이 늙은 사제를 둘러싸는 것이 보였다. 젊은 사제는 휴대전화에서 흘러나오는 목소리를 무시하고 들고 있던 휴대전화를 바닥으로 던져버렸다. 머릿속으로는 고요한 성당에 걸려 있던 성모마리아를 떠올렸다. 혼란이 폭풍처럼 휘몰아치고 있는 이 순간 한없이 약하게 느껴지는 자신을 기도로 이끌어줄 유일한 생각이었다. 따뜻하고 둥근 빛이 일렁거리는 고요한 성당과 성모마리아의 맑은 얼굴에 보이는 온화한 미소. 젊은 사제는 다시 기도를 읊기 시작하면서 액셀을 힘껏 눌러 밟았다. 속도를 더욱 높인 자동차가 요란한 소리를 내며 도로를 내달렸다.

두 사제가 탄 차는 어느새 시내로 들어섰다. 도로에는 빨간불을 밝히는 신호등 아래 수십 대의 차들이 길게 늘어서 있었다. 젊은 사제는 입술을 깨물며 창밖으로 고개를 내밀어 도로 상황을 살폈다. 앞쪽에는 사고가 일어났는지 구급 상황을 알리는 간이 표지판이 번쩍였고, 요란스러운 소리가 희미하게 들려왔다. 신호등을 지키면서 도로를 지나가기에는 까마득하게 느껴지는 상황이었다. 게다가 발작하듯 난리를 치는 생물을 안고 무작정 달릴 수도 없었다. 정체가 길어지자 젊은 사제는 자신의 목덜미까지 뻗쳐오는 음산한 기운을 느꼈다. 메마른 손길로 목을 서서히 움켜쥐는 듯한 느낌에 소름이 오소소 돋았다. 뒤를 돌아보자 요동치고 있는 검은 보자기에서 터져 나오는 소리가 날카롭게 신경을 훑고 지나갔다. 늙은 사제는 고통스럽게 일그러진 얼굴로 기도를 붙잡고 있었다. 젊은 사제는 잠시 고민을 하다가 급격히 핸들을 꺾었다. 제발, 무사히 길을 갈 수 있기를. 마지막 주사위가 던져졌다는 생각에 두 손이 덜덜 떨렸다.

차는 도로 위에서 유턴하며 반대편 좁은 골목 사이로 들어갔다. 차 한 대가 겨우 지나갈 만큼 좁은 길이었다. 인적이 드문 주택가를 달리는 동안 늙은 사제는 붉은 묵주를 꺼내어 검은 보자기 위에 올리고 신경을 곤두세웠다. 늙은 사제의 입에서 흘러나오는 기도 소리가 다시 깊어지려는 순간이었다. 픽! 하는 둔탁한 소리와 함께 차체에 묵직한 느낌이 전해졌다.

젊은 사제는 차를 세우고 거친 숨을 들이마셨다. 쿵쾅거리는 심장 소리가 자신의 귀까지 들려왔다. 커다랗게 뜬 눈에 들어온 것은 골목을 비추는 헤드라이트 불빛이었다. 그러나 젊은 사제는 범퍼 아래 무언가 있다는 것을 직감했다. 숨을 몰아쉬며 조심스럽게 차문을 열었다. 길에서 들려오는 희미한 소음 외에는 아무 소리도 들리지 않았다. 걸음을 옮기며 천천히 몸을 숙이자 시야에 들어온 것은 가느다란 두 다리였다. 젊은 사제는 저도 모르게 숨을 삼켰다. 차 앞에는 책가방이 떨어져 있었고, 그 옆에 어린 여학생이 쓰러져 있었다. 영신이었다.

영신의 피가 서서히 퍼져나가며 바닥을 적셨다. 영신은 덫에 걸린 작은 동물처럼 몸을 움찔거리며 가느다란 신음 소리를 흘렸다. 젊은 사제가 발걸음을 멈추고 어쩔 줄 모르는 얼굴로 늙은 사제를 돌아보았다. 눈이 마주친 늙은 사제는 단호한 얼굴로 고개를 가로저었다. 늙은 사제의 품 안에서는 전보다 훨씬 탁한 기운이 뿜어져 나오고 있었다. 젊은 사제는 이내 몸을 돌려 영신을 안아 들었다. 두 손에 영신의 몸에 남아 있는 숨이 전해졌다. 젊은 사제는 온몸을 휘감는 죄책감에 몸서리를 치면서도 눈을 질끈 감았다. 이 모든 일을 끝낼 수만 있다면. 이를 악물고 길가에 영신을 내려놓은 뒤 다시 차에 올라탔다. 그리고

기도를 읊으며 속도를 높이기 시작했다.

영신을 지나친 차가 골목을 빠져나오는 순간이었다. 큰길로 들어서며 우회하려던 찰나 젊은 사제가 미처 보지 못한 것이 있었다. 그것은 고속으로 달려오던 거대한 트럭이었다. 어딘가에 홀린 것처럼 질주하던 트럭과 두 사제의 차가 굉음을 내며 부딪쳤고, 순식간에 전복된 차들은 바람에 종이가 날리듯 도로 위를 나뒹굴었다. 매캐한 연기가 사고 현장을 가득 메웠고, 주위를 둘러싸고 있던 검은 까마귀 떼들이 일제히 날아올랐다.

골목에 쓰러져 있던 영신은 가까스로 몸을 일으켰다. 바닥에 떨어진 가방을 주워 들고 굉음이 들려온 곳을 돌아보자 자욱한 연기가 보였다. 영신은 몸을 비틀거리며 사고가 난 곳을 향해 걸음을 옮겼다. 시야가 가까워지자 빈 캔을 밟은 것처럼 처참하게 찌그러진 자동차가 보였다. 그리고 그 안에서는 떨리는 목소리가 희미하게 새어나오고 있었다. 젊은 사제는 운전석과 함께 허리가 꺾인 채 이미 숨을 거둔 상태였다. 온몸이 붉은 피로 뒤덮인 늙은 사제는 보자기 속에서 스르륵 빠져나가는 검은 물체를 바라보며 절망스러운 얼굴로 중얼거렸다.

"주님… 저희를 버리지… 마··소···서···."

영신은 도로를 향해 걸음을 옮기며 재빠르게 움직이는 형체를 목격했다. 해무처럼 짙은 연기 사이로 빠르게 이동하는 검은 덩어리. 그것을 자세히 살펴보기 위해 눈을 찡그리며 가까이 다가섰을 때 새까만 돼지가 붉은 눈을 희번덕거리며 영신을 향해 빠르게 다가왔다. 기이하고 음산한 기운에 영신은 소름이 쫙 끼쳤다. 그리고 뒤로 물러날 새도 없이 빠르게 다가오는 돼지를 보며 저도 모르게 숨을 참았다. 겁에 질린 눈동자가 요동치는 찰나 돼지가 영신을 덮쳤다.

검은 형상이 영신의 몸 안으로 잠식한 것은 순식간이었다. 인적이 없는 도로는 마치 태풍이 휩쓸고 지나간 듯 정적에 잠겼다. 숨을 거둔 두 사제는 영원한 침묵이 되었고, 거꾸로 뒤집힌 자동차 바퀴만이 허공을 헛돌며 기이한 소리를 냈다.

C#1

L.S
크헝~!

사자의 소리가 아직 화면에 남아 있고,
여의도 63빌딩의 모습이 보인다.

C#2

빌딩 위로 보이는 초승달.

C#3

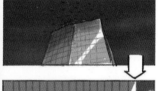

고층 빌딩의 모습.
Low Angle

Tilt Down – Track In
자동차 Frame In

검은 물체를 안고 뛰어나오는 이탈리아인 스승 사제.

C#4

달려가는 스승 사제의 뒷모습 Follow

C#5

Track In
서둘러 뒷좌석으로 몸을 던지는 스승 사제.

스승 사제 : 빨리 출발해! 시간이 없어.

C#6

제자 사제 B.S

C#7

기어 변속. C.U

C#8

액셀을 밟는 제자 사제의 발. C.U

C#9

급하게 출발하는 자동차. F.S

화면 가득히 들어오는 헤드라이트. C.U
Frame Out

C#1

조수석에서 보이는 화면에서 좌 Pan
핸드폰으로 통화를 하는 제자 사제 측면 B.S

제자 사제 : (통화) 맞습니다. 맞아! 그 놈이...
일단 축출은 성공입니다!

전화기에서는 계속 고함 소리가 들린다.

C#2

자동차 외부에서 제자 사제 M.S

C#3

꽥! 꽥! 거리며 발광하는 보자기 속의 물체

Tilt up

뒷좌석에서 검은 보자기를 안고
계속 중얼거리며 기도를 하는 스승 사제 B.S

C#4

제자 사제 B.S

제자 사제 : (통화) 알아요! 알아! 빌어먹을...
오늘밤에 기회가 없었다니까!

C#5

스승 사제 B.S

스승 사제 : 야... 이 새끼야! 계속 기도해!

C#6

자동차 외부에서 제자 사제 F.S
핸드폰을 집어 던지고 다급히 기도를 하는
제자 사제. 자동차 속도를 높이며 Frame Out

C#7

자동차 Frame In
두 사람의 기도소리가 들리는 자동차 측면 Follow

C#8

기도하며 운전에 집중하는 제자 사제. B.S

C#9

LS
High Angle
자동차 Frame In - Follow

오토바이 Frame In – Out
위협하듯 이탈리아 사제들의 자동차를
스쳐 지나가는 오토바이 폭주족.

C#1

검은 보자기 안에서 발광하는 물체의 움직임과
더욱 꽉 움켜쥐며 기도하는 스승 사제. C.U

C#2

당황하며 앞을 바라보는 제자 사제 B.S

C#3

갑자기 막혀 있는 차도의 모습.
앞쪽에 무슨 사고가 났는지 차들이 움직이지 않는다.

C#4

L.S
Hign Angle – Boom Up
사고 현장으로 보이는 지점에서 연기가 나고 있다.

C#5

F.S
High Angle

차문을 열고 나와 앞을 살펴보다가 급히 차를 타는
제자 사제.

C#6

운전석에 다시 타고 출발하는 제자 사제. B.S

C#7

급하게 유턴을 하는 자동차.

C#8

유턴 후 좁은 골목으로 들어가는 자동차 따라서 Pan

C#9

급하게 들어오는 자동차.

자동차 Frame Out - Boom Up

High Angle
지나가는 여고생들.

좁은 골목에서 영신을 치지만 그냥 떠나는 사제들.

C#1

운전하는 제자 사제의 뒷모습. B.S

C#2

백미러로 스승 사제를 쳐다보는 제자 사제 측면 B.S

C#3

붉은 묵주를 검은 보자기 위에 올려놓고 계속 기도하는 스승 사제의 모습.

Tilt Down
백미러 아래로 살짝 보이는 실루엣.

C#4

깜짝 놀라는 제자 사제 측면 B.S

C#5

갑자기 펙! 하고 앞에 무엇인가 차에 부딪친다.
가벼운 충격을 받은 스승 사제. M.S

C#6

브레이크 페달을 밟은 제자 사제의 발. C.U

C#7

끼이익~ 급정지하는 자동차.

C#8

당황한 표정으로 고개를 드는 제자 사제 B.S

C#9

멈춰 서 있는 자동차의 뒷모습. LS
Tracking

C#10

뒤를 돌아보는 제자 사제 B.S

C#11

굳어 있는 표정의 스승 사제 B.S

C#12

자동차의 헤드라이트에서 우 Pan

차 앞에 떨어져 있는 여학생의 작은 가방과
서 있는 제자 사제의 발.
Tilt Up

내려다 보고 있는 제자 사제. M.S
Low Angle

C#13

제자 사제 POV
High Angle
교복을 입고 쓰러져 있는 모습.
다행히 신음소리를 내며 조금씩 움직이는 영신.

P2-4	N	L	2013	골목		17
			11월	좁은 골목에서 영신을 치지만 그냥 떠나는 사제들.		

C#14

어쩔 줄 몰라 하는 제자 사제가
차 안의 스승 사제를 바라본다.
Low Angle
좌 Pan

C#15

냉정하게 고갯짓을 하는 스승 사제 B.S

C#16

계속 쩩! 쩩! 거리며 발광하는
검은 보자기 안의 물체. C.U

C#17

쓰러져 있는 영신의 모습. F.S
좌 Pan

LS
끼이익~ 영신을 길가에 남겨놓고
다시 출발하는 자동차.

점점 멀어지며
빠른 속도로 대로에 진입하는 순간.

빠르게 달려오는 차량 한 대 Frame In
쾅! 사제의 자동차를 밀어버린다.
차량 모두 Frame Out

교통사고로 죽음을 맞는 사제들. 깨어난 영신에게 달려드는 검은 돼지.

C#1

큰 충격과 함께 뒤집히는 자동차. F.S

C#2

뒤집힌 채로 움직이지 못하는 이탈리아 사제들.

C#3

제자 사제에게 말을 거는 스승 사제.

스승 사제 : 괜찮아?

C#4

제자 사제 : 네... 괜찮...

제자 사제를 비추는 헤드라이트. 쾅!

C#5

뒤집힌 자동차를 향해 엄청난 속도의 트럭 한 대가
Frame In 충돌.
이탈리아 사제들이 탄 차량을 짓뭉개버린다.

C#6

충돌 후 멈춰 서 있는 두 대의 차량. LS

팔을 잡고 몸을 일으키는 영신. Frame In

영신 : (아파하며) 아...

C#7

비틀비틀 걸어가는 영신. M.S

C#8

사고 현장으로 다가가는 영신. L.S
High Angle

C#9

사고 차량들을 바라보는 영신의 모습. B.S

C#10

찌그러진 자동차에 뒤집힌 채 즉사한 제자 사제. C.U

C#11

피투성이가 되어 꿈틀거리는 스승 사제. C.U

C#12

보자기 속에서 검은 물체 하나가 빠르게 빠져나간다.
Frame Out

C#13

움직이지 못하고 그저 가만히 있는 스승 사제. C.U
피눈물을 흘리며 작게 속삭인다.

스승 사제 : 주님... 저희를 버리지... 마...소...서...

C#14

충돌 후 자동차의 처참한 광경.
영신 POV

C#15

쳐다보는 영신 B.S

C#16

앞쪽에서 무언가 빠르게 다가온다.

C#17

그것을 자세히 보는 영신. C.U

C#18

작고 검은 돼지 한 마리가 붉은 눈을 희번덕거리며
영신에게 빠르게 다가온다.

C#19

놀라는 영신. C.U

C#20

기이하게 달려오는 검은 돼지의 붉은 눈. C.U

C#21

[고속]
영신의 눈동자에 맺힌 돼지의 모습. C.U

✝

한 아이가 고통받고 있습니다

마리아 정신병원 401호 병실에는 텔레비전이 켜져 있었다. 화면에는 크리스마스를 맞아 화려한 장식으로 꾸며진 명동 거리가 보였다. 들뜬 얼굴로 손을 잡고 걸어가는 연인들의 모습이 스쳐 지나가고 부드러운 음악 소리가 작게 흘러나왔다. 텔레비전에 등을 돌린 채 병실을 살펴보던 김범신 베드로 신부는 인상을 찌푸렸다. 벽에는 오랜 손길의 흔적이 남은 십자가가 걸려 있었고, 그 옆에는 낡은 신부복이 걸려 있었다. 그리고 천장에 붙어 있는 그림 속에는 성모마리아가 온화하게 웃고 있었다.

김 신부는 환자가 누워 있는 침대 옆에 자리를 잡고 앉아 가

저온 통닭 상자를 펼치기 시작했다. 기름진 고기 냄새가 순식간에 병실을 메웠다. 김 신부는 입맛을 다시면서 혼잣말을 하듯 중얼거렸다.

"천국, 천국 하시더니…. 영감쟁이, 곧 가시겠어."

김 신부는 소매를 걷어붙이고 본격적으로 닭을 뜯기 시작했다. 볼이 터질 듯 입에 고기를 가득 넣고 씹던 김 신부는 문득 고개를 흔들며 말했다.

"닭이라면 환장하시던 양반이. 쯧쯧."

김 신부는 혀를 차면서도 손가락에 묻은 기름까지 핥아먹었다. 침대 위에 꼼짝 않고 누운 정기범 신부의 시선은 벽에 걸린 텔레비전을 향하고 있었다. 그러나 얼굴에는 아무런 표정이 없어 마치 침대 위에 놓인 나무토막 같았다. 김 신부는 고개를 돌려 정 신부의 얼굴을 물끄러미 쳐다보았다. 순간 정 신부의 입에서 침이 주르륵 흘러내렸다.

"먹지도 못할 걸 괜히 사왔네. 아그네스, 와서 좀 먹어."

김 신부가 씁쓸한 표정으로 아그네스 수녀를 향해 시선을 돌리며 말했다. 병실 문에 조촐한 크리스마스 장식을 걸고 있던 수녀가 김 신부 옆으로 다가와 앉았다.

"쯧쯧. 고생이 많다."

김 신부는 다리 부위를 골라 아그네스 앞에 놓았다.

"아니에요. 그나저나 신부님께서 잠을 잘 못 주무셔서 걱정

이에요. 계속 악몽을 꾸시나 봐요."

순간 김 신부의 눈썹이 미묘하게 꿈틀거렸다. 거동도 잘 못하는 신세가 되었는데도 악몽에 시달린다니. 김 신부의 얼굴에는 어두운 기색이 비쳤다. 김 신부의 표정 변화를 알아차리지 못한 아그네스가 걱정스러운 목소리로 말을 이었다.

"밤중에 막 소리치셔서 달려오면 주변에 소금을 막 뿌리시고 그래요."

겁에 질린 얼굴로 하얀 소금을 병실 바닥에 뿌리는 정 신부의 모습을 머릿속에 떠올리며 가만히 귀 기울이던 김 신부는 다시 쩝쩝거리며 말했다.

"업보지 뭐."

아그네스가 눈을 동그랗게 뜨고 김 신부를 쳐다보았다. 그러자 김 신부는 대수롭지 않다는 표정으로 말을 얼버무렸다.

"그냥 직업병 같은 거야. 있어 그런 게…. 사람들은 좀 찾아와?"

그때 정 신부가 몸을 뒤척거리며 신음을 흘렸다. 아그네스가 얼른 몸을 일으켜 정 신부가 누워 있는 침대 가까이 다가갔다. 아그네스가 수건을 들어 침이 흘러내린 정 신부의 입가를 닦아 주며 대답했다.

"에이, 알면서 그러세요? 원로 봉사단에서도 그냥 저한테 봉사비 조금 주고는 이 병실은 들리지도 않아요. 워낙 꼬장꼬장하셨잖아요. 사람들이 어찌나 꺼리던지….”

김 신부는 꼬장꼬장이라는 말에 피식 웃음이 새어나왔다. 오래전 처음 만난 날 보았던 정 신부의 강단 있는 눈빛과 고집 있는 눈매가 아직도 기억 속에 생생하게 남아 있었다. 산송장처럼 누워 있는 정 신부의 모습과는 완전히 다른 시절이었다. 지난 세월 동안 어둠과 싸워온 정 신부에게 남은 것은 초라한 병실에서 기다리는 죽음과 낡은 신부복, 그리고 나무토막과 다를 바 없는 십자가, 말 한 마디 건네지 않은 채 그저 웃고 있는 성모마리아뿐이었다. 병실을 보며 자신의 머지않은 미래가 그려진 김 신부는 입꼬리를 한쪽으로 끌어올리며 자조적으로 대답했다.

“노인네 참 다들 좋아하겠어….”

정 신부는 대답이라도 하는 것처럼 메마른 팔을 허공에 휘저었다. 그것은 무언가 필요하다는 움직임이었지만 절박한 표정 때문에 마치 물에 빠져 허우적거리는 사람처럼 보였다. 아그네스는 김 신부의 눈치를 살피며 낡은 소주잔을 들어 생수를 따라 정 신부 손에 쥐어주었다.

“평생 술에 찌들어 사셔서… 이렇게 소주잔에 물을 따라 드려요. 그럼 겨우 좀 마시고….”

아그네스는 소주잔을 바라보는 김 신부를 향해 변명하듯 말했다.

정 신부는 손을 부들부들 떨면서 가까스로 잔을 받아 들었다. 그리고 소주를 마시듯 입에 털어 넣었으나 반도 마시지 못한 채 쏟아버렸다. 아그네스가 재빠른 동작으로 흘러내린 물을 닦으며 김 신부에게 물었다.

"근데 신부님. 서울에는 웬일이세요? 무슨 일 있어요?"

"간만에 저 노인네랑 일하러 왔는데…."

김 신부는 말끝을 흐리며 착잡한 기분에 사로잡혔다. 정 신부가 없다면 누가 그 일을 함께할 수 있을까. 김 신부가 나지막이 뱉은 숨소리가 병실 바닥으로 무겁게 가라앉았다.

**

눈발이 휘몰아치는 깊은 밤 서울 대교구 건물 앞에 택시 한 대가 멈춰 섰다. 조수석 문을 열고 내리는 사람은 김 신부였다. 정 신부의 병실에서 이곳으로 이동해온 김 신부는 택시에서 내리자마자 담배에 불을 붙이고 숨을 들이마셨다. 담배 끝에 빨간 불이 일면서 가느다란 연기가 피어올랐다.

김 신부는 뒤를 돌아 불빛이 새어나오는 주교실을 올려다보았다. 어른거리는 그림자들이 이미 여러 명의 성직자들이 모여있음을 짐작하게 했다. 김 신부는 한쪽 눈을 치켜뜨며 불만스러운 얼굴로 숨을 들이쉬었다. 어두운 허공에 흩날리는 눈발이 더욱 거세졌다. 김 신부는 불이 타들어 가는 잠깐의 시간 동안 마음속에 불안하게 엉켜 있던 일을 떠올렸다. 늘 환한 얼굴로 선한 미소를 짓던 아이였는데…. 김 신부는 얼마 남지 않은 담배를 바닥에 던지고 건물 안으로 들어섰다. 담배에 살아 있는 작은 불씨 위로 하얀 눈이 빠르게 덮었다.

김 신부가 주교실을 향해 계단을 올랐다. 정확히 어떤 방이었는지 기억나지 않아 두리번거리는 사이 익숙한 목소리가 들려왔다. 문밖에서도 말이 다 들릴 만큼 언성이 높았다.

"그 새끼 그거 기본적으로 말이 안 통하는 인간이에요. 내가 뭐 걔가 행실이 좀 안 좋고, 성격이 지랄같다고 이러는 게 아니에요. 성직자로서 기본적인 개념이 없습니다."

김 신부는 주교실 바로 앞까지 걸어오면서 들려오는 이야기에 코웃음을 쳤다. 보나마나 자신의 이야기를 하고 있는 것이 분명했다. 목소리의 주인인 프란치스코회 수도원장은 만나기만 하면 잔소리부터 줄줄이 늘어놓는 사람이었다. 이번에도 작은 사고를 친 덕에 한방에 모여 자신의 험담을 하고 있을 터였다. 김 신부는 성직자의 기본 개념이라는 게 과연 뭘까 생각하면서 주교실 문을 열었다.

"그 구마품 정기범 신부님이랑 같이 다니신다는 분이죠?"

"네. 그 노인네랑 같이 다니면서 아주 못된 것만 배워가지고. 아주 지 마음대로 하고 다니는 놈입니다. 제가 꼴도 보기 싫어

서 대구로 보내버렸는데 언제 또 올라와 가지고… 에이 참."

　책상을 가운데 두고 마주 앉은 주교와 수도원장은 김 신부가 들어오는 것도 알아채지 못한 채 계속 대화를 나누었다. 김 신부는 인기척을 내기 위해 일부러 마른기침을 했다. 그러자 심각한 표정으로 모여 앉아 있던 성직자들이 일제히 문 쪽을 향해 돌아보았다. 누구 하나 불편한 기색을 숨기려 하지 않았고, 김 신부는 익숙하다는 듯 소파로 다가가 자리를 잡고 입을 열었다.

　"이미 이야기를 시작하고 계시니까 바로 말씀드리겠습니다."

　모두 기가 막힌다는 얼굴로 김 신부를 바라보았다.

　"보통 지금 병원에 계시는 정기범 가브리엘 신부님이 예식을 집행했고, 저는 보조 사제로 참석했었습니다. 아시다시피 이 구마 예식이라는 것이 요즘은 다들 터부시 여기는 것이고 결과 또한 명확한 것이 아니어서 제가 미리 자료를 제출하기에는…."

　김 신부가 말을 이어나가던 중에 주교가 끼어들며 언성을 높였다.

　"그래도 어떻게 상의 한 마디 없이 바로 협회에 허가서를 제출할 수 있습니까? 우리가 뭐가 되겠어요. 입장 참 곤란하게 만드시네요."

　주교는 마땅찮은 표정으로 자리를 박차고 일어섰다. 그리고 크게 한숨을 내쉬며 창가로 걸어갔다. 창밖에는 눈발이 사납게 몰아치고 있었다.

"베드로 형제, 저한테라도 먼저 언질을 주셨어야죠. 이게 도대체 무슨 소립니까?"

수도원장이 시름에 잠긴 주교를 살피며 김 신부에게 말했다. 그러자 김 신부가 짜증스러운 표정으로 대답했다.

"어허, 참. 아니⋯ 제가 몇 번이나 말씀드렸잖습니까. 원장님께서 지금 그런 게 문제가 아니라며 신경도 안 쓰셔놓⋯."

"야! 네가 헛소리한 게 한두 번이야? 그리고 너! 이성적으로 생각 좀 해봐라. 21세기에 대한민국 가톨릭이 구마를 한다고 사람들이 알아봐!"

이야기를 듣던 수도원장이 갑자기 버럭 소리를 지르며 김 신부를 향해 삿대질을 했다. 잘못을 들킨 사람처럼 얼굴이 붉게 달아올랐다. 창밖을 보며 이야기를 듣던 주교는 착잡한 표정으로 고개를 절레절레 흔들었다. 주교실 안은 불편한 침묵이 흘렀고, 간간이 들려오는 것은 새어나오는 한숨 소리뿐이었다.

상황을 조용히 지켜보던 몬시뇰이 정적을 깨고 김 신부를 향해 물었다.

"마침 또 아는 사람이라면서요?"

김 신부가 고개를 끄덕거리며 담담한 목소리로 말했다.

"네. 저희 수도회 평신도였던 아이인데, 교통사고가 났다고 해서 병원을 찾았더니 부마 증세가 보였습니다."

김 신부의 대답에 몬시뇰은 복잡한 표정을 지으며 말했다.

"우연이라고 하기엔 좀 그러네요."

김 신부는 바닥을 향해 시선을 고정한 채 수심 가득한 표정을 지으며 낮은 목소리로 대답했다.

"신은 이런 식으로 기회를 주곤 하신답니다."

"근데 이거 꼭 해야 해요? 그냥 뭐 기도 좀 해주고 간단하게 심리치료 해주면 되는 거 아닌가?"

"네. 일단 부마자와 접촉해 진단한 다음 간단한 사령일 경우 몇 차례 약식으로 해결되는 게 대부분입니다."

둘의 대화를 듣고 있던 학장 신부가 끼어들었다.

"간단한 사령이 아닐 경우는요?"

성직자들의 시선이 학장 신부를 향했다. 김 신부는 섣불리 대답을 못하고 머뭇거렸다. 간단한 사령이 아닌 경우는 생각만 해도 끔찍했다. 그 존재에 대해서는 여러 번 들었지만 자신도 직접 보지 못했다. 그것이 만약 실재한다면 어찌할 방법이 있기는 할까. 짧은 순간에도 김 신부의 머릿속에는 여러 가지 생각이 스쳐 지나갔다.

"우리나라에서 그럴 경우는 희박한데, 만약 그렇다면 분명 장미십자회에서 추적 넘버를 매기고 쫓고 있는 12형상 중 하나입니다."

김 신부의 대답이 터무니없다고 생각한 몬시뇰이 고개를 가볍게 흔들며 웃음을 지었다. 다른 성직자들도 믿을 수 없다는 표정이었다.

"요즘 세상에도 이런 존재들과의 전쟁은 유효합니다. 최선진 12개국의 누군가에게 숨어 정치, 사회, 경제적으로 인간 역사에 오류와 분열을 조장하는 마치 폭탄 같은 존재들이고, 이미 동아시아에도 몇 차례…."

몬시뇰이 이야기를 하는 김 신부의 얼굴을 쳐다보며 보란 듯이 피식거렸다. 그리고 수도원장은 머리를 감싼 채 진절머리 난다는 표정을 지었다. 분위기를 알아차린 김 신부가 이내 포기한 얼굴로 말했다.

"네, 압니다. 사람들은 있잖아요, 참 이중적이에요. 성탄절은 아기 예수를 기뻐하면서 이런 얘기만 나오면 이성이니 논리니 따지기만 하고, 심지어 성직자들도 어떻게 신앙 생활을 하면서…."

김 신부가 직접적으로 속내를 드러내자 성직자들의 표정이 급격하게 굳어졌다. 수도원장이 화를 참지 못하고 소리쳤다.

"야! 지금 무슨 말 하는 거야! 주교님 앞에서!"

김 신부는 수도원장의 날카로운 시선에도 아랑곳하지 않고 도리어 눈을 부릅뜨며 물었다.

"한 아이가 고통받고 있습니다. 그냥 모른 척하실 겁니까!"

흔들림이 없는 눈빛이었다. 성직자들은 기가 막힌다는 얼굴로 주교의 눈치를 보며 말을 아꼈다. 등을 돌린 채 창밖을 보고

있던 주교가 김 신부를 향해 돌아섰다.

"설교 잘 들었고요. 아무튼 저는 반대합니다. 이런 거 요즘 사회에서 알면 어떻게 되는지 알고 계시죠? SNS다, 유튜브다, 조금만 이슈가 되어도 저희 가톨릭 이미지에 먹칠하게 되는 겁니다."

김 신부 가까이 다가온 주교의 시선은 책상 위에 놓인 영문서를 향했다. 그것은 김 신부의 요청에 대한 응답으로, 로마에서 날아온 허가서였다. 주교는 영문으로 적힌 원본 문서를 집어 들고 김 신부의 눈앞에서 찢으며 단호하게 말했다.

"그래서 저는 공식적으로 이거 반대합니다. 아시죠? 공식적으로는…."

성직자들이 어리둥절한 얼굴로 주교를 바라보았다. 주교는 손으로 책상을 두드리며 못을 박듯 다시 말을 반복했다.

"공식적으로 반대한다고요."

말을 마친 주교는 그만 나가보겠다는 인사와 함께 주교실을 빠져나갔다. 성직자들은 곤혹스러운 눈빛을 교환했다. 비공식적으로는 로마에서 온 허가서를 따르라는 의미였다. 김 신부는 만족스러운 듯 엷은 미소를 띠었다. 머리가 복잡해진 학장 신부가 다시 문서를 집어 들고 천천히 살펴보기 시작했다.

"그럼 허가서에 나온 대로 민간 의사하고 보조 사제 한 명만 있으면 되는 거네요. 미리 이야기가 되어 있는 분이 있으신가요?"

내용을 읽어 내려가던 학장 신부가 김 신부에게 물었다.

"네. 의사는 예식의 민간 증인이자 돌발 상황 때문에 있어야 하고, 이미 성북 가톨릭대학병원의 박현진 교수님과 얘기가 되어 있습니다. 그보다도 구마 예식의 복사직이자 시종인 보조 사제는 말이 보조 사제지, 사실 예식은 두 명의 구마사가 같이 행하는 것이나 다름없습니다. 그러니 아주 중요하고 생각보다 요건도 까다롭습니다."

김 신부는 진지한 목소리로 관련 사항과 필요한 사람에 대해 설명하기 시작했다. 이미 밤이 깊은 시간이었지만 이제 겨우 허락을 받은 셈이었다. 어둠이 짙어질수록 바람이 점점 거세졌고, 닫혀 있는 창문은 덜그럭거리며 위태롭게 흔들렸다. 유리창에 부딪친 눈들이 창틀 위에서 두껍게 쌓여가고 있었다.

**

며칠 후 김 신부는 이따금 하늘을 올려다보며 고층 오피스텔 근처 골목에 서 있었다. 입에 물고 있던 담배가 점점 짧아지며 손가락에 가까워지던 찰나, 멀리서 허겁지겁 달려오는 박 수사의 모습이 보였다. 박 수사는 키가 작고 덩치가 있는 데다 눈가에 깊게 파인 주름이 있어 김 신부보다도 나이가 들어 보였다.

김 신부는 주변을 연신 두리번거리는 박 수사를 향해 손짓을 했다. 그러자 박 수사가 곧장 달려와 김 신부 앞에 서서 거친 숨을 몰아쉬었다.

"헉헉, 처음 뵙겠습니다. 헉헉. 김범신 베드로 신부님 맞으시죠? 저는 프란치스코회의 마태오 수사입니다."

김 신부는 인사 대신 담배를 바닥에 내던지며 박 수사를 향해 언성을 높였다.

"왜 늦었어? 하마터면 좋은 타이밍 놓칠 뻔했잖아."

"아니, 그게 약속한 날짜는 내일이지 않습니까? 갑자기 불러내니까…"

박 수사가 억울한 표정으로 중얼거렸다. 그러자 김 신부는 말을 자르고 오피스텔 입구로 들어서며 말했다.

"됐고, 마침 연습 기회가 생겨서 부른 거니까 잘 봐두라고."

박 수사는 김 신부의 불친절한 설명에 머리를 긁적이며 앞서가는 김 신부를 따라 움직였다. 엘리베이터와 계단은 유리문으로 나뉘어 있었고, 비밀번호를 누르거나 열어주지 않으면 들어갈 수 없도록 되어 있었다. 유리문 앞에 선 김 신부가 수단 안쪽을 더듬으며 무언가를 찾아 꺼냈다. 손에 들린 것은 네모난 메모지였다. 김 신부는 눈가를 가볍게 찌푸리며 숫자를 확인하고 번호를 누르며 투덜거렸다.

"요즘은 집구석에 한 번 들어가는데 이런 복잡한 숫자를 눌러야 하나."

박 수사는 숫자를 하나씩 눌러나가는 손가락의 어설픈 움직임을 보면서 김 신부도 처음 방문한 곳이라는 것을 눈치챘다. 그렇다면 그곳에는 누가 있는 것일까. 박 수사가 김 신부의 눈치를 살피며 조심스럽게 물었다.

"만나기로 약속한 겁니까?"

"누구 좋으라고 미리 예고해주겠어."

김 신부가 한쪽 입꼬리를 올리며 피식 웃음을 흘렸다. 박 수사는 불안한 표정으로 주변을 두리번거리며 재차 말했다.

"그럼 무단 침입 아닌가요? 여기에 누가 있는데요?"

"백문이 불여일견이지."

박 수사가 의아한 얼굴로 구체적인 설명을 기다렸지만 김 신부는 그 뒤로 입을 굳게 닫았다. 그리고 눈을 위로 치켜뜨며 무언가를 골똘히 생각하는 듯했다. 엘리베이터에 탄 박 수사는 빠른 속도로 바뀌는 숫자를 보면서 김 신부의 말에 대해 생각했다. 김 신부가 예고 없이 찾아가려고 하는 곳은 어디일까. 프란치스코회 상부에서 김 신부를 도우라는 제의를 했을 때만 해도 빈자리를 대신하는 것일 뿐 특별히 해야 할 일은 없을 것이라고 했는데.

알람이 울리며 엘리베이터 문이 열렸다. 표시판에 뜬 빨간 숫자가 12층에 도착했다는 것을 알리고 있었다. 김 신부는 아

까 말한 집을 찾아 지체 없이 걸어갔다. 강남에 있는 오피스텔은 시내 중심지의 빌딩답게 쓰레기 하나 보이지 않을 정도로 청소되어 있었지만 어딘가 스산한 기운이 그림자 속에 서려 있었다.

김 신부는 문을 두드리고 잠시 기다렸으나 안에서는 아무런 반응도 들리지 않았다. 그러자 이번에는 한쪽 귀를 문에 바짝 붙이고 무슨 소리를 엿들으려는 듯이 숨을 죽였다. 덜컹, 엘리베이터가 다시 내려가는 소리에 화들짝 놀란 박 수사가 목소리를 낮추고 말했다.

"아니, 신부님 남의 집에서 이게 뭐하는…."

김 신부가 눈가에 힘을 주며 손바닥을 들어 보였다. 집중을 하고 있으니 조용히 하라는 신호였다. 박 수사는 불안한 마음에 주변을 두리번거리며 마지못해 입을 다물었다. 안에서 희미하게 들리는 물소리를 확인한 김 신부는 얼굴을 떼고 문에 붙어 있는 잠금장치를 바라보았다. 그리고 키판을 올려 번호를 누르기 시작했다. 마지막으로 별표를 누르자 잠금장치가 요란하게 울리며 번호가 틀렸다는 사실을 알렸다. 김 신부가 낮게 신음 소리를 내며 중얼거렸다.

"그새 까먹었네. 아까 몇 번이라 그랬지?"

김 신부의 행동을 지켜보는 박 수사의 얼굴에는 점점 초조한 기색이 번졌다. 깊게 엮이지 말라는 조언을 들은 데다 일이 끝나면 깨끗하게 손을 떼라는 지시도 받았기 때문이었다. 박 수사는 어딘가 수상쩍은 김 신부를 보며 상부의 지시를 다시 곱씹었다. 그때였다. 철컥 문이 열리는 소리가 들렸다. 그러자 김 신부는 손을 들어 눈을 감고 성호를 그은 뒤 번뜩이는 눈빛으로 내부를 살피며 오피스텔 안으로 조심스럽게 발을 옮겼다.

원룸으로 된 실내는 커다란 침대와 화장대 하나만 놓여 있을 뿐 특별한 가구나 살림은 보이지 않았다. 화장실에서 물소리가 새어나오는 것으로 보아 누군가가 씻고 있는 듯했다. 이상한 낌새를 느낀 김 신부가 미간을 일그러뜨리며 방 가운데 놓인 커다란 침대로 다가섰다. 그리고 이불을 걷어내자 얼굴이 하얗게 질린 남자가 의식을 잃고 누워 있었다. 김 신부는 남자의 손목을 짚으며 맥박을 확인한 후 콧등을 찡그리며 표정을 일그러뜨렸다. 맥박이 잘 느껴지지 않는 모양이었다. 김 신부는 바닥에 걷어낸 이불을 펴두고 남자의 두 팔을 붙잡았다. 그리고 박 수사를 향해 고갯짓을 했다.

엉거주춤한 자세로 서 있던 박 수사가 눈을 끔뻑거리며 김 신부를 바라보았다. 말을 하지 않았는데도 돕지 않고 뭐하고 서 있느냐는 목소리가 들리는 듯했다. 박 수사는 침대 위에 누워있는 남자의 발을 맞들고 김 신부가 움직이는 대로 바닥에 깔린 이불 위에 남자를 내려두었다. 문득 문 너머로 들려오던 물소리가 그치고 방 안에는 정적이 돌았다. 김 신부가 자신이 들고 온 가방을 가리키며 손짓을 했다. 무표정한 얼굴로 쉴 새 없이 신호를 보내며 손짓하는 김 신부의 모습에 박 수사는 온 몸이 땀으로 흥건하게 젖었다.

김 신부가 주머니에서 작은 상자를 꺼내 작은 성수 병을 여는 동안 박 수사는 불안함을 숨기지 못한 채 발만 동동 굴렀다. 무엇을 하려고 왔는지 제대로 설명도 해주지 않은 상태에서 허락도 없이 남의 집에 들어온 터라 애가 타들어갔다. 게다가 방 안에는 정신을 잃은 남자가 누워 있었고, 김 신부는 화장실 문 앞에서 숨을 죽인 채 서늘한 표정으로 나오려는 사람을 기다리고 있었다. 박 수사는 자신이 처한 상황을 되짚어보자 당장이라도 성당으로 돌아가 기도를 올리며 평온을 되찾고 싶은 마음이 간절했다.

몇 분이 채 지나지 않아 화장실 문이 열리고 안에 있던 사람이 모습을 드러냈다. 하얀 가운을 입고 무방비한 얼굴로 걸어 나온 사람은 하얀 피부에 깡마른 여자였다. 여자는 앞에 서 있는 김 신부를 발견하더니 흠칫하는 얼굴로 뒤로 물러났다. 눈가가 파르르 떨렸지만 금세 표정을 되찾고 농담을 건네듯 말했다.

"신부님이 이런 데 오셔도 되나요?"

"올 만하니까 오는 거지."

김 신부가 입꼬리를 올리고 비웃음 섞인 목소리로 대답했다. 더 가까이 다가가자 여자가 한 발 뒤로 물러서며 다급하게 말했다.

"이러시면 곤란해요. 신고할 거예요!"

울먹거리는 여자의 말을 들은 박 수사는 안절부절못하는 얼굴로 김 신부를 향해 목소리를 낮추며 말했다.

"김 신부님, 우선 나가서 이야기를 좀…."

김 신부는 다시 손을 들어 조용히 하라는 신호를 보냈다. 그리고 지체 없이 바로 손에 든 성수를 손에 묻혀 여자를 향해 성호를 그었다. 여자는 갑자기 화를 내는 것처럼 몸을 부들부들 떨더니 입술을 질끈 깨물었다. 열이 오르는지 얼굴은 순식간에 붉으락푸르락해졌다.

김 신부는 천천히 거리를 좁혀가며 성수를 찍어 여자를 향해 뿌리기 시작했다. 그리고 입으로 경건한 목소리로 기도를 읊었다. 박 수사는 여자가 단지 겁에 질린 것인지, 아니면 성수와 기도에 반응하는 것인지 알 수가 없었다. 그때였다. 더 이상 물러설 곳이 없다는 것을 깨달은 여자가 불시에 김 신부에게 달려들어 얼굴을 가격했다. 그리고 틈새로 빠져나와 박 수사가 서 있는 현관을 향했다. 김 신부가 박 수사를 향해 신경질적으로 소리쳤다.

"사령을 막아!"

박 수사는 화들짝 놀라 달려드는 여자를 손에서 놓치고 말았다. 정면으로 마주친 여자의 눈은 검은 동공이 비정상적으로 커져 있었고, 생명의 위협을 느낀 짐승의 다급한 눈빛이 서려 있었다. 그러나 여자는 얼마 가지 못하고 현관에서 고막을 찢을 듯한 비명을 지르며 주저앉았다. 그리고 강렬한 햇빛에 앞을 제대로 보지 못하는 것처럼 팔을 들어 눈앞을 가리고 필사적으로 얼굴을 돌렸다. 여자가 다가서지 못하는 현관문 가운데에는 성모마리아 성화가 붙어 있었고 그 아래에는 십자가가 놓여 있었다. 그것은 김 신부가 오피스텔에 들어서자마자 박 수사에게 준비시킨 일 중 하나였다.

"어딜 그리 급히 가시려고?"

김 신부가 얼얼한 얼굴을 어루만지며 겁에 질린 여자에게 다가갔다. 그리고 갑자기 여자의 팔을 잡아채더니 질질 끌면서 침대까지 걸어갔다. 여자가 온몸을 버둥거리며 도망치려 했지만 아무런 소용이 없었다. 박 수사는 그제야 정신이 든 것처럼 김 신부를 따라 여자의 두 팔과 다리를 묶었다. 그리고 여자를 침대 위에 옮겨두고 옆에서 해방의 기도를 읊기 시작했다. 여자가 박 수사를 향해 애원하는 표정으로 말했다.

"신부님, 저 좀 구해주세요."

박 수사는 여자의 표정이 정말 위험에 처한 것처럼 보여서 이런저런 생각들이 머릿속에 밀려들었다. 그러나 김 신부의 얼굴에는 조금의 흔들림이 없었고, 바닥에 내려두었던 창백한 얼굴의 남자를 생각하면 이러는 이유가 있을 거라는 생각도 들었다. 결국 박 수사는 눈을 질끈 감고 기도에 집중하며 목소리를 더욱 높였다.

"구해줘야 할 놈은 네가 아니잖아."

김 신부가 냉랭한 목소리로 대꾸했다. 그리고 주머니에서 작은 상자를 꺼내어 열고 그 안에서 성수 병을 꺼냈다. 손가락에 성수를 묻힌 김 신부는 붉은 묵주를 여자의 몸 위에 올려두고 성호를 그었다. 그리고 이마에 내리찍듯 손가락에 묻힌 성수를 찍어 바르며 기도를 읊었다. 순간 여자는 고통스러운 듯이 몸을 틀며 소리를 질러댔다. 김 신부가 아랑곳하지 않고 의식을 계속 진행하자 여자는 김 신부를 향해 매섭게 노려보며 앙칼진 목소리로 절규하듯 외쳤다.

"나한테까지 이럴 필요 없잖아!"

여자는 울부짖듯 소리쳤으나 김 신부는 다시 처음 동작으로 돌아가 성수를 묻힌 손가락으로 이마를 내리눌렀다. 그리고 다른 한 손으로 성호를 그으며 기도를 읊었다. 박 수사가 끊임없이 내뱉는 기도와 함께하여 힘을 더하는 소리였다.

기도가 끝나는 순간 얼굴을 할퀴듯 거세게 스치는 바람이 느껴지면서 오피스텔 창문이 와장창 박살이 났다. 동시에 여자는 까마득한 비명을 내지르며 의식을 잃고 말았다. 김 신부는 여자의 상태를 살피기 위해 목 아래 부근에 손가락을 짚어 숨을 살폈다. 살갗이 희미하게 오르내렸다. 김 신부는 가벼운 숨을 내뱉더니 허리를 펴며 이마에 맺힌 땀을 닦았다. 부서진 창문으로 도로를 달리는 자동차 소리와 거리에 울리는 음악 소리가 섞인 도시 소음이 쏟아져 들어왔다.

박 수사는 얼이 빠진 얼굴로 순식간에 일어난 일들을 다시 떠올리며 무슨 상황이었는지 되짚어보려고 애썼다. 그사이 김 신부는 주변을 둘러보며 바닥에 나뒹구는 유리 잔해들과 의식 없는 남자와 여자를 바라보았다. 골치가 아픈 듯 미간을 찌푸리며 고개를 흔들더니 가방에서 휴대전화를 꺼내들었다. 그리고 어디론가 전화를 걸어 통화가 연결되자마자 불쑥 말을 꺼냈다.

"여기 정리 좀 해주셔야 하겠는데요."

말이 끝나는 순간 김 신부는 휴대전화를 귀에서 멀리 떼어내며 인상을 팍 찡그렸다. 박 수사가 서 있는 곳까지 고함을 치는 소리가 새어나왔다. 김 신부는 짜증스러운 얼굴로 잔소리가 잦아들길 기다리다가 울컥 열이 오르는지 말을 끊고 언성을 높였다.

"저라고 뭐 사령들이 주변에 득실거릴 줄 알았습니까? 다들 꺼리는 일을 손수 나서서 하는데 이게 봉사고 헌신이 아니고 뭡니까?"

김 신부가 거칠게 쏘아붙이자 반대편에서는 화가 조금 누그러진 듯했다. 그러나 여전히 불쾌한 감정을 숨기지 않고 있었다. 김 신부는 문득 멀리서 요란한 사이렌 소리가 울리는 것을 들고 창가로 다가가 고개를 내밀었다. 아직 시야에 보이지는 않지만 점점 사이렌 소리가 가까워지는 것을 알 수 있었다. 김 신부는 휴대전화에서 흘러나오는 목소리를 무시한 채 스피커를 손으로 막고 박 수사를 향해 말했다.

"여자 손과 발에 묶인 끈 풀고 물건 잘 챙겨."

박 수사는 말을 듣자마자 끈을 풀고 성수 병과 십자가를 챙겨 가방 안에 급히 쑤셔 넣었다. 그리고 주변을 둘러보며 남긴 성물이 있는지 확인했다. 김 신부는 더는 시간이 없다는 듯이 휴대전화에 대고 말했다.

"아무튼 여자 몸에 깃든 사령을 제거하는 의식은 끝났습니다. 박 수사랑 저는 이만 돌아갈 테니까 상황 정리 좀 해주세요."

김 신부는 제 말을 마치고는 바로 통화를 끊었다. 그리고 박 수사와 함께 재빨리 오피스텔 건물을 벗어났다. 건물에서 멀어진 골목에서 숨을 돌린 박 수사가 바로 가까이까지 다가온 사이렌 소리에 뒤를 돌아보았다. 건물 앞에 멈춰 선 구급차에서 빨간 불빛이 번쩍거렸고, 그 안에서 빠른 동작으로 뛰어나온 구조대원들이 건물 안으로 들어서고 있었다.

"도대체 이게 다 뭡니까?"

박 수사가 김 신부를 쳐다보며 물었다. 그러자 김 신부는 귀찮다는 표정을 지으며 대꾸했다.

"아까 말했잖아. 예행 연습이라고."

"그러니까 대체 뭘 연습하는 겁니까?"

"내일 만나러 갈 놈. 오늘 만난 사령 따위는 비교도 안 되는 놈이거든."

박 신부는 내일 만나는 놈이 누군지 더 자세히 묻고 싶었다. 그러나 김 신부는 손을 휘휘 내저으며 앞으로 성큼성큼 걸어갔다. 무슨 말이든 더 이상은 하지 말라는 뜻이었다. 김 신부는 뒤도 돌아보지 않고 말했다.

"내일 보자고."

박 수사는 말문이 막힌 채 멀어지는 김 신부를 바라보며 한숨을 내쉬었다. 상부의 제안을 수락한 것에 대해 후회가 밀려왔다. 할 수 있는 거라고는 내일도 오늘처럼 순식간에 의식이 끝나길 바라는 것뿐이었다. 박 수사는 어두운 골목 어귀에 선 채로 눈을 감고 성호를 그으며 기도를 올렸다. 그리고 잠시 후 무거운 발걸음을 돌려 행인들 속으로 사라졌다.

다음 날 김 신부는 빠르게 걸음을 옮기며 성북 가톨릭대학병원으로 향했다. 병원 측에서는 이미 준비를 마치고 기다리고 있을 터였다. 근처에서 만난 박 수사는 연신 호흡을 가다듬으면서 초조한 기색을 숨기지 못했다. 김 신부는 몬시뇰과 통화를 하면서도 머릿속으로는 앞으로 행해야 할 의식을 떠올렸다.

"그럼 뭐⋯ 간단하게 끝나는 거라고 알겠습니다."

마지못해 준비를 도운 몬시뇰은 일이 최대한 빨리 끝나기만을 바라는 눈치였다. 김 신부는 얼른 전화를 끊고 의식을 준비해야겠다는 생각에 아이를 어르듯이 부드러운 목소리로 대답했다.

"네. 일주일 안에 끝내보겠습니다. 어린 아인데 특별한 게 있겠습니까. 걱정하지 마십시오."

전화를 마친 김 신부는 영신이 입원해 있는 병원으로 들어섰다. 입구에는 무슨 일인지 몇몇 의사와 간호사들이 모여 서 있었다. 정문으로 들어서는 방향을 힐끗거리는 모습을 봐서는 누군가를 기다리고 있는 듯했다. 힘 좀 들어간 분이 행차하시는가 보네. 김 신부는 혼잣말을 중얼거리며 무리를 지나 영신이 있는 병실로 향했다.

김 신부는 영신의 병실이 있는 복도에 들어서자 미묘한 긴장감을 느꼈다. 목까지 뻐근해지면서 마음 한구석이 불안하게 울렁거렸다. 빛이 환한 대낮인데도 병실에서는 스산한 기운이 흘러나왔다. 병실 바로 앞에 다가간 김 신부는 숨을 크게 들이마시고서 문을 열었다. 그러나 문은 단단하게 잠긴 금고처럼 꿈쩍도 하지 않았고 뇌리에는 번뜩 불안한 생각이 스쳤다. 쿵쿵! 다급해진 김 신부가 손에 힘을 주고 문을 두드리며 흔들어댔다. 그러나 안에서는 아무런 소리도 들려오지 않았다.

그 순간 병원 앞에는 검은 에쿠스 한 대가 부드럽게 진입해

오고 있었다. 차 앞에 꽂힌 깃발에는 별이 새겨져 있었고, 로비 앞에서 멈춰 서자 바람에 펄럭거렸다. 입구에 모여 있던 의사와 간호사 무리들이 차를 향해 두 손을 모으고 인사를 했다. 운전기사와 경호원이 내려 뒷좌석을 열자 젊어 보이는 장관이 목발을 한 채 인상을 쓰며 차에서 내렸다. 장관이 다른 사람들의 부축을 받으며 건물로 들어서던 순간이었다. 쾅! 요란한 소리와 함께 허공에서 사람이 떨어져 내렸다. 검은 에쿠스 위에서 몸을 꿈틀거리며 장관을 노려보고 있는 사람은 다름 아닌 영신이었다.

덜컥 문이 열리면서 김 신부는 병실 안으로 쏟아지듯 들어섰다. 그러나 순식간에 창밖으로 떨어지는 뒷모습만 보았을 뿐 영신의 몸을 붙잡기에는 이미 늦은 순간이었다. 김 신부는 밖에서 들려오는 자동차 경보음에 신경을 곤두세우며 창가로 달려갔다.

고개를 내밀어 밖을 내려다보자 차 위에서 피를 울컥 토해 내는 영신의 모습이 보였다. 그리고 기이하게 꺾인 영신의 얼굴이 향하고 있는 방향에는 금 배지를 단 남자가 기겁한 얼굴로 주저앉아 있었다. 주변에 있던 사람들은 할 말을 잃은 채 그 모습을 지켜보았고, 누구도 섣불리 영신에게 다가가지 못했다. 영신은 박살 난 차 위에서 피를 흘리면서도 먹잇감을 노리는 짐승처럼 남자를 매섭게 노려보았다.

병실 창가에서 그 광경을 내려다보던 김 신부는 섬뜩한 생각에 사로잡혔다. 영신의 몸에 들어간 놈은 이제까지 보아온 놈들과는 확연히 다른 존재였다. 야심 있어 보이는 젊은 정치인을 향한 집요한 영신의 시선이 불길한 예감을 더했다. 상황으로 보자면 영신 안에 있던 존재는 분명 더 강하고 튼튼한 몸을 찾아 뛰어내린 것이었으니까. 김 신부는 검은 차량 위에 처량하게 뻗어 있는 영신의 가느다란 다리를 보며 입술을 질끈 깨물었다. 예상보다 훨씬 더 강력한 존재라는 느낌이 강하게 밀려들었다.

김 신부는 마지막으로 영신을 보았을 때는 이런 모습으로 다시 만나게 되리라고 상상도 하지 못했다. 김 신부를 따라 처음 영신의 병실에 온 박 수사는 창밖에서 벌어진 일을 보고 입을 다물 수가 없었다. 고층에서 떨어져 온몸이 무사하지 못할 텐데도 남자를 집요하게 쫓는 영신의 시선에서 사람과는 다른 기운이 느껴졌기 때문이다. 뒷목을 타고 서늘한 기운이 퍼지자 박 수사는 저도 모르게 어깨를 움츠렸다. 어제처럼 쉽사리 일이 해결되지 못할 거라는 예감이 온몸을 휘감았다.

김 신부는 딱딱하게 굳은 얼굴을 돌려 서둘러 병실을 빠져나왔다. 그리고 곧장 자동차가 박살 난 곳을 샅샅이 훑어보았지만 그사이 응급실로 옮겨졌는지 영신의 모습은 보이지 않았다. 아마 병원 측에서 응급처치가 끝나고 나면 방금 일어난 상황에 대해 설명을 요구하는 연락이 쏟아질 터였다. 그리고 이 사건에 대해 물고 뜯는 각종 언론 보도가 나올 테고, 앞으로의 입장은 더 곤란해질 것이었다.

앞으로 다가올 일들이 연달아 떠오르자 김 신부의 입가에 깊은 주름이 잡혔다. 그러나 그 모든 일이 영신이 느낄 고통에 비하면 아무것도 아니라는 생각에 가슴이 저릿해지는 묵직한 고통이 일었다. 김 신부는 어두워진 표정으로 박 수사와 함께 병원을 벗어났다. 불길이 번지듯 붉은 빛이 하늘에 가득 번지며 노을이 지고 있었다.

5	D	L	2014 2/10	가톨릭대학병원 앞	13
				장관이 내리자 차 위로 떨어지는 영신.	

C#1

병실 창문 밖으로 보이는 병원 정문.
영신의 모습이 살짝 비친다. B.S
High Angle

온시눌 : (V.O) 그럼 뭐... 간단하게 끝나는 거라고
　　　　　 알겠습니다.

C#2

F.S
별이 새겨진 깃발이 꼽힌 검은 에쿠스 Frame In
미중을 나와 서 있는 몇몇 의사와 간호사.

C#3

F.S
운전수와 경호원이 뒷좌석을 열자
젊어 보이는 국회의원이 목발을 한 채 차에서 내린다.

김신부 : (V.O) 네. 일주일 안에 끝내보겠습니다.
　　　　　 뭐 어린 아이인데... 특별한 게
　　　　　 있겠습니까... 걱정하지 마십시오.

C#4

국회의원 B.S
Track Out

C#5

차 내부에서 보이는 국회의원의 뒷모습.
순간 쾅! 소리와 함께 내려 앉는 차 윗부분.
앞 유리 위로 턱! 하고 떨어지는 팔. Frame In

C#6

장관의 차 위로 떨어진 영신.
큰 충격으로 찌그러져 버린 차량.

C#7

놀라는 국회의원과 일행들. M.S
Zoom In

국회의원 B.S
Track In

C#8

차 위에서 꿈틀거리며 국회의원을 노려보는 영신. C.U
Zoom In

C#9

국회의원의 놀란 얼굴. C.U
Zoom In
국회의원 Frame Out

C#10

피가 고인 영신의 눈이 껌벅거린다. C.U
Zoom In

C#11 / 5-1 가톨릭대학병원 병실 (D/S)

급하게 창문으로 달려오는 김신부. K.S

C#12 / 5-1 가톨릭대학병원 병실 (D/S)

창밖을 내려다 본다. B.S
Low Angle

C#13

영신이 떨어져 내려 아수라장이 된 현장의 모습.
High Angle (김신부 POV)

✝
성부 성자 성령의 이름으로

　강의실 안에는 7학년 부제들이 검은 사제복을 입고 기말 시험을 치르고 있었다. 그중 맨 앞에 앉아 분주하게 손을 움직이고 있는 학생은 최준호였다. 책상 위에 놓인 시험지 위에는 로마서 8장 28절을 적으라는 문제가 적혀 있었다. 최준호는 고개를 숙이고 시험지에 시선을 고정한 채 거침없이 답을 써 내려갔다. 진지한 얼굴로 한참 동안 손을 놀리던 최준호는 글씨를 적다 말고 문득 동작을 멈추었다. 손은 갈 곳을 잃은 듯 종이 위에서 머뭇거렸다. 최준호는 살며시 고개를 들고 최대한 움직이지 않은 채 눈알을 굴렸다. 옆줄에는 책상 가까이 얼굴을 묻고 시험에 몰두하고 있는 부제들이 보였다. 그러나 최준호가 확인하려는 것은 그들이 아니라 바로 교수 신부의 위치였다. 다른 방향으로 시선을 돌리자 뒷짐을 지고 다른 줄을 감독하고 있는 교수 신부가 보였다. 안전거리가 확보되어 있다는 생각이 들자 최준호는 빠른 동작으로 소매를 살짝 걷어 올렸다. 팔에는 어젯 밤 손수 옮겨 적은 글씨들이 빽빽하게 적혀 있었다. 최준호는 자신이 미리 준비해온 커닝 페이퍼를 만족스러운 얼굴로 훑어 내려갔다. 그리고 한 치의 망설임도 없이 시험지 위에 그대로 적어나가기 시작했다. 최준호는 그 어느 때보다 진지한 얼굴로 시험에 집중했다.

땡땡땡. 시험 종료를 알리는 종이 울리자 학생들은 하나둘 시험지를 제출하고 강의실을 빠져나갔다. 최준호는 마지막까 지 자리에 남아 필사적으로 답을 채워 넣었다. 교수 신부는 최 준호 곁에 다가와 한심스러운 표정으로 시험지를 내려다보며 혀를 찼다.

"아야. 그냥 포기해라. 어차피 다 틀렸구먼."

최준호는 아무 말도 들리지 않는 것처럼 종이를 손에 움켜쥐 었다. 이번만큼은 시험을 포기할 수 없었다. 만약 유급이 되었 다가는 졸업이고 뭐고 물거품이 될 판이었다. 게다가 부모님한 테는 뭐라고 변명할 것인가. 교수 신부는 더 이상 두고 볼 수 없 다는 듯이 시험지를 낚아채며 말했다.

"시험 시간 종료됐다. 이제 그만 가라."

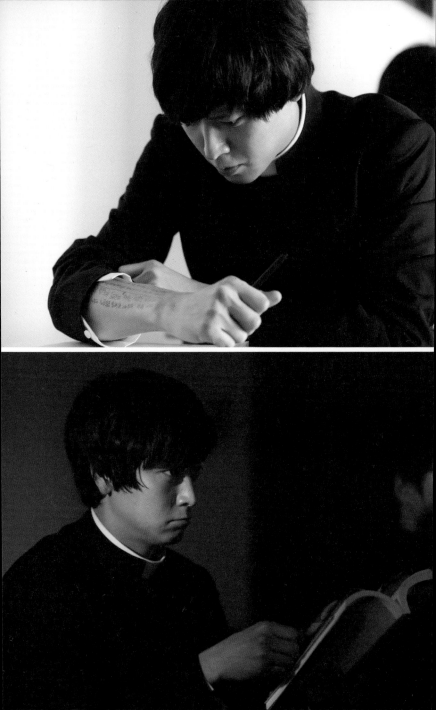

시험지를 들고 강의실을 빠져나가는 교수 신부의 뒷모습을 보며 최준호는 아쉬운 듯 머리를 털었다. 언제나 그랬듯 시험이 끝나고 나자 불안함이 밀려들었다. 그러나 주사위는 이미 던져진 후였다. 에이 설마. 서품 보류가 되는 건 아니겠지. 최준호는 상상만 해도 끔찍하다는 듯 눈가를 찌푸리며 빈 교실을 나섰다.

가톨릭대학교 교정이 어둠에 잠겨든 시간, 기숙사에는 원감 신부의 날카로운 목소리가 울려 퍼졌다.

"자, 취침!"

기숙사 창문으로 어른거리던 불빛들이 하나둘 사라졌고, 잠자리에 들기 전 취침 기도를 올리는 낮은 목소리가 이곳저곳에서 새어나왔다. 그러나 그때 기숙사 뒤편 2층에서는 창문 하나가 슬며시 열렸다. 캄캄한 방에서 바깥쪽으로 둥근 머리를 내밀고 두리번거리는 사람은 기말 시험을 마친 최준호였다. 주변에 아무도 없는 것을 확인한 최준호는 풀밭으로 훌쩍 뛰어내렸다. 높이를 가늠하는 자세부터 착지까지 능숙한 동작이었다. 바닥에 발을 디디고 난 후에는 크게 심호흡을 하고 순식간에 학교 담벼락까지 달려갔다. 그러곤 힘껏 뛰어올라 날렵한 몸짓으로 담벼락을 넘어갔다.

학교를 빠져나온 최준호는 여유 만만한 미소를 지으며 편의

점으로 향했다. 편의점 냉장고 안에는 온갖 종류의 술이 가지런히 진열돼 있었다. 최준호는 소주와 맥주를 꺼내어 계산을 하고 그것을 가방 속에 조심스럽게 집어넣었다. 술병으로 가득한 가방은 제법 무거웠지만 전리품을 챙긴 발걸음은 오히려 날아갈 듯 가벼웠다. 그러나 남은 문제가 하나 있었는데 그것은 학교 안으로 다시 되돌아가는 것이었다. 최준호는 긴장한 얼굴로 준비한 계획을 실행에 옮기기 시작했다.

학교 정문에 있는 경비실에는 경비 아저씨가 팔짱을 낀 채 굳게 닫혀 있는 문을 응시하고 있었다. 빠르게 지나가는 그림자에 경비 아저씨가 눈을 가늘게 치켜뜬 순간 퍽! 하고 병 깨지는 소리가 구석에서 들려왔다. 경비 아저씨가 벌떡 몸을 일으켜 무슨 일인지 확인하는 사이 최준호는 재빨리 정문 걸쇠를 열고 몸을 비틀어 학교 안으로 들어갔다. 경비 아저씨가 이상한 낌새를 눈치채고 자리로 돌아왔지만 정문에는 아무도 보이지 않았다. 다만 아슬아슬한 차이로 몸을 숨긴 최준호가 그림자 아래서 가늘게 숨을 내쉬며 가슴을 쓸어내렸다.

기숙사 건물로 돌아가 약속한 방을 찾아가자 기다리고 있던 두 명의 다른 부제가 눈빛을 반짝거리며 최준호를 맞이했다. 최준호는 손전등 불빛 아래 전리품을 늘어놓고 의기양양한 표정으로 눈짓을 했다. 그리고 노련한 솜씨로 맥주와 소주를 섞어 다른 부제들에게 잔을 돌렸다.

"성부, 성자, 성령의 이름으로… 주님의 보혈!"

나지막한 목소리가 희미하게 퍼졌다. 그러나 눈빛을 교환하며 잔을 부딪치자 기숙사 방 안은 그 어느 때보다 활기가 넘쳤다. 건배사가 끝나는 동시에 모두 잔을 들어 입에 털어 넣었다. 캬! 최준호는 목을 타고 시원하게 넘어가는 술을 음미하며 감탄을 연발했다. 시험이니 유급이니 하는 고민들은 이미 머릿속에서 깨끗하게 사라지고 없었다.

**

"좀 까다로운 조건입니다. 50년, 62년, 74년, 86년생으로 호랑이띠. 로만 예식서에 나와 있는 구마사 자질 별자리도 심지어 무속에서도 영적으로 가장 민감한 기질을 가지고 태어납니다."

학장실에서 서류를 보고 있던 학장 신부는 김 신부의 목소리를 떠올리며 머리를 감싸 쥐었다. 지난겨울 로마에서 구마 의식에 대한 허가서가 날아왔다는 이야기를 전해 들었을 때만 해도 그 일이 자신까지 관련되리라고 생각하지 않았다. 이제껏 정 신부와 김 신부가 구마를 한다는 이야기를 은연중에 들었을 뿐 실제 공식적인 서류를 확인한 적도 없었고, 내부에서 논의된 적도 없었기 때문이다.

학장 신부는 창밖으로 녹음이 짙은 교정을 내려다보며 깊게 한숨을 내쉬었다. 그 겨울 이후 벌써 6개월이 흘렀다. 김 신부는 금방 끝이 날 거라던 구마 예식을 지금까지 끌고 있었다. 게다가 구마를 진행하던 중 예기치 않은 사고가 발생하면서 각종 언론에서는 날카로운 시선으로 천주교를 주목하고 있었다.

학장 신부는 고개를 돌려 손에 든 서류를 다시 바라보았다. 그것은 현재 7학년에 올라온 부제들의 리스트였다. 손가락으로 종이를 짚어나가며 김 신부가 요구한 조건과 맞는 부제를 찾기 시작했다. 미끄러지듯 움직이던 시선이 멈춰 선 곳은 1986년 2월 14일생 최준호였다. 학장 신부는 증명사진 속에서 해맑게 웃고 있는 최준호의 얼굴을 확인하고는 미간을 찌푸렸다. 최준호라면 학교에서 골칫거리로 잘 알려진 학생이었다. 그러나 다시 한 번 서류를 확인해봐도 김 신부가 한 말에 부합하는 학생은 오직 한 명뿐이었다. 학장 신부는 한숨을 푹 내쉬며 마지못해 수화기를 집어 들었다.

잠시 후 가톨릭대학교 본관으로 향하는 교정에는 두 사람이 빠르게 걸음을 옮기고 있었다. 안경을 치켜 올리며 앞서 걷고 있는 사람은 주임이었고, 어리둥절한 얼굴로 그 뒤를 따라가는 사람은 최준호였다.

"주임님, 천천히 좀 가시죠."

최준호는 사제복 소매를 걷어 이마에 송골송골 맺힌 땀을 훔치며 말했다.

"천천히 가는 겁니다."

머리 위로 한여름의 강렬한 햇볕이 쏟아지는데도 주임은 대수롭지 않은 듯 대답했다. 최준호는 앞서가는 주임 옆으로 따라붙으며 조심스럽게 물었다.

"학장 신부님 화가 많이 나셨나요? 사실 이번 학기 성적은 제가 영성기도에 너무 집중하다 보니…."

주임은 말을 끊으며 무미건조한 목소리로 대답했다.

"10년 만에 서품 보류되는 부제가 나오겠네요."

말문이 막힌 최준호는 머리를 긁적거리며 미간을 찡그렸다. 이미 엎질러진 물이었다. 시간을 되돌릴 수도 없으니까. 다만 부모님께 뭐라고 둘러대야 할지가 가장 고민이었다. 최준호가 생각에 골똘히 빠져 있을 때 주임의 목소리가 날아들었다.

"부제님, 이번 학기 유급되시는 건 알고 계시죠."

최준호는 막상 주임의 입에서 유급이라는 말이 나오자 소리라도 지르고 싶은 심정이었다. 그러나 얼굴에 미소를 띠며 능청스러운 말투로 대답했다.

"보아라. 이와 같이 늦게 난 자가 더 먼저 되리라. 마태오 20장 16절."

주임은 최준호의 장난스러운 반응을 예상했다는 듯 한쪽 입꼬리를 올리며 대꾸했다.

"어머니께 사제 과정이 8년으로 바뀔 것 같다고 그러셨더라고요. 전화가 와서 제가 정확하게 다시 설명해 드렸습니다."

주임의 말을 들은 최준호는 순식간에 표정이 굳어졌다. 부모님께 해둔 거짓말이 들통 난 모양이었다. 이제 어떡하지. 유급되는 걸 알면 당장 학교로 찾아오실지 모르는데. 머릿속이 복잡해진 최준호는 입술을 질끈 깨물었다. 화가 잔뜩 난 아버지의 얼굴이 눈앞에 어른거렸다.

주임을 따라 건물로 들어선 최준호는 도살장에 끌려가는 소처럼 울상을 짓고 있었다. 학장실에 가까워질수록 머리가 새하얘지는 기분이었다. 정신을 차리려고 두 손으로 얼굴을 쓸어내렸을 때 멀리 학장실 문을 열고 나오는 누군가가 보였다. 입가에 듬성듬성 수염이 나고 거친 피부와 희끗희끗한 머리가 시선을 잡아끄는 사람이었다. 그리고 점점 가까워질수록 야윈 얼굴과 근심이 가득해 보이는 얼굴이 눈에 들어왔다. 최준호는 본능적으로 지나가는 신부의 얼굴을 흘깃거렸다.

초췌해진 모습으로 최준호의 옆을 스쳐 지나간 신부는 바로 김 신부였다. 그는 영신이 병원 창문에서 뛰어내린 이후 곤욕을 치렀다. 비난 여론에 변명 아닌 변명을 해야 했고, 천주교에도 구마 예식에 대한 구실을 마련하느라 곤란한 처지였다. 무엇보다 영신의 몸에 깃든 강력한 존재는 이제껏 만나보지 못한 놈이었다. 정 신부가 병원에서 시체와 다름없이 누워있는 상태에서 구마를 처음 하는 보조 사제를 이끌고 예식을 진행하기란 거의 불가능에 가까웠다. 김 신부는 마지막 동아줄을 잡는 심정으로 학장 신부를 찾았으나 착잡한 기분을 감출 수 없었다.

최준호가 김 신부를 돌아보는 사이 주임이 학장실 문을 두드렸다. 똑똑, 똑똑. 안으로 들어서자 정갈하게 정돈된 책상과 테이블이 보였고 창가로 마른 햇볕이 들어왔다. 학장 신부는 통화 중이었는지 휴대전화를 귀에 댄 채 다른 손으로 주임과 최준호를 향해 잠시 기다리라는 손짓을 했다. 주임은 안경을 치켜 올리더니 못마땅한 눈빛으로 최준호를 보며 나지막이 말했다.

"전 이만 가보겠습니다. 통화 끝나시면 말씀 나누세요."

최준호는 엉거주춤한 자세로 서서 인사를 했다. 주임이 조용히 몸을 돌려 나가고 나자 학장 신부의 목소리가 더 크게 들려왔다.

"저희도 기사 보고 황당했습니다. 네, 참. 요즘 시대에 별 사람 다 있죠? 뭐 파직했거나 아니면 사이비 이단이겠죠?"

학장 신부는 열이 오르는지 언성을 높였다. 기사라는 말을 들은 최준호는 탁자 위에 놓인 신문으로 시선을 돌렸다. 펼쳐진 면의 상단 구석에 실린 토막 기사가 눈길을 끌었다. 기사에는 익숙한 단어들이 눈에 들어왔다.

'6개월 전 성북 가톨릭대학병원서 여고생 환자가 병원 5층에서 뛰어내려 자살 기도. 알고 보니 가톨릭 수도회 신부가 수차

례 귀신 쫓기를 한 정황이 드러나…'

최준호가 재빨리 기사를 훑어보는 중에도 학장 신부는 간간이 한숨을 내쉬며 통화를 계속했다.

"아무튼, 그럼 저희 측 입장은 그렇게 정리해주시면 되고요. 그건 프란치스코회 일이니…. 아니, MBC 일을 KBS에 물어보는 거나 다름없는 거라니깐."

학장 신부는 통화를 끊고도 짜증이 가시지 않는 얼굴이었다. 그리고 잠시 허공을 바라보며 골똘히 생각에 잠겼다. 최준호가 눈치를 보며 멀찌감치 서 있자 학장 신부가 소파에 앉으라고 손짓하며 입을 열었다.

"7학년 최준호, 오랜만이네."

최준호는 학장 신부에게 고개를 숙여 인사를 하고 소파에 앉았다. 학장 신부도 최준호 앞으로 다가와 앉으며 물었다.

"86년생 호랑이띠 맞지?"

"네."

"부모님이 출생신고 늦게 하시거나 더 빨리 하고 그러시진 않았고?"

"그럼요."

대답을 들으며 학장 신부는 알았다는 듯이 고개를 끄덕였다. 그러나 머릿속에는 계속 골치 아픈 문제를 떠올리고 있는 것 같았다. 눈길이 향하는 곳에는 통화 중에 언급한 기사가 있었다. 유급 때문에 불려온 거라고 생각한 최준호는 미간을 일그러뜨린 학장 신부의 얼굴을 살피며 다른 일이 있을 거라는 예감이 들었다. 잠시 말이 없던 학장 신부가 최준호와 시선을 맞추며 물었다.

"그래. 학교생활은 어때?"

"뭐 7학년 졸업반이라 많이 바쁠 줄 알았는데 그렇지 않게 되겠네요."

최준호는 이미 자신의 유급이 기정사실이라는 생각에 퉁명스럽게 대꾸했다.

"그래, 사실 모두 자네가 7학년까지 무사히 왔다는 것도 기적이라고 생각은 하고 있어. 아슬아슬하니까."

학장 신부는 입가에 부드러운 미소를 띠우며 맞장구를 치듯 말했다. 그러자 최준호는 울컥 감정이 솟구쳐 변명하듯 입을 열었다.

"사실 좀 억울한 게 없는 건 아닙니다. 교구 성당들은 모두 진보적이니 현대적이니 그러면서, 신학교는 무슨 중세 시대도 아니고. 이제 다 각자 나름대로 구도 방법이 있는 거라고 생각합니다. 다소 좀 기준에 안 맞더라도 절대 성무일도나 미사에 빠진 적도…."

학장 신부는 장황하게 늘어놓는 최준호의 말을 끊으며 나지막한 소리로 중얼거렸다.

"나름의 구도 방법이라…."

최준호는 학장 신부의 무거운 목소리에 재빨리 눈치를 살폈다. 어쩐지 좋은 분위기는 아닌 것 같았다. 오히려 이야기를 거듭할수록 눈가에 잡힌 주름이 깊어졌다. 최준호는 태도를 바꿔야겠다는 생각이 번쩍 들었다. 제때 졸업할 수 있는 길이 있다면 그것은 학장 신부의 손에 달렸을 거라는 판단 때문이었다. 최준호는 자세를 고쳐 앉으며 말했다.

"아, 아닙니다. 죄송합니다."

학장 신부는 고개를 숙이는 최준호의 둥근 머리를 가만히 바라보다가 신음처럼 말을 뱉었다.

"흠…. 좋은 소식이 있고 나쁜 소식이 있는데, 뭐 먼저 들을텐가?"

고개를 들어 학장 신부의 얼굴을 빤히 쳐다보았다. 혹시 유급을 막을 수 있는 방법이라도 있는 건가. 최준호는 기대에 찬 얼굴로 눈을 반짝거리며 대답했다.

"당연히 좋은 소식 먼저 듣겠습니다."

"좋은 소식은 이번에 교황님께서 방한하실 때, 우리 학교에 방문하신다는 거다. 그래서 여름방학 내내 학사들이 합창 연습을 할 계획이다."

합창이라니. 기대와 너무 다른 소식에 최준호의 얼굴에는 실망감이 스쳤다. 학장 신부는 그 모습을 살피며 무표정하게 최준호를 바라보았다.

"와, 정말 좋은 소식이네요."

최준호는 억지로 미소를 지으며 맞장구를 쳤다. 그러자 학장 신부가 문득 목소리를 낮추고 최준호를 향해 눈을 치켜떴다.

"나쁜 소식은, 자네는 합창 연습을 안 해도 된다는 거."

최준호는 무슨 말인지 모르겠다는 표정이었다. 그러자 학장 신부가 손가락으로 탁자 위에 놓인 신문을 두드리며 말했다.

"거기 신문 봤잖아."

"이게 사실입니까?"

"대구 상인동에 있는 프린치스코회 김범신 베드로 신부라고. 은퇴하시고 병원에 계시는 정기범 신부님 알지?"

학장 신부의 물음에 최준호는 몇 년 전 수업을 떠올렸다. 정기범 신부님은 이제껏 본 신부님들과 다르게 고집과 강단이 있는 분이었다. 실제로 만난 것은 수업에서였는데 칠판 가득 괴상한 짐승들을 잔뜩 그려놓고 수업 시간 내내 열변을 토하고는 했다. 물론 정확한 수업 내용이야 이미 머릿속에서 깨끗하게 사라진 지 오래였지만 말이다. 최준호는 졸고 있던 부제에게 분필을 날리며 소리를 치던 정기범 신부님의 모습을 떠올리며 대답했다.

"네, 3학년 때 토테미즘과 해방 수업을 들었습니다."

"그분과 같이 장미십자회라는 비공식 단체에 소속되어 있는 사람인데, 작년 겨울부터 한 아이에게 구마를 하고 있어. 나를 포함해서 몇몇 신부들만 비밀리에 이것저것 도와주고 있는 상황이고. 근데 얼마 전에는 환자가 병원에서 뛰어내려 버렸어. 다행인지 모르겠지만 죽지 않고 식물인간이 됐는데 계속 집착하고 있으시네. 참."

실제로 구마에 대해 이야기를 듣는 것은 처음이었다. 게다가 학장 신부의 입에서 직접 듣는 말이라면 허황된 소문이나 근거 없는 이야기는 아닐 터였다. 무거운 주제에 사뭇 진지해진 최준호가 고개를 주억거렸다.

"수도회 측에서 김 신부를 도와주는 보조 사제가 하나 있는데… 좀 사정이 생겼나 봐. 그리고 수도회는 요즘 일손이 많이 딸린다고 그러고…."

학장 신부는 말끝을 흐리며 최준호의 얼굴을 가만히 바라보았다. 최준호는 번뜩 스치는 생각에 눈을 동그랗게 뜨고 물었다.

"설마… 제가…?"

"별거 있겠어? 그냥 보조 사제야. 옆에서 시키는 대로만 하면 돼. 뭐 싫으면 올 여름 합창 연습 열심히 해도 되고."

학장 신부는 대수롭지 않은 일이라는 듯 대꾸했다.

최준호는 여름 내내 학교에서 노래 연습을 반복할 생각을 하니 벌써부터 몸이 근질거렸다. 그리고 무엇보다 학장 신부가 말하는 일을 하면 유급을 막을 길이 생길지도 모른다는 희망이 들

었다. 최준호는 자세를 고쳐 앉으며 적극적인 목소리로 말했다.

"제가 딱 적임자인 거 같습니다."

최준호가 제안을 수락하자 학장 신부는 자리에서 일어나 책상에 놓아둔 서류 봉투를 집어 들었다. 그리고 입단속 하라는 경고와 함께 서류를 건넸다.

"cum linguae sanctae!"(거룩한 혀!)

최준호가 입에 엄지로 성호를 그으며 단호한 목소리로 외쳤다. 학장 신부는 마음이 놓이지 않는지 근심 어린 표정으로 설명을 덧붙였다.

"김 신부가 주고 간 거야. 살펴보고. 거기 주소가 하나 있는데, 김 신부를 도와주던 수도회 수사야. 가서 필요한 거 받아 와."

최준호는 손에 받아 든 서류를 살피며 고개를 끄덕였다. 학장 신부가 자리로 돌아서며 혼잣말처럼 중얼거렸다.

"무슨 일이 있었는지… 잠수 타서 아무도 안 만나는 중이래."

학장 신부는 의자에 걸터앉으며 깊은 한숨을 내쉬었다. 최준호가 자리에서 일어나 이만 가보겠다는 인사를 하자 학장 신부가 고개를 끄덕였다.

최준호가 학장실을 나간 뒤에도 학장 신부는 한동안 생각에 빠져 넋을 놓았다. 호랑이띠가 영적으로 가장 민감한 기질을 가지고 태어났다고 하지만 최준호는 기질과 영 거리가 멀어 보였다. 게다가 김 신부가 말해준 다른 조건들에 부합하는지는 의문이었다. 학장 신부는 건물을 빠져나가는 최준호의 모습을 내려다보면서 다시 김 신부의 목소리를 떠올렸다.

'장엄 구마 예식의 보조 사제는 부마자의 언어를 서취하고 구마사의 말을 번역해야 하기 때문에 라틴어, 독일어, 중국어에 능통해야 합니다.'

학장 신부는 최준호의 성적을 떠올리며 손가락으로 책상을 두들겼다.

'배짱이 있어야 합니다. 그래도 어두운 영을 접하는 일이다 보니 용감하고 대범한 성격….'

최준호의 모습이 시야에서 완전히 사라지자 학장 신부는 생각을 떨쳐내려는 듯이 고개를 흔들었다. 이 일이 지금까지 끝나지 않은 것이 마음에 걸렸지만, 한편으로 별일이야 있겠냐는 생각이 들었다. 학장 신부는 김 신부에게 보조 사제를 보낸다는 연락을 하기 위해 수화기를 들었다. 구마 예식에 관해서라면 이번이 마지막 연락이 되길 바라는 마음과 함께.

**

며칠 후 비가 쏟아지는 골목을 걸으며 최준호는 박 수사의 집을 찾았다. 주택이 빽빽하게 들어선 동네는 햇빛이 들지 않는 우중충한 날씨와 사방에 가득한 물비린내가 어우러져 스산한 분위기를 자아냈다.

최준호는 빗물에 젖은 바짓단이 질척거리며 발목에 엉겨 붙을 때마다 왠지 모를 불안감이 밀려왔다. 학교를 벗어나기 전 박 수사의 집으로 가보겠다는 이야기를 들은 학장 신부가 자신에게 시킨 일이 꺼림칙했기 때문이다. 학장 신부는 박 수사를 만나면 그동안 무슨 일이 있었는지 슬쩍 물어보라고 했고, 무엇보다 김 신부에 대해서 이야기를 듣고 오라고 했다. 구마예식을 진행하면서 내부적으로 김 신부의 평판이 안 좋아진 모양이었다.

"이렇게까지 해야 하는 건가…."

최준호는 탄식을 하듯 혼잣말을 중얼거리며 손에 든 종이를 펼쳐보았다. 갈림길이었다. 최준호는 박 수사의 주소와 안내 표지판을 번갈아 보다가 오른쪽 오르막길을 향해 걷기 시작했다. 빗물이 경사진 언덕을 따라 끊임없이 흘러내렸다.

주소가 가리키는 집은 허름한 외관의 2층 주택이었다. 최준호는 검은 우산을 어깨에 받쳐두고 초인종을 눌렀다. 집 안과 연결된 스피커에서는 아무 소리도 들리지 않았다. 손가락에 힘을 주어 몇 번 더 초인종을 누르고 기다렸지만 역시나 마찬가지였다. 최준호는 어쩔 수 없이 조금 열려 있는 문을 슬며시 밀며 한쪽 발을 주택 안으로 들여놓았다. 그 순간이었다. 컹! 컹! 2층으로 오르는 외부 계단 앞에 묶여 있던 개가 사납게 짖어대기 시작했다. 컹! 컹! 허공을 울리는 날카로운 소리가 계속해서 귓가에 날아들자 최준호는 부르르 몸을 떨었다. 그 소리만으로도 몸이 얼어붙는 것 같았다.

최준호는 천천히 숨을 고르며 계단 가까이 다가갔다. 그러자 비를 맞아 더욱 짙은 검은색을 내뿜는 커다란 개가 날카로운 이빨을 드러내며 으르렁거렸다. 최준호는 더 이상 앞으로 가지 못한 채 2층으로 올라갈 다른 방법을 찾아 주변을 살폈다. 그때 눈에 들어온 것이 계단 옆에서 비를 맞고 있는 장독대였다. 그는 장독대를 밟고 올라서서 계단 중간으로 넘어갔다. 개는 쇠줄이 팽팽하게 당겨질 만큼 달려들며 매섭게 짖어댔다.

그렇게 무사히 계단을 오르자 불투명한 유리로 이루어진 현관문이 나타났다. 최준호는 문을 두드리며 박 수사를 찾았다.

"마태오 수사님!"

집을 향해 귀를 기울이며 대답을 기다렸지만 안에서는 아무 소리도 들려오지 않았다.

"아무도 없나…."

혼잣말을 중얼거리던 최준호는 고개를 돌려 집 주변을 살펴보기 시작했다. 창문이 있는 곳에는 한 군데도 빠짐없이 커튼이 드리워져 있었고, 어른거리는 사람의 그림자도 찾아볼 수 없었다. 최준호는 다시 문 앞에 서서 마지막이라는 생각으로 문고리를 잡고 흔들었다.

"저기요! 아무도 안 계시나요!"

현관문이 요란한 소리를 내며 덜컹거렸다. 포기하고 다시 돌아가려던 그때, 문 사이에 있는 작은 틈을 발견한 최준호는 집 안을 들여다보기 위해 얼굴을 들이밀었다. '집 안이 왜 이렇게 캄캄하지' 하고 생각하던 찰나 반대편에서 밖을 내다보는 누군가의 눈동자와 마주쳤다.

"으악!"

화들짝 놀란 최준호가 뒷걸음질을 치며 비명을 질렀다. 번뜩이는 눈동자는 경계하는 눈빛을 숨기지 않았다.

"누구야?"

걸걸한 중년 남자의 목소리가 흘러나왔다. 최준호는 벌렁거리는 심장을 진정시키며 서늘한 눈빛을 향해 말했다.

"가톨릭대 학장 신부님께서 보내서 왔습니다."

"근데."

남자의 목소리는 차갑고 무뚝뚝했다.

"뭐 좀 받아오라고 하셔서요. 김범신 신부님 아시죠?"

최준호가 현관문에서 움직이는 남자의 그림자를 살피며 묻자, 남자는 말끝을 흐리며 대답했다.

"모르는데….."

"네? 프란치스코회 마태오 수사님 아니세요?"

남자는 대답하지 않았고 잠시 정적이 흘렀다. 주변에는 빗소리만 가득했고 그림자로는 표정을 알 수가 없어서 최준호는 무작정 대답을 기다리는 수밖에 없었다. 남자가 날이 선 목소리로 물었다.

"너 누구냐?"

"제가 대신 김 신부님 도와드릴 보조 사제입니다."

철컥, 대답처럼 문이 열리자 초췌한 인상의 박 수사가 나타났다. 최준호는 우산을 접으며 집 안으로 들어섰다. 한동안 집 안에서만 지냈는지 물건들이 어수선하게 널브러져 있는 거실이 한눈에 들어왔다. 박 수사는 별다른 말없이 방으로 들어가 이것저것 자료들을 챙기기 시작했다. 이제 막 밥을 먹으려던 참이었는지 부엌 식탁 위에 차려진 음식에서는 뜨거운 김이 올라왔다.

"죄송합니다. 식사 중이신데."

최준호는 집 안을 둘러보다가 문득 정신을 차리고 사과를 건넸다. 박 수사는 아무것도 듣지 못하는 사람처럼 말없이 자료만 찾았다. 최준호는 부산스럽게 움직이는 박 수사의 등을 바라보며 다시 입을 열었다.

"안녕하세요. 7학년 최준호 부제입니다."

"신학생이야?"

박 수사는 최준호의 인사에 얼굴을 흘깃거리며 물었다. 최준호가 그렇다고 대답하자 노골적으로 비웃음을 흘렸다.

"이젠 아주 새파란 것들을 다 보내는구먼."

"새파랗지는 않고요. 곧 서른입니다. 그럼 수사님도 호랑이띠면 62년생…."

말끝을 흐리는 최준호를 향해 걸어 나오던 박 수사가 말을 끊으며 말했다.

"나 74 범띠야."

"아, 죄송합니다."

최준호는 흠칫 놀라며 아차 하는 표정으로 박 수사를 바라보았다. 자료를 들고 거실로 걸어가는 박 수사의 모습은 제 나이보다 훨씬 늙어 보였다. 머리숱이 적었고 눈가에는 주름이 깊었다. 게다가 그늘이 드리운 듯한 표정과 굳게 다문 입매가 우울한 인상을 풍겼다.

박 수사는 거실에 주저앉아 들고 있던 자료를 펼쳐놓았다. 그리고 바닥에 시선을 고정한 채 자료에 대해 설명하기 시작했다.

"이건 로만 예식서 영어판이고 이건 이탈리아어 원판이야. 거의 대부분 영어판을 많이 써. 그리고 이건 서취 노트. 보조 사제들이 적는 거고, 이건 녹음기, 테이프들. 그리고 김 신부와 연락하는 휴대전화."

최준호는 자신의 얼굴은 보지도 않은 채 일방적인 설명을 거듭하는 박 수사를 쳐다보았다. 박 수사는 무언가에 쫓기는 사람처럼 불안해 보였고 머릿속은 다른 생각으로 가득 차 있는 것 같았다.

말을 마친 박 수사가 물건들을 한데 모으기 위해 팔을 뻗었다. 그때 최준호의 눈에 피부병처럼 보이는 이상한 반점들의 흔적이 보였다. 최준호는 자신의 눈을 의심하며 일부러 가까이 몸을 붙이고 앉았다. 그리고 팔을 힐끗 살피면서 앞에 놓인 휴대전화를 집어 들었다.

"아! 켜지 마."

최준호가 휴대전화를 만지작거리는 동시에 박 수사가 신경질적으로 소리쳤다. 불안하게 떨리는 목소리를 들으며 최준호는 박 수사가 마치 겁에 질린 사람 같다는 생각이 들었다. 최준호는 얼른 휴대전화를 내려놓았다. 그리고 허름한 공책을 가리키며 말했다.

"이게 서취 노트군요."

아무 데나 펼쳐본 노트에는 날짜별로 빽빽한 글씨들이 적혀 있었다. 최준호는 노트를 보며 생각에 잠긴 박 수사를 향해 조심스럽게 물었다.

"수사님…. 근데 무슨 일이 있으시기에 그만두시는 거죠?"

흠칫한 박 수사는 자리에서 일어나 식탁으로 걸어갔다. 그리고 등을 돌린 채 다시 식사를 시작했다. 박 수사는 게걸스럽게 밥을 떠먹었고, 숟가락이 달그락거리며 그릇에 부딪치는 소리가 들렸다. 최준호는 자료를 뒤적거리며 박 수사가 무슨 말이라도 해주기를 기다렸다. 물론 자료를 가지고 빨리 집에서 나갔으면 하는 태도였지만 말이다.

"몸도 좀 안 좋고, 고향에 계신 부모님께 좀 가봐야 할 일이 생겨서."

박 수사가 쩝쩝거리며 대답했다.

"아, 몸이 어디가 편찮으신데요? 고향에 부모님은 무슨 일이 있으세요?"

최준호가 질문을 쏟아내자 박 수사는 짜증이 이는지 갑자기 고함을 쳤다.

"니가 뭔데 그런 걸 물어봐!"

"죄송합니다."

최준호가 사과를 하자 박 수사는 들고 있던 숟가락을 내려놓으며 말했다.

"야, 내가 하는 얘기 잘 들어. 너, 그냥 거기 가봐야…"

그때였다. 바깥에서 개 짖는 소리가 들렸다. 누군가 이 집을 찾아온 모양이었다. 계단을 올라오는 발걸음 소리가 들리자 박 수사는 신경을 곤두세웠다. 쾅! 쾅! 누군가 현관문을 두드리기 시작했다. 박 수사는 식탁에서 움직일 생각이 없어 보였다. 최준호는 문을 열어야 하는지 이대로 숨을 죽이고 있어야 하는지 어찌할 바를 몰라 난처한 얼굴로 집주인을 바라보았다. 박 수사는 아무 소리도 들리지 않는 사람처럼 다시 꾸역꾸역 밥을 먹었다.

"야! 거기 있는 거 보여. 문 좀 열어봐!"

현관에서 언성이 높아진 누군가의 목소리가 날아들었다. 그러자 박 수사가 굳어진 얼굴로 냉랭하게 대답했다.

"싫습니다."

"알았다니까! 얼굴만 좀 보자고."

처음보다 부드러워진 목소리가 이어졌다. 그러나 박 수사의 표정은 변함이 없었다.

"이번에는 본당 쪽까지 가셨네요. 거기서 사람 보내줄 거예요. 저는 그만 빠지겠습니다."

박 수사의 단호한 거절에 문밖에서는 땅이 꺼질 듯한 한숨 소리가 들렸다.

"아니야… 아닌 것 같다. 내가 그 핏덩이랑 어떻게 일을 하나?"

대화를 듣자 하니 찾아온 사람은 바로 김 신부인 듯했다. 박 수사와 함께 구마 의식을 했고, 학교까지 찾아와 보조 사제를 찾은 사람은 하나뿐이었으니 말이다. 거실에 서서 핏덩이라는 말을 들은 최준호는 입술을 삐죽거렸다. 박 수사가 아무런 대답도 하지 않자 화가 난 김 신부가 소리를 질렀다.

"문 열어봐 이 새끼야! 지금 장난하는 줄 알아? 거의 다 됐잖아!"

"쳇. 다 되긴 뭐가 다 됐다고 그러십니까? 정신 차리세요, 신부님도."

박 수사가 미간을 일그러뜨리며 차가운 얼굴로 대답했다. 뜨거운 김을 피워올리던 식탁 위의 음식들도 어느새 차갑게 식어 있었다.

"한 번만 도와줘. 이번이 진짜 마지막이야. 응? 같이 밥이라도 먹자."

김 신부가 창문 가까이 얼굴을 가져다 대고 애걸하다시피 말했다.

"싫다고. 그냥 가라고!"

김 신부를 향해 소리치는 박 수사의 얼굴은 거의 울상이었고, 목소리는 거칠게 갈라져서 절규처럼 들렸다. 집 안에는 불편한 침묵이 흘렀다. 바깥에서 들려오는 개짖는 소리와 빗소리 말고는 숨소리조차 들리지 않았다.

최준호는 현관문에서 얼어붙은 듯이 서 있는 김 신부의 그림자를 바라보았다. 갑자기 김 신부가 발로 문을 힘껏 걷어차며 욕지기를 뱉었다.

"병신 새끼."

김 신부의 목소리가 비수처럼 날아들었다. 그리고 터벅터벅 계단을 내려가는 발소리와 함께 깨갱! 하며 신음하는 개 소리가 이어졌다.

최준호는 창가로 다가가 커튼을 걷고 빗속으로 사라지는 김 신부의 뒷모습을 지켜보았다. 박 수사도 어느새 다가와 멀어져 가는 김 신부의 모습을 직접 확인했다. 최준호는 잠시 머뭇거리다가 진지한 얼굴로 물었다.

"뭐가 있긴 있는 겁니까?"

박 수사는 선뜻 대답하지 못했다. 그러나 이내 가볍게 고개를 흔들며 대답했다.

"뭐가 있긴 있지. 저기 저 미친놈."

박 수사는 이만 가보라는 듯이 손을 휘휘 저었다. 그리고 입 안에 남아 있는 음식물을 쩝쩝 씹으며 다시 식탁 의자에 앉았다. 최준호는 바닥에 널린 자료들을 한데 모아 가방에 집어넣고 박 수사의 집을 나섰다.

최준호가 우산을 펴고 계단을 내려오자 검은 개는 다시 맹렬하게 짖기 시작했다. 개의 목을 두르고 있는 쇠사슬이 철컹거리며 요란한 마찰음을 더했다. 최준호는 날카로운 개의 눈빛과 붉게 드러난 잇몸, 그리고 뾰족한 이빨을 보며 마음 깊은 곳에서 분노가 치솟는 것을 느꼈다. 우산 아래로 검은 개를 노려보는 최준호의 눈빛은 깊고 어두웠다.

개를 지나쳐 주택을 빠져나오자 다시 갈림길에 들어섰다. 비는 그칠 줄 모르고 퍼부었고 찬기가 몸을 휘감았다. 골목이 있

는 언덕을 내려와 버스 정류장으로 가는 동안 최준호는 머릿속에서 검은 개의 모습을 지우지 못했다. 오히려 그것은 애써 묻은 과거의 기억들을 연달아 떠오르게 했다. 쇠사슬에 묶인 채 짖어대는 개의 이빨과 팽팽하던 사슬이 끊어진 순간 노란 눈을 번뜩이며 달려드는 모습, 그리고 몸 곳곳에 뭉텅뭉텅 빠져 있는 털과 그 뒤로 보이는 폐가까지.

버스가 도착하자 최준호는 뒤쪽에 앉아 창가에 맺히는 물방울들이 끊임없이 흘러내리는 것을 멍하니 지켜보았다. 탕! 총성이 울리는 소리가 귓가에 환청처럼 들렸다. 그리고 경찰차 위에서 번쩍거리는 빨간 불빛과 어린 시절 자신의 눈을 가리는 아버지의 팔, 그 틈새로 보이는 신발과 어지럽게 찍혀 있는 핏자국! 최준호는 마치 그 순간으로 돌아간 것처럼 몸을 떨었다. 자리에 등을 기대고 앉아 있는데도 숨이 가빠졌다. 생각을 떨쳐내기 위해 두 손을 모으고 눈을 질끈 감자 어둠 속에서 붉은 얼굴이 달려들어 자신을 죽일 듯이 노려보았다.

최준호는 거친 숨을 몰아쉬며 주변을 둘러보았다. 휴대전화를 들여다보며 킥킥거리는 남학생과 꾸벅꾸벅 졸고 있는 아저씨가 있었다. 창밖에는 바닥에 그려진 선을 따라 지나가는 차들과 거리마다 이어지는 환한 빛이 보였다. 최준호는 천천히 호흡을 하면서 마음을 진정시켰다. 그러나 창가에 비치는 창백한 얼굴은 겁에 질린 듯 떨고 있었다.

기숙사에 도착했을 때는 이미 밤이 깊은 시간이었다. 최준호는 몸속에 파고든 한기가 사라지지 않는 것을 느끼며 몸을 움츠렸다. 화장실에 들어가 따뜻한 물로 오래 씻고 나서야 겨우 진정이 되는 듯했다. 수건으로 몸을 닦으며 책상 위에 올려둔 서류 봉투를 바라보았다. 처음에 학장실에서 이 일에 대한 제안을 받을 때만 해도 유급이나 면하자는 생각이었는데 이 일에 깊이 들어오면 들어올수록 꺼림칙한 기분과 함께 여러 의문들이 생겨났다. 분명 김 신부를 중심으로 한 구마 예식에 아직 알지 못하는 무언가가 있는 것 같았다.

이쯤에서 그만해야 하나. 최준호는 침대 위에 걸터앉아 멍하니 허공을 바라보았다. 여기서 발을 빼겠다고 해도 학장 신부는 아무 말도 하지 않을 것이 분명했다. 구마 예식 자체가 공식적인 일이 아니고 내부적으로도 말하길 꺼리는 일이기 때문이다. 그러나 이것을 그만둔다면 겁에 질려 도망치던 어릴 적 자신의 모습과 조금도 다르지 않다는 생각이 들었다. 오늘도 검은 개를 본 이후 그 일이 머릿속에서 떠나지 않았다. 머리가 지끈거릴 정도로 진절머리 나는 그 기억은 아마 앞으로 살아가는 날 동안 끊임없이 따라다닐 터였다. 최준호는 입술을 질끈 깨물고 자리에서 벌떡 일어났다. 그리고 편한 옷으로 갈아입은 뒤 책상 앞에 바짝 붙어 앉았다. 판도라의 상자를 여는 순간이었다.

취침 시간이 되자 기숙사 불이 하나둘 꺼지기 시작했다. 여기저기서 희미한 취침 기도가 들려왔다. 그러나 마지막 기도 소리가 끝난 뒤에도 최준호는 스탠드 불이 켜진 책상 앞에서 일어나지 않았다. 불빛 아래에는 부모님과 어린 여동생이 함께 있는 가족사진이 보였고, 서류 봉투에서 꺼낸 자료들이 늘어져 있었다.

"지금 시대가 어느 시댄데 이런 걸…."

최준호는 테이프 하나를 집어 들어 카세트플레이어에 넣고 버튼을 눌렀다. 그러자 이어폰을 통해 녹음된 김 신부와 영신의 목소리가 흘러나왔다.

"깼어?"

박 수사의 집에서 들은 낮고 무거운 목소리였다.

"잠을 잘 수가 없어요, 신부님. 이상한 소리들이 다 들려요."

"어떤 소리?"

"전부 다 들려요. 밖에 벌레들이 이야기하는 소리까지."

"감기 같은 거야, 영신아."

김 신부가 영신의 이름을 부르는 순간 최준호는 서취 노트 안에서 영신의 사진을 발견했다. 성당으로 보이는 건물 앞에서 환하게 미소 짓고 있는 사진이었다. 반달처럼 휘어지는 눈매와 봄 햇살처럼 환한 피부가 싱그러운 나이에 어울리는 얼굴이었다. 그러나 귓가에 이어지는 영신의 목소리에는 탁하고 어두운 기운이 서려 있었다.

"아니에요, 신부님. 저도 대충 알아요. 뭔가 나쁜 게 제 안에 있는 거잖아요."

대화 내용에는 특별히 이상할 것이 없었다. 최준호는 무표정한 얼굴로 빨리 감기 버튼을 눌렀다. 테이프가 감기고 뒤쪽으로 넘어가자 김 신부의 다급한 목소리가 들렸다.

"이거 좀 만져봐."

"저리 치우세요, 신부님! 제발요. 싫다고요!"

영신이 겁에 질린 것처럼 날카롭게 소리쳤다.

"가만 안 있어!"

김 신부의 호통과 함께 덜컹거리는 소리가 들렸다. 김 신부가 영신을 말리면서 병실 침대가 흔들리는 소리 같았다.

"왜 자꾸 아무도 없을 때 오셔서 이러세요. 엄마 좀 불러주세요. 네? 저기요! 누구 없어요!"

테이프에 녹음된 영신의 절박한 외침을 듣자 최준호의 표정이 종이를 구기듯 일그러졌다. 정확한 맥락을 알 수 없었지만 분명 이상한 구석이 있었다.

테이프가 끊어지자 재빨리 다음 테이프를 바꾸어 넣고 다시 듣기 시작했다. 그러자 희미한 소음이 배경처럼 들렸는데 그것은 나지막한 소리로 켜놓은 텔레비전 같았다. 그 위로 김 신부의 부드러운 웃음이 들렸다.

"허허, 간질이라고? 야 인마. 네가 그런 걸 어떻게 알아?"

"TV에서 봤어요. 저는 제가 제일 잘 알아요. 머리 수술 좀 받으면 괜찮아진다고 그러더라고요."

영신은 천진난만한 학생처럼 명랑한 말투로 대답했다. 영신의 몸 안에 무언가 있는 게 확실한 걸까. 최준호가 고개를 갸우뚱거리며 헷갈려하는 찰나, 갑자기 날이 선 차가운 목소리가 들려왔다.

"근데… 주머니 속에 뭐야."

순식간에 다른 사람으로 뒤바뀐 듯한 느낌이었다. 온몸에 오소소 소름이 일었다. 화들짝 놀라며 말을 더듬는 김 신부의 목소리가 이어졌다.

"어? 어… 뭐가?"

"녹음기잖아."

"이게 왜 여기 있지? 허허."

민망한 듯한 김 신부의 말을 마지막으로 테이프가 끝이 났다. 최준호는 또 다른 테이프를 집어넣으면서 잡힐 듯 잡히지 않는 부분에 대해 생각했다. 분명 영신의 상태는 급격하게 변화했고 기록에서도 한 사람이 아닌 여러 사람처럼 느껴졌다. 그러나 다른 존재가 있다고 말하기에는 애매한 부분들이 많았고, 김 신부의 말들도 석연치 않은 구석이 있었다.

플레이 버튼을 누르자 이번엔 새로운 목소리가 들렸다.

"2월 8일 새벽 1시. 참석자 김범신 베드로 신부, 박현진 교수…."

일기처럼 시간과 참석자를 남기는 것을 봐서는 이 테이프를 녹음한 보조 사제 같았다.

"야, 새끼야. 됐고. 빨리 기도해. 시간 없어."

녹음기 가까이에서 다급하게 속삭이는 보조 사제의 목소리는 김 신부의 거친 목소리로 인해 끊어졌다. 그러자 영신이 겁에 질린 듯 애원했다.

"오늘 너무 피곤한데 그만하면 안 돼요? 죽을 것 같아요."

"아가리 닥쳐!"

김 신부의 무겁고 강한 목소리가 이어졌다. 최준호는 이어폰으로 흘러드는 소리만 듣고 있는데도 숨이 턱턱 막히는 기분이었다. 다급한 목소리는 불안하게 이어졌고, 영신의 울먹거림은 덫에 걸린 짐승처럼 애처로웠다.

"자꾸 괴롭히면 창문으로 뛰어내릴 거야."

최준호는 이마에서 흐르는 땀을 닦으며 신경을 더욱 곤두세웠다. 그때 영신의 거친 숨소리와 함께 괴상한 목소리가 들렸다.

"하아. 정말 싫어요. 당신들이 너무 싫어요."

"지금 말하는 게 누구야."

"엘람 테게 케노드… 세데스 사보느… 신부님. 괜찮다니까 자꾸 그러세요. 누구 좀 불러주세요."

영신의 말에는 잡음이 섞여 알아들을 수 없는 부분들이 있었다. 속삭이듯 중얼거리면서도 재빠르게 내뱉는 기이한 목소리. 그것은 영신의 목소리와 미묘하게 어긋났지만 분명 영신의 말속에 들리는 것이었다.

"elam tege cenod… sedes savon. 신부님. 괜찮다니까 그러세요. 누구 좀 불러주세요."

최준호는 카세트플레이어의 볼륨을 높이고 소리에 더욱 집중했다. 그리고 펜을 들어 영신의 말을 빠르게 받아 적었다.

'elam tege cenod… sedes savon.'

종이 위에 정신없이 손을 움직이는 순간에도 이어폰에서는 끊임없이 대화가 흘러나왔다. 나지막하게 기도 소리가 이어지고 문득 김 신부가 영신에게 물었다.

"근데 왜 자꾸 네 몸을 긁는 거야?"

"신부님이 저 만지셨잖아요. 전에 고향에서도 그러셨으면서. 서울까지 따라오셔서 저한테 왜 그러세요? 저 정말 신부님 좋아했는데. 근데… 아직 아빠한테 말 안 했어."

은밀하게 속삭이는 영신의 목소리를 듣는 순간, 갑자기 방문 밖에서 이상한 소리가 들려왔다. 드륵드륵. 누군가 문을 긁는 소리였다. 화들짝 놀란 최준호는 재빨리 카세트플레이어를 집어넣고 물었다.

"누구세요?"

문밖에서는 아무 소리도 들리지 않았다. 최준호는 깊은 밤에 기숙사 방을 찾아올만한 사람을 떠올리며 다시 물었다.

"재웅이야? 원감 신부님? 죄송합니다. 취침하겠습니다."

문을 흘끔거리며 불을 끄려는 찰나 다시 문 긁는 소리가 났다. 최준호는 의심스러운 얼굴로 의자에서 몸을 일으켜 빠르게 문을 열어보았다.

놀랍게도 눈앞에는 박 수사 집에 묶여 있던 커다란 개가 으르렁거리며 서 있었다. 비를 맞았는지 흠뻑 젖은 털을 따라 바닥으로 빗물이 뚝뚝 흘러내렸고, 끊어진 쇠사슬은 질질 끌리고 있었다. 어두운 복도에 검은 형상처럼 서 있던 개는 살기가 번뜩이는 눈으로 최준호를 노려봤다. 최준호는 겁에 질려 뒷걸음치면서 재빨리 무기가 될 만한 것을 찾았다. 방 안으로 천천히 들어오던 개는 순식간에 뛰어올라 최준호를 향해 달려들었다. 그 순간 최준호는 날카로운 송곳을 손에 쥐고 개를 향해 사정없이 휘둘렀다. 격렬한 몸싸움이 이어졌다. 최준호는 필사적으로 개의 몸에 송곳을 박아 넣으며 눈을 부릅떴다. 거칠게 숨을 몰아쉬면서도 피투성이 개가 힘을 잃고 완전히 늘어질 때까지 공격을 멈추지 않았다.

어느새 최준호의 얼굴은 개의 피로 뒤덮였고, 생명이 끊어진 개는 바닥 위에 모래자루처럼 힘없이 늘어졌다. 최준호가 숨을 내쉬며 안도하는 순간이었다. 문득 내려다본 개는 여동생의 주

검으로 변해 있었다. 온몸에 소름이 쫙 끼치면서 몸이 덜덜 떨렸다. 얼굴이 창백해진 최준호는 너무 놀라 비명을 내질렀다.

"으악!"

몸을 일으켜 거친 숨을 몰아쉬던 최준호는 문득 사방의 고요함을 느꼈다. 옷은 땀으로 흠뻑 젖어 있었고, 서늘한 기운이 스치면서 얼굴에 경련이 일었다. 허겁지겁 두 손을 들어 얼굴을 더듬거렸지만 붉은 피는 묻어나지 않았다. 책상 위에는 잠들기 전에 보고 있던 기괴한 그림과 사진들이 뒤엉켜 있었다.

최준호는 꿈이었다는 것을 깨닫고 그제야 숨을 몰아쉬며 가슴을 진정시켰다. 그때였다. 박 수사가 건넨 휴대전화에서 진동이 울렸다. 잠시 망설이다 전화를 받자 김 신부의 목소리가 들렸다.

"악몽을 꾸었나?"

"네."

"뭘 봤는데?"

"개를 죽였습니다."

전화 너머에서는 잠시 침묵이 일었다. 방 안에는 더 거세진 빗소리만 가득했다. 무거운 숨소리와 함께 김 신부의 말이 이어졌다.

"좋네. 네가 나 좀 도와줘야겠다."

김 신부는 말을 마치고 바로 전화를 끊었다.

최준호는 자리에서 일어나 침대에 누웠다. 귓가에는 카세트 테이프에서 들은 김 신부의 기도 소리와 애원하는 영신의 목소리가 맴돌았다. 그리고 잡음처럼 들려오는 기괴한 음성도 꼬리처럼 따라붙었다. 최준호는 몸을 뒤척이며 방 안에 드리운 그림자보다 더 어두운 표정으로 눈을 질끈 감았다.

녹음을 듣고 악몽을 꾸는 최부제. 약식구마를 받다가 뛰어내리는 영신.

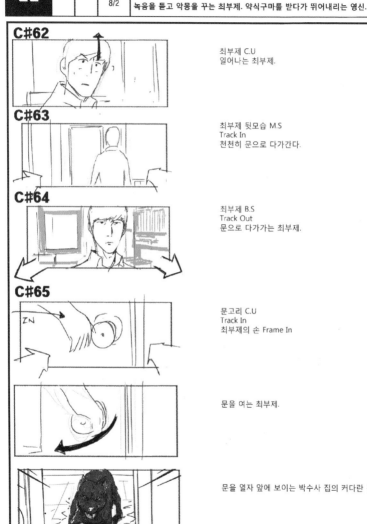

C#62

최부제 C.U
일어나는 최부제.

C#63

최부제 뒷모습 M.S
Track In
천천히 문으로 다가간다.

C#64

최부제 B.S
Track Out
문으로 다가가는 최부제.

C#65

문고리 C.U
Track In
최부제의 손 Frame In

문을 여는 최부제.

문을 열자 앞에 보이는 박수사 집의 커다란 검은 개.

C#66 / 22-7 최부제의 방 (N/S)

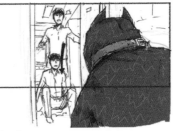

개 OS 최부제 K.S
허걱! 놀란 최부제 뒤로 물러난다.

C#67 / 22-7 최부제의 방 (N/S)

F.S
크르르릉...
뒤로 물러서는 최부제.

C#68 / 22-7 최부제의 방 (N/S)

끊어진 쇠줄 Follow

개 OS 최부제 F.S
비를 맞아서 물이 뚝뚝 떨어지고 있는 개를 바라보는
최부제.

C#69 / 22-7 최부제의 방 (N/S)

희미한 복도 불빛 속에서 최부제를 노려보면서
으르렁거린다.

C#70 / 22-7 최부제의 방 (N/S)

최부제 B.S
일어서는 최부제.

C#71 / 22-7 최부제의 방 (N/S)

K.S
최부제에게 다가가는 개.

C#72 / 22-7 최부제의 방 (N/S)

뒤로 물러나던 최부제는 책상 위 연필꽂이에
날카로운 송곳을 꺼내 든다.

C#73 / 22-7 최부제의 방 (N/S)

최부제 C.U
긴장한 표정의 최부제.

C#74 / 22-7 최부제의 방 (N/S)

최부제에게 달려드는 개.
크항!

C#75 / 22-7 최부제의 방 (N/S)

최부제 뒷모습 B.S

개 Frame In
최부제의 어깨를 문다.

C#76 / 22-7 최부제의 방 (N/S)

개와 함께 바닥에 넘어지는 최부제.

C#77 / 22-7 최부제의 방 (N/S)

바닥에 누운 상태의 최부제. B.S

C#78 / 22-7 최부제의 방 (N/S)

최부제의 어깨를 물고 있는 개. C.U

C#79 / 22-7 최부제의 방 (N/S)

송곳으로 미친 듯이 개를 찌른다. C.U

C#80 / 22-7 최부제의 방 (N/S)

F.S
High Angle
개를 뒤집는 최부제.

C#81 / 22-7 최부제의 방 (N/S)

압도적으로 개를 죽이는 최부제.

C#82 / 22-7 최부제의 방 (N/S)

최부제 뒷모습 B.S
송곳으로 찌를 때마다 피가 튄다.

C#83 / 22-7 최부제의 방 (N/S)

최부제 C.U
Low angle
얼굴에 피를 묻히며 수십 차례 개를 찌른 뒤
진정이 된 듯 눈을 뜨는 최부제.

C#84 / 22-7 최부제의 방 (N/S)

최부제 POV
눈앞에 보이는 건 피투성이가 여동생의 모습.

C#85 / 22-7 최부제의 방 (N/S)

최부제 C.U

최부제 : 으악!

C#86

최부제 B.S

짧은 비명과 함께 책상에서 잠을 깨는 최부제.
식은땀이 가득하다.

C#87

F.S
High Angle

C#88

최부제 B.S

최부제 : 하아... 하아...

C#89

책상 위 펼쳐 놓은 여러 자료들 Follow
최부제의 가족사진.

C#90

최부제 B.S
그때 드르륵 진동하는 소리.

C#91

박수사가 준 핸드폰. C.U

C#92

최부제 M.S
전화를 받지 않고 가만히 있는 최부제.

최부제 – 전화기 – 최부제 Focus 이동

22	N	S	2014 8/2	가톨릭대학교 기숙사 최부제의 방 / 가톨릭대학병원 병실	96
				녹음을 듣고 악몽을 꾸는 최부제. 악식구마를 받다가 뛰어내리는 영신.	

C#93

최부제 C.U
끊기고 다시 울리는 진동.
드르륵… 드르륵… 고민하는 최부제.

C#94

전화기. C.U
최부제의 손 Frame In
전화를 받는다.

IN →

C#95

최부제 K.S
Track In

최부제 : … 하아… 하아… (호흡)

김신부 : (전화기) 악몽을 꾸었나?

최부제 : 네…

최부제 B.S

김신부 : (전화기) 뭘 봤는데…

최부제 : 개를 죽였습니다.

C#96 / 22-8 기숙사 밖 (N/L)

L.S

김신부 : (전화기) 흠…… 좋네. 니가 나 좀 도와줘야겠다.

✝
여러 명을 동시에 안는 것 같습니다

서울 외곽의 여관방에는 정오가 지나도록 커튼이 드리워져 있었다. 빛이 차단된 방에는 낡은 가구 사이로 빈 술병들이 나뒹굴었다. 천장에 붙어 있는 낡은 성모마리아 성화는 누런 얼룩이 가득한 벽지와 어우러져 왠지 모를 슬픔을 자아냈다.

김 신부는 화장실에서 이를 닦으며 거울에 비친 모습을 바라보았다. 거울 속에는 주름이 깊고 수염이 거뭇한 사내가 서늘한 인상을 풍기고 있었다. 러닝셔츠를 입은 사내의 몸에는 곰팡이처럼 번져 있는 검은 반점들이 가득했다. 김 신부는 얼굴 가까이 타고 오르는 반점들을 굳은 얼굴로 응시했다.

구마가 무려 6개월이나 지속되면서 영신의 몸속 존재의 기운은 더 강해지고 있었다. 말로만 듣던 존재를 직접 확인한 보조 사제들은 겁에 질려 도망가기 일쑤였고, 창가에서 뛰어내린 영신의 몸은 죽음의 경계에 있었다.

김 신부는 문득 오래전 영신을 만난 기억을 떠올렸다. 구마를 하는 동안 누워 있던 영신과 달리 그때의 영신은 맑은 미소에 순수한 기운을 뿜어내던 아이였다. 그리고 영신을 만난 시기는 자신의 생에서도 가장 평화롭고 고요한 순간들이었다. 지방에 내려가 성당에서 기도를 올리며 지내던 평범한 날들. 성당을 나오면 귓가에 새소리가 들렸고 녹음 짙은 풍경이 보였다. 그리고 얼굴에 쏟아지는 마른 햇살과 그 앞에서 조잘거리던 아이들의 명랑한 목소리가 있었다. 김 신부는 그곳에서 사념을 지우고 기도에 집중하는 것이 좋았다. 정 신부의 구박 속에서 구마를 하며 어둠을 떠돌거나, 보이지 않는 존재와 음지에서 싸우지 않아도 되는 시간이었으니까.

하루는 단체 사진을 찍기 위해 성가대 여고생들이 모인 날이었다. 나무 밑 그늘에서 김 신부는 성가대 옷을 입고 노래를 부르는 영신을 지켜보고 있었다.

"나는 세상의 빛입니다~ 나를 따르는 사람들~"

그때 김 신부는 미소를 지은 채 영신이 성가를 부르는 모습을 지켜보고 있었다.

"어둠 속을 걷지 아니하고 생명의~"

음이 높아지자 영신은 콜록거리며 기침을 했다. 그러자 김 신부가 혀를 차며 놀리듯 말했다.

"됐어, 됐어. 더 이상 못 들어주겠다야. 성가대는 아무나 다 뽑는구먼."

영신은 발끈해서 고개를 들며 소리쳤다.

"신부님보다는 잘 하거든요!"

"이 자식이…. 인정."

김 신부가 금세 수긍하자 영신이 말투를 바꾸며 말했다.

"헤헤, 농담이에요. 삐치지 마세요."

영신에게는 언제나 맑은 기운이 감돌았고, 얼굴에는 환한 미소가 어려 있었다.

김 신부는 먼 기억을 더듬으며 허공에서 헛돌고 있는 시선을 거두었다. 거울에 비친 사내는 반년 전 자신감 넘치는 얼굴로 주교실을 나서던 사내와는 달리 완전히 피폐해진 모습이었다. 김 신부는 입을 헹궈내고 기분이 상한 듯 고개를 돌렸다.

화장실에서 나온 김 신부는 창가로 다가갔다. 그리고 커튼 사이의 작은 틈새를 통해 창밖의 풍경을 살피기 시작했다. 조심스럽게 시야를 움직이자 건너편 전깃줄 위에 앉아 있는 까마귀 한 마리가 눈에 들어왔다.

까마귀는 김 신부가 있는 방향을 향해 검은 날개를 퍼덕거렸다. 그리고 마치 감시용 CCTV가 된 것처럼 이리저리 몸을 틀

면서도 자리를 떠나지 않았다. 김 신부는 눈을 가늘게 치켜뜨며 입술을 깨물었다. 부리를 날카롭게 세우는 검은 덩어리는 빛이 환한 대낮의 서울과 전혀 어울리지 않는 기묘한 풍경이었다.

갑자기 창가 옆에 놓인 테이블 위에서 요란한 진동이 울렸다. 김 신부는 화면이 번쩍거리는 휴대전화를 힐끗 쳐다보다가 이내 다른 곳으로 시선을 돌렸다. 테이블 위에는 사진과 편지들이 흩어져 있었다. 김 신부는 성가대 옷을 입고 있는 사진 속 영신을 보고는 숨이 턱턱 막혀왔다. 영신의 몸 안에 깃든 사악한 존재는 햇볕처럼 따뜻했던 영신의 영혼을 갉아먹고 있었다. 김 신부는 장미가 새겨진 붉은 묵주를 집어 들고 한참을 생각에 잠겼다. 더 오래 구마를 끌게 된다면 영신의 영혼은 갈기갈기 찢겨나갈 것이다. 김 신부는 결심을 내린 듯 단호한 얼굴로 영신의 사진을 죽죽 찢어버렸다. 행복한 얼굴로 웃고 있는 영신의 모습이 조각조각 흩어져 내렸다.

쾅쾅! 누군가 문을 부술 기세로 방문을 두드렸다.

"신부님, 김 신부님!"

자신을 부르는 목소리를 들은 김 신부는 찾아온 사람이 아그네스라는 것을 알았다.

"김 신부님! 안에 계시는 거 알아요. 급한 일이 있어서 왔어요. 문 좀 열어주세요."

아그네스는 거칠게 숨을 몰아쉬면서도 목소리를 높였다. 김 신부는 무표정한 얼굴로 문을 열지 않은 채 대답했다.

"급한 일이고 자시고 오늘은 안 돼. 까마귀가 보고 있어."

아그네스는 어리둥절한 표정을 짓다가 문 가까이 얼굴을 가져갔다.

"무슨 말이에요? 아무튼 병원에 좀 가보셔야 해요. 신부님."

김 신부는 병원이라는 말에 미간을 찡그렸다.

"왜? 노인네가 죽기라도 했냐? 미안한데 장례 좀 잘 치러줘. 고생 많이 하신 분이다. 다 사정이 있어서 그러니깐 네가 좀 이해해라. 너무 냉정하다고 그러…."

"그게 아니고요! 정 신부님이 지금 막 깨어나셨어요!"

아그네스가 다급한 목소리로 김 신부의 말을 자르며 소리쳤다. 놀란 김 신부는 눈이 휘둥그레졌다. 마지막으로 봤을 때만 해도 정 신부는 거의 마지막인 상태였다. 겨우 숨만 내쉬고 있었고 눈조차 제대로 뜨지 못했다. 김 신부는 자신의 귀를 의심하며 문을 열었다. 문 앞에서 아그네스가 땀을 흘리며 들뜬 얼굴을 하고 있었다.

둘은 여관에서 나와 거리에서 택시를 잡아탔다. 택시가 병원을 향해 달리기 시작하자 아그네스는 김 신부에게 상황을 설명했다.

"의식이 거의 없으셔서 이제 끝이구나 하고 마음의 준비를 하고 있는데…."

김 신부는 마지막으로 본 정 신부의 얼굴을 떠올리며 아그네스를 향해 물었다.

"그런데?"

"갑자기 정신이 돌아오신 거예요. 그러시더니 김 신부님을 찾으시더라고요."

"다행이네. 물어볼 게 많았는데."

김 신부는 그동안 영신을 구마하면서 처음 겪은 상황들에 대해 여러 의문이 솟구치는 것을 느꼈다. 벼랑 끝까지 몰린 상태라고 생각했는데 마침 함께 상의할 수 있는 정 신부가 깨어났다는 것이다.

"그런데 우선 몸부터 씻기셔야 할 듯해요. 냄새가 너무 나셔서…."

아그네스의 말이 이어지자 김 신부의 얼굴이 딱딱하게 굳어졌다. 뇌리에 불길한 예감이 스쳤다. 정 신부가 죽기 전에 정신이 맑아진 것이 아닐지도 몰랐다. 그런 경우가 아니라면 정신이 돌아온 이유는 하나뿐이었다.

김 신부는 뒷골에 서늘한 기운이 스치는 것을 느끼며 아그네스를 향해 물었다.

"뭐라고? 무슨 냄새?"

"의식을 찾으시면서 갑자기 무슨 썩은 내가 심하게 나더라고요. 아무도 못 들어갈 정도예요."

썩은 냄새라는 말을 듣는 순간 김 신부의 예감은 확신으로 바뀌었다. 신부로 살아오는 동안 함께 구마 예식을 행하며 수많은 어둠과 싸워온 정 신부였다. 그런데 죽음에 가까워진 약한 육체에 어둠이 깃든 것이라면…. 김 신부는 가슴 한구석에 묵직한 고통이 일었다.

"뭐, 아무튼 하나님께서는 참 은혜로우시죠. 이렇게 임종을 앞두고 사랑하는 사람을 만날 시간을 주시다니."

김 신부의 얼굴에 드리운 그늘을 보지 못한 아그네스는 입가에 미소를 지으며 자신의 가슴에 성호를 그었다. 아그네스의 손은 부드럽게 움직였고 목소리는 따뜻했다. 김 신부는 입안에 씁쓸한 기운을 느끼며 아그네스를 향해 말했다.

"그러게. 참 고마우신 분이네."

정 신부의 병실 앞에 도착하자 문을 열고 나오는 다른 수녀들의 모습이 보였다. 그런데 마스크를 쓴 수녀들은 하나같이 인상을 잔뜩 찡그리고 고개를 절레절레 흔들고 있었다. 손에 들고 있는 수건은 오물로 뒤범벅이 되어 있었고, 복도까지 악취가 흘러나왔다.

"나 혼자 들어가 볼게. 볼일 봐."

김 신부는 병실 앞에서 아그네스를 향해 말했다. 아그네스가 고개를 끄덕이며 다른 수녀들을 따라가자 김 신부는 천천히 병실 문을 열었다.

병실은 이전과 달리 휑한 느낌이 들었다. 김 신부는 의심스러운 표정으로 이곳저곳을 눈여겨 살펴보았다. 언제 뜯었는지 천장에 붙어 있던 성모마리아 성화는 보이지 않았고, 낡은 십자가는 구석에 거꾸로 처박혀 있었다.

정 신부는 휠체어에 앉아 게걸스럽게 닭을 뜯어먹고 있었다. 닭 뼈를 먹는 동작이나 고기를 씹는 소리가 마치 먹이를 먹는 짐승처럼 보였다. 인기척을 느낀 정 신부가 고개를 들고 반가운 기색을 띠며 말을 건넸다.

"범신아. 우리 범신이가 왔구나. 이제 너를 보니 내가 살 것 같구나. 니가 얼마나 보고 싶었는지 아니?"

김 신부는 천천히 정 신부의 모습을 훑어보았다. 앙상한 뼈가 드러난 깡마른 몸은 시체를 연상케 했다. 그리고 죽음을 가리키는 시계와 다를 바 없다는 검버섯이 얼굴에 가득했다.

김 신부는 눈앞에 있는 노인의 모습에서 오랜 시간을 함께한 정 신부의 모습을 찾을 수 없었다. 그리고 병실에는 죽음을 앞둔 노인의 것이라고 생각할 수 없는 사악한 기운이 가득했다.

"바빠 보이는구나. 어디 가는 길이냐?"

정 신부가 기름으로 번들거리는 입을 움직이며 물었다. 그러자 김 신부가 냉랭한 말투로 대답했다.

"다 알면서 왜 그러세요."

김 신부는 몸을 돌려 병실 문을 열고 밖을 살폈다. 그리고 복도에 아무도 없는 것을 확인하고는 슬며시 문을 잠갔다.

"신부님, 침대에 좀 누우셔야겠어요."

김 신부는 창가로 걸어갔다. 창밖으로 병원 건물에 앉아 있는 까마귀가 보였다. 멀리 보이는 하늘에도 검은 띠를 만들며 까마귀들이 날아들고 있었다. 김 신부는 병실 안이 보이지 않도록 커튼을 치고 휠체어에 앉아 있는 정 신부를 안아 들었다.

"그래. 많이 무겁지?"

"좀 무겁네요. 여러 명을 동시에 안는 것 같습니다."

김 신부는 입술을 질끈 깨물며 두 팔에 힘을 주었다. 김 신부는 끙 하는 신음 소리를 내며 정 신부를 침대 위에 올려두고 주머니에서 작은 가죽 케이스를 꺼냈다. 케이스 안에는 작은 성수통과 붉은 묵주 그리고 십자가가 들어 있었다.

침대 위에 누운 정 신부는 어딘가 홀린 듯이 환한 표정을 지으며 말했다.

"어제 꿈에 내가 천국에 갔다가 온 것 같구나."

"그냥 거기 계시지 왜 오셨어요."

김 신부가 차가운 얼굴로 대답했지만 정 신부는 아랑곳하지 않고 계속 말을 이었다.

"글쎄 거기서 커다랗고 새하얀 거미가 나한테 천천히 걸어오더라."

정 신부는 마치 눈앞에 천국이 펼쳐져 있는 듯한 표정을 지
었다. 김 신부는 케이스 안에 있는 도구들의 위치를 잡으며 맞
장구를 쳤다.

"아, 거미요."

"근데 그 거미가 나한테 다가오는데… 어찌나 냄새가 향긋하
던지. 마치 그게 천국의 향기 같더구나."

"그래서요?"

김 신부는 건성으로 말을 내뱉으며 정 신부의 바지를 걷었

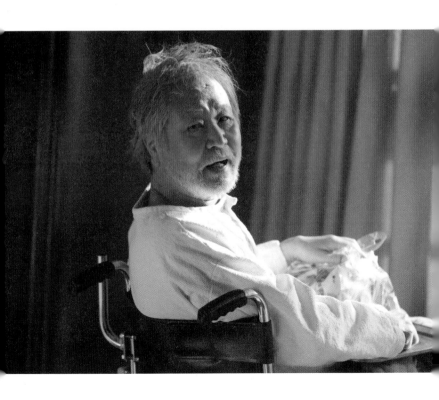

다. 정 신부의 다리에는 거미에게 물린 흉터가 선명하게 남아 있었다.

"그래서 가만히 있으니까, 그 거미가 내 다리를 꽉 무는 게 아니겠냐. 근데 하나도 안 아프고 오히려 정신이 맑아지는 거야. 그리고 갑자기 네가 생각나는 게 아니냐. 허허."

정 신부가 털털하게 웃으며 부드러운 눈길로 김 신부를 바라보았다. 정 신부와 시선을 마주한 김 신부는 한쪽 입꼬리를 올리며 비꼬았다.

"옛날엔 그렇게 구박만 하시더니."

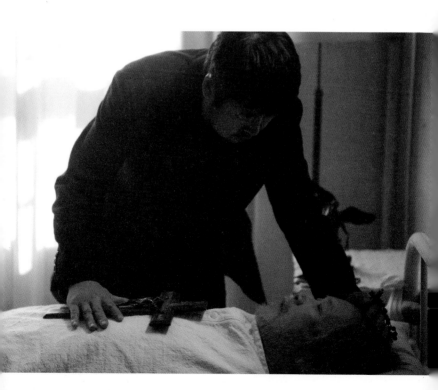

"섭섭하게 그게 무슨 말이냐. 범신아, 내가 널 얼마나 아끼는데."

김 신부는 정 신부의 말을 흘려들으며 성수를 손가락에 찍었다. 그리고 정 신부의 발목과 손목에 십자가 형상으로 그었다. 그러자 정 신부가 갑자기 손을 뻗어 김 신부의 손목을 꽉 잡았다. 정 신부의 손에서 건장한 사내의 힘이 흘러나왔다.

"오늘 나하고 같이 있어주면 안 되냐. 내가 얼마 안 남은 것 같구나."

김 신부를 향한 정 신부의 얼굴이 기묘했다.

"저 바쁜 거 아시잖아요. 이거 놓으세요."

"오늘 하루만… 응? 네 스승의 마지막 부탁을 거절하는 거냐?"

김 신부가 냉정하게 부탁을 거절하자 정 신부는 손목을 더 세게 움켜쥐었다. 김 신부가 손을 힘껏 뿌리치며 소리쳤다.

"이거 안 놔! 사령 주제에 어디 거사를 막으려고 그래!"

김 신부의 목소리가 건물을 무너뜨릴 기세로 쩌렁쩌렁 울려 퍼졌다. 거칠지만 강하고 단단한 소리였다. 김 신부는 정 신부의 팔을 강하게 누르며 끈으로 침대 다리에 묶기 시작했다. 정 신부는 몸을 비틀며 벗어나려 했지만 김 신부는 조금의 망설임도 없이 힘을 주고 끈을 조였다. 정 신부는 양팔이 모두 묶이고 나자 더욱 처량하게 신음을 흘렸다.

김 신부는 침대 밑에 구겨져 있던 성모마리아 성화를 찾아 꺼냈다. 그리고 다시 정 신부의 눈과 마주하는 천장에 붙였다. 정 신부는 성모마리아의 온화한 미소와 시선을 마주치지 않으려는 듯이 고개를 좌우로 흔들며 심하게 몸을 떨었다. 김 신부는 구석에 거꾸로 처박힌 십자가를 가져와 정 신부의 가슴 위에 올려놓고, 붉은 묵주로 성호를 그었다.

"성부 성자 성령의 이름으로 아멘."

발작을 일으키듯 요동치던 정 신부가 크게 숨을 내쉬며 김 신부를 바라보았다. 정 신부는 애처로우면서도 서늘한 표정을 지었다. 김 신부는 시선을 거두고 짐을 챙기면서 나지막한 목소리로 순교자의 노래를 흥얼거리기 시작했다.

"주교 신부 웃으며 칼을 받고 겨레의 선열들이~"

정 신부는 떠날 채비를 하는 김 신부를 향해 부드러운 목소리로 물었다.

"범신아, 혼자 가는 거냐? 오늘은 누구랑 가는 게야."

김 신부는 대답하지 않고 더욱 목소리를 높여 노래를 이어나 갔다.

"천당에 올랐어라 찰나의 죽음으로 영생을~"

김 신부가 가방을 닫고 일어서자 정 신부가 다급한 목소리로 입을 열었다.

"그놈은 어디 있는 게냐. 응? 말 좀 해다오. 범신아."

김 신부는 병실 문으로 걸어가려다 문득 정 신부의 유품 상자에 시선이 멈췄다. 그 안에는 오랫동안 구마 예식에서 정 신부가 쓰던 붉은 십자가가 있었다. 김 신부는 붉은 십자가를 꺼내 들고 정 신부를 돌아보았다. 김 신부를 향해 시선을 고정한 채 몸을 버둥거리던 정 신부가 거칠게 숨을 내쉬었다.

"말 좀 해봐라. 하아. 누가 같이 가는지… 응?"

김 신부는 아랑곳하지 않고 노래를 끝까지 이어 불렀다. 붉은 십자가는 이제 주인을 잃은 것 같았다. 정 신부의 강인한 영은 사라지고 죽음을 앞둔 육체는 사령에게 자리를 내주고 말았다.

김 신부는 손에 든 십자가를 가방 안에 챙겨 넣었다. 그러자 정 신부가 허공에 시선을 고정한 채 중얼거리기 시작했다.

"다 부질없는 것이야. 밝은 곳에 있거라. 하아…. 누구냐? 응? 가지 마라. 아니다. 범신아, 위험하다. 그냥 숨어라. 아무런 대가도 없어. 어디 있느냐? 같이 가는 수컷은…."

정 신부는 주문을 외우는 것처럼 숨을 몰아쉬며 쉴 새 없이 떠들었다. 김 신부는 그런 정 신부의 모습을 잠시 멍하니 바라보았다. 머릿속에는 그동안 함께 구마를 하며 사령들과 싸워온 정 신부의 모습이 스쳐 지나갔다. 김 신부가 씁쓸한 얼굴로 돌아서며 마지막 인사를 건넸다.

"저 오늘 혼자 가요. 안녕히 계세요."

말을 마치고 문고리를 돌리자 철컥거리던 문이 단단하게 잠거서 꿈쩍도 하지 않았다. 김 신부가 손에 힘을 주고 재차 문고리를 돌렸지만 문은 열리지 않았다.

"끝까지…. 참."

김 신부는 어이가 없었다. 하지만 지체할 시간이 없었다. 그는 이내 세찬 발길질로 문을 걷어찼다. 요란한 소리와 함께 밖에서 걸려 있던 걸쇠가 부서져 바닥에 나뒹굴었다.

김 신부가 정 신부를 뒤로하고 밖으로 걸어 나오자 멀리 복도 끝에서 아그네스가 달려오며 소리쳤다.

"신부님, 어디 가세요? 신부님!"

김 신부는 고개를 돌려 다급한 표정으로 달려오는 아그네스의 모습을 쳐다보았다. 그리고 재빨리 주머니에서 성수 병을 꺼내 바닥에 선을 긋듯이 뿌렸다.

김 신부 가까이 달려온 아그네스는 선을 넘지 못하고 발을 동동 구르며 소리쳤다.

"정 신부님 두고 그냥 가시는 거예요? 신부님!"

아그네스는 마치 다른 사람이 된 것처럼 거친 목소리로 다그쳤다. 돌아보지 않고 앞을 향해 성큼성큼 걸어가는 김 신부의 눈에는 비장한 기운이 번뜩였다.

C#1 / 49-1 마리아 정신병원 복도 (D/O)

김신부 B.S
복도를 살피고 문을 닫는 김신부.

C#2

문을 잠그는 김신부. C.U

C#3

김신부 Frame In
휠체어에 앉아 있는 정신부를 침대로 들어 옮긴다.

김신부 : 신부님. 침대에 좀 누우셔야겠어요.

정신부 : 그래... 많이 무겁제?

김신부 : 좀 무겁네요.
　　　　여러 명을 동시에 안는 것 같습니다.

C#4

F.S
정신부를 침대에 눕히고 창문으로 향하는 김신부.

C#5 / 49-2 정신병원 건너편 (D/L)

까마귀 한 마리가 날아와 앉는다.
옆에 같이 보이는 다른 까마귀 한 마리.

커튼을 친다.

C#6

F.S
침대에 걸터앉는 김신부.

C#7

작은 가죽 케이스를 꺼내 연다.
안에 꼽혀 있는 작은 성유통과 작은 십자가. C.U

C#8

정신부 B.S

정신부 : 어제 꿈에 내가 천국에 갔다가 온 것 같구나... 범신아...

김신부 : 그냥 거기 계시지 왜 오셨어요... 참...

C#9

김신부 B.S

정신부 : 글쎄... 거기서 커다랗고 새 하얀 거미가 나한테 천천히 걸어오더라고.

김신부 : 아~~ 거미요...

C#10

정신부 B.S

정신부 : 근데... 그 거미가 나한테 다가오는데... 햐... 어찌나 냄새가 향긋하던지... 마치 그게 천국의 향기 같더구나.

김신부 : 그래서요.

C#11

김신부 B.S

정신부 : 그래서... 가만히 있으니까, 그 거미가 내 다리를 꽉 무는 게 아니겠냐.

김신부 : 어이쿠... 아프셨겠네요.

C#12

정신부의 다리 C.U
김신부가 정신부의 바지를 걷자
다리에 거미에게 물린 흉터가 보인다.

좌 Pan

성유통의 뚜껑을 여는 김신부의 손. C.U

C#13

정신부 B.S

정신부 : 근데... 하나도 안 아프고 오히려 정신이
맑아지는 게야... 그리고 갑자기 니가 생각나는
게 아니냐... 참... 허허.

C#14

김신부 B.S

김신부 : 옛날엔 그렇게 구박만 하시더니... 참...

C#15

정신부의 발목에 십자를 그으며
성유를 바르는 김신부의 손. C.U

C#16

정신부 B.S

정신부 : 섭섭하게 그게 무슨 말이냐... 범신아.
내가 널 얼마나 아끼는데...

사령에게 지배당하고 있는 정신부.

C#18

정신부 OS 김신부 M.S
Low Angle
아무 말 없이 움직이는 김신부.

C#19

정신부의 손목에도 성유를 바른다. C.U

갑자기 김신부의 손을 꽉 잡아 당기는 정신부의 손.
Tilt Up

C#20

정신부 B.S

정신부 : 오늘 나하고 같이 있어주면 안되나.
　　　　내가 얼마 안 남은 것 같구나...

C#21

정신부 OS 김신부 M.S

김신부 : 저 바쁜 거 아시잖아요. 이거 놓으세요..

176

C#22

정신부 B.S

정신부 : 어디를 가는데... 응?
니 스승의 마지막 부탁을 거절하는 거냐?

C#23

김신부의 손목을 더 세게 잡는 정신부. C.U

Tilt Up

김신부 : 이거 안 놔! 사령 주제에 어디 거사를
막으라고 그래!

✝
인간의 빛나는 이성과 지성으로

주임은 기숙사 호수를 확인하고 안경을 밀어 올렸다. 그리고 손을 들어 거칠게 문을 두드렸다. 방문이 열리고 최준호가 수척해진 얼굴을 드러냈다. 박 수사를 만나고 온 지 7일이 지난 후였다. 주임은 못마땅한 얼굴로 쏘아보며 다그쳐 물었다.

"왜 합창 연습에는 혼자 열외를 하신 거죠?"

최준호는 피곤이 가득한 얼굴로 하품을 하며 대답했다.

"다~ 쓰이는 데가 있는 법입니다."

주임은 콧방귀를 끼며 최준호에게 말했다.

"또 어디에 쓰이시려고 이번에는 수도회 수사님이 찾으시네요."

수도회 수사님이 김 신부라는 것을 깨달은 최준호는 정신이 번쩍 들었다. 최준호는 서둘러 기숙사 방을 빠져나와 사무실을 향해 뛰어갔다. 사무실에 도착한 최준호가 가쁜 숨을 몰아쉬며 수화기에 대고 말했다.

"네, 최 부제입니다."

전화기 너머에서는 왜 연락이 되지 않느냐며 짜증을 내는 김 신부의 성난 목소리가 들려왔다. 뒤따라 들어온 주임이 수화기 밖으로 흘러나오는 소리를 들으며 최준호의 얼굴을 힐끗거렸다. 최준호는 최대한 목소리를 낮추고 주임과 다른 방향으로 입을 가린 채 대답했다.

"학교여서 휴대전화 사용이 어려웠습니다. 네, 죄송합니다."

"옆에 주임 있어?"

문득 김 신부가 날 선 목소리로 물었다.

"네, 옆에 있습니다."

최준호는 고개는 돌리지 않은 채 주임의 눈치를 보며 대답했다. 시선이 마주치지 않는데도 뒤에서 자신을 지켜보는 서늘한 눈빛이 느껴졌다. 화를 내던 김 신부도 바닥에 가라앉은 듯 목소리를 무겁게 낮추었다.

"오늘이…. 네."

최준호는 전화기 옆에 놓인 달력을 확인하며 중얼거렸다. 오늘이 바로 김 신부가 말하던 중원절이었다. 우란분재라 불리기

도 한다는 날. 불교와 무속에도 나올 뿐 아니라 심지어 아시리아 문서에도 똑같이 나와 있는 날이라고 했다.

"8월 10일. 음력으로 7월 15일 맞습니다. 준비는 다 해놓았습니다."

최준호는 대답을 하며 수화기를 얼굴과 어깨 사이에 고정했다. 그리고 볼펜을 들어 손바닥에 글씨를 적기 시작했다.

'명동대교구 택배. 작은형제회 돼지. 7시 로데오 입구.'

최준호는 읊조리듯 들려오는 김 신부의 목소리를 들으며 긴장감이 밀려오는 것을 느꼈다.

"네, 잘 알겠습니다. 그럼 이따…."

대답이 채 끝나기도 전에 전화가 뚝 끊어졌다. 최준호는 안경 너머로 자신을 노려보는 주임을 보며 말했다.

"주임님. 저 지금 외출증 좀 끊어주십시오."

주임은 눈썹을 꿈틀거리며 물었다.

"왜요?"

"외부 세미나가 있어서요."

최준호의 말에 주임이 의심 가득한 얼굴로 입을 열었다.

"무슨 세미나요?"

"음…. 우주 탄생과 성경 해석이요. 정 못 믿으시겠으면 학장님께 전화해보시든가요."

최준호는 능글맞은 웃음을 지으며 어깨를 으쓱해 보였다.

외출증을 받은 최준호는 서둘러 기숙사 방으로 돌아왔다. 며칠 사이 방 곳곳에는 사진과 책들이 쌓여 있었고, 구마 예식 절차들이 순서대로 벽에 붙어 있었다. 최준호는 예식을 위해 미리 준비해둔 물건들을 꼼꼼히 확인하며 가방 속에 챙겨 넣었다. 귓가에는 전화기 너머로 들려오던 김 신부의 목소리가 맴돌았다.

"음기가 가장 가득한 날이고 하늘에서 아귀들에게 공덕을 베푸는 유일한 날이야. 오늘이 우리에게 유일한 기회이고."

준비를 마친 최준호는 긴장감이 가득한 얼굴로 방을 나섰다.

"영광스러운 하나님의 어머니시며 영원하신 동정녀 마리아와 빛을 발하는 대천사들과 모든 성인의 이름으로…."

기숙사 건물 뒤편에 있는 작은 성모마리아상 앞에서 고개를 숙인 최준호는 성호를 그었다. 교정에는 합창단의 노랫소리가 울려 퍼졌다.

학교 정문을 빠져나오자 도로에는 차들이 쉴 새 없이 지나가고 있었다. 고속으로 달리는 차량들은 무더운 여름 날씨에 뜨거운 열기를 더했다. 반팔 사제복을 입고 큰 백팩을 멘 최준호는 이마에 흘러내리는 땀을 닦으며 걷기 시작했다. 얼마 지나지 않아 최준호 옆으로 검은색 세단 한 대가 멈춰 섰다. 최준호가 의아한 얼굴로 쳐다보자 차창이 스르륵 내려가고 학장 신부의 얼굴이 보였다.

"지하철역까지 태워줄게."

최준호는 냉큼 보조석에 올라탔다. 부드럽게 핸들을 돌리는 학장 신부는 테니스복을 입고 운동을 가는 모양이었다. 도로를 달리기 시작하자 학장 신부가 말문을 열었다.

"일찍 출발하네?"

"네. 대교구하고 수도원에서 뭐 좀 받아오라고 해서요."

"사람 참⋯ 별걸 다 시키네."

"그게, 제1구마사는 노출되어 있어서 위험하고, 보통 준비는 노출되지 않은 보조 사제가 하는 겁니다."

학장 신부는 최준호의 대답에 감탄하듯 웃음을 터뜨렸다.

"내가 알던 최준호 맞아? 아주 딴사람이 됐네. 오늘 김 신부는 처음 만나지?"

"네, 통화만 몇 번 했습니다."

최준호의 대답에 학장 신부는 최준호의 얼굴을 흘끔거렸다.

"좀 긴장한 얼굴인데?"

"별거 있겠습니까? 그래도 궁금은 하네요."

머쓱해진 최준호는 어설픈 웃음을 지어 보이며 대답했다. 학장 신부는 잠시 생각에 잠긴 듯 말이 없었다. 그러다 문득 조수석 쪽으로 눈을 치켜뜨며 물었다.

"최 부제. 이번 교황님께서 취임사 마지막에 하신 말씀 혹시 기억하나?"

"음… 그게 뭐더라…."

최준호가 고개를 갸우뚱거리며 기억을 더듬었다. 그러자 학장 신부가 책을 읽듯 명확한 목소리로 말했다.

"Con splendente motivo e intelligenza de umano."

최준호는 번뜩 생각났다는 듯이 그 의미를 다시 반복해서 읊었다.

"인간의 빛나는 이성과 지성으로."

학장 신부가 가볍게 고개를 끄덕이며 말을 보탰다.

"알다시피 가톨릭은 아주 이성적이고 대중적인 종교야. 지금까지 미신과 불합리와 싸우면서 겨우 이렇게 현대적인 이미지를 만들었어."

"네, 알고 있습니다."

"내가 널 공식적으로 보내준 게 아니야. 알지? 그리고 김 신부를 도와주라고 보내주는 것도 아니고."

놀란 최준호가 눈을 동그랗게 뜨고 학장 신부를 바라보았다. 단순히 김 신부를 도와 구마 예식을 하길 바란 게 아니라면 무엇을 원하는 걸까. 학장 신부는 어느새 무거워진 표정으로 김 신부에 대한 이야기를 덧붙였다. 그것은 코마 상태가 된 아이의 부모가 김 신부를 고소했다가 합의했다는 내용이었다.

"그렇다면…."

최준호는 머릿속에 여러 가지 추측을 떠올리며 생각에 잠겼다. 학장 신부는 지하철역 앞에 차를 세우고 최준호를 정면으로 바라보며 고개를 끄덕였다. 합의를 해줘야 하는 상황이 있었을 거라는 말이었다. 김 신부가 정말 애한테 몹쓸 짓이라도 했단 말인가? 아니면 구마 예식을 떠벌리겠다고 협박이라도 한 것은 아닐까? 최준호가 뭐라고 대답을 해야 할지 몰라 망설이고 있을 때 학장 신부가 작은 캠코더를 건네며 말했다.

"몰래 좀 찍어와. 도대체 무슨 짓을 하고 있는지 주교님도 확인하셔야 될 일이야."

얼떨결에 캠코더를 받아 든 최준호의 얼굴이 굳어졌다.

"이제 그만 말려야 될 사람이야."

학장 신부는 확인 사살을 하듯 단호한 얼굴로 말했다.

차에서 내린 최준호는 지하철 계단을 내려가며 학장 신부의 말을 곱씹었다. 학장 신부는 김 신부를 의심하고 있는 것이 분명했다. 그러나 자신은 무엇이 진실인지 도무지 알 수가 없었다. 진실을 들여다보기에는 너무 많은 것이 뒤엉켜 있었으니까. 최준호는 하나둘 늘어나는 의문들이 언덕을 굴러 내려오는 눈덩이처럼 커지는 것을 느끼며 발걸음을 옮겼다.

**

명동 거리에는 많은 사람이 물결을 이루며 지나가고 있었다. 발목까지 내려오는 검은색 수단을 입은 최준호는 인파에서 벗어나 멀리 보이는 명동성당을 향해 걸었다. 고즈넉한 명동성당에는 김 신부가 오늘 반드시 받아와야 한다는 물건이 있었다. 김 신부는 그것이 이탈리아 아시시에서 온 것이고 토마스 몬시뇰이 가지고 있다고 했다.

명동 서울대교구에 도착한 최준호는 몬시뇰을 찾아 대성당으로 들어갔다. 맨 먼저 눈에 들어온 것은 유리를 통해 쏟아져 들어오는 빛과 거대한 성모마리아상이었다. 최준호는 고개를 빼고 넓은 대성당 여기저기를 둘러보았다. 그러자 앞쪽에 여러 명의 신부와 수녀들이 줄지어 앉아 있는 것이 보였다. 조심스럽게 앞으로 다가가자 그들은 3D 안경을 쓰고 최신 텔레비전을 시청하고 있었고, 이제 막 텔레비전 설치를 마친 직원이 열심히 사용 설명을 하는 중이었다. 최준호는 3D 안경을 쓰고 있는 사람들을 살펴보다가 몸집이 큰 남자를 발견했다. 얼굴을 들이밀고 인기척을 내자 토마스 몬시뇰이 3D 안경을 낀 채로 최준호를 쳐다보았다.

"안녕하십니까. 저 가톨릭대학교 7학년 최준호 부제입니다. 김 신부님이 부탁하신 물건 받으러 왔습니다."

최준호가 고개를 숙이며 공손하게 인사를 했다. 그러자 몬시뇰이 확인하듯 되물었다.

"김 신부요?"

"네, 김범신 베드로 신부님이요."

몬시뇰은 무슨 일인지 알겠다는 표정으로 고개를 끄덕이며 손을 내밀었다. 최준호는 무릎을 꿇고 그의 손에 가볍게 입을 맞추었다.

둘은 대성당을 빠져나와 사무실로 걸어갔다. 그러나 택배는 아직 도착하지 않은 모양이었다. 몬시뇰이 어딘가로 전화를 걸어 짜증스러운 목소리로 다그쳤다.

"아니, 택배 관리하는 사람이 누굽니까! 무슨 점심을 하루 종일 먹어요? 빨리 직접 찾아보세요."

몬시뇰이 통화를 하는 동안 최준호는 사무실을 둘러보았다. 학장 신부의 사무실과 달리 화려한 느낌이 드는 곳이었다. 벽에는 정치인이나 유명 인사와 함께 찍은 사진들이 줄지어 걸려 있었고, 가구들은 새것처럼 깨끗했다. 몬시뇰은 택배 회사로 전화를 해보라며 화를 내다가 전화를 끊었다. 그리고 다른 곳으로 전화를 걸면서 최준호에게 물었다.

"오늘 꼭 받아야 하는 건 아니죠?"

"아니요. 김 신부님께서 오늘 꼭 받아 오라고 하셨어요."

최준호가 오늘이라는 말에 힘을 주어 대답하자 몬시뇰이 미간을 찡그리며 수화기에 대고 유창한 이탈리아어로 말하기 시작했다. 수화기 너머로 거칠게 언성을 높이는 이탈리아어가 새어나왔다. 가만히 귀를 기울이던 몬시뇰이 마무리 인사를 하며 석연찮은 표정으로 전화를 끊었다.

"유럽 사람들이 일처리가 늦어요. 오늘이면 도착해야 하는데 말이죠."

초조한 얼굴로 한숨을 내쉰 몬시뇰이 신경질적으로 책상을 두들겼다. 그때 직원이 문을 열고 들어와 음료수 두 병을 내려놓았다. 비타민 음료에서 차가운 냉기가 흘러나왔다. 몬시뇰이 최준호에게 음료를 건네며 말했다.

"더운데 좀 마셔요."

"네, 잘 마시겠습니다."

명동성당까지 오는 동안 온몸에 땀을 뻘뻘 흘린 최준호는 뚜껑을 열어 벌컥벌컥 음료를 마셨다. 그 모습을 가만히 지켜보던 몬시뇰이 입을 열었다.

"구마라는 것이 뭔가 특별해 보이지만 예전부터 권력 때문에 생긴 일종의 헤게모니예요. 사람들에게 종교에 대한 두려움과 권위를 얻기 위해서 만든 것이기도 하지요. 저도 유학 시절에 몇 번 봤는데, 대부분이 투렛 증후군이나 다발성 경화증이더라고요."

최준호가 고개를 끄덕였다. 그러자 몬시뇰이 순식간에 비운 비타민 음료를 바라보며 말했다.

"근데 웃긴 건 신부들이 기도해주면 그게 호전되기도 한단 말이에요. 일종의 비타민이죠."

"근데 오늘 받을 게 무슨 물건입니까?"

최준호가 몬시뇰 쪽으로 몸을 기울이며 물었다.

"아, 모르시는구나. 프란치스코의 종이라고, 고대 수도승들이 악귀가 들린 동물이 있는 숲을 지날 때 그 종을 치면서 지나 갔다고 하더군요. 성 프란치스코가 직접 만들었다고 합니다. 근데 그거 나름대로 아시시에서는 국보급 보물이에요. 이거 부탁하는 데도 엄청 고생했습니다. 장엄구마에 이거 없으면 큰일이죠."

몬시뇰은 생색을 내며 장황한 설명을 늘어놓았다. 그러나 최준호의 머릿속에는 꼭 택배를 찾아야겠다는 생각뿐이었다. 몬시뇰의 말에 따르면 오늘 밤 김 신부가 하려는 것은 장엄구마인 것 같았고, 김 신부는 그 의식에 프란치스코의 종이 꼭 필요하다고 했으니 말이다.

그때 전화가 다시 걸려왔다. 수화기를 들어 귀를 기울이던 몬시뇰이 인상을 구기며 말했다.

"아니, 미치겠네. 알겠어요. 어쩔 수 없지…."

몬시뇰은 어색한 미소를 지으며 택배가 내일이나 모레 도착할 거라고 말했다. 곤란해진 최준호는 울상이 된 얼굴로 성당을 빠져나와 김 신부에게 사정을 전했다. 그러자 말이 채 끝나기도 전에 휴대전화에서 김 신부의 거친 목소리가 튀어나왔다.

"닭대가리 새끼야. 그건 네 사정이고. 부탁한 게 언젠데. 네가 이탈리아로 날아가서 가지고 오든지 아니면 만들어오든지 알아서 해! 요즘 새끼들은 끈기가 없어."

귓가에 날카롭게 날아드는 김 신부의 말에 최준호는 멍하니 서서 머리를 감싸 쥐었다. 당장 오늘 저녁까지 택배를 어떻게 찾아야 한단 말인가. 최준호가 막막한 얼굴로 고개를 돌리는 순간 멀리서 이동하고 있는 노란 트럭이 눈에 들어왔다. 눈이 번쩍 뜨인 최준호는 축복을 받은 것처럼 화색이 도는 얼굴로 노란 트럭의 경로를 따라 시선을 옮겼다.

"제발, 제발… 성당으로 가라…."

최준호는 응원을 하듯 혼잣말을 중얼거렸다. 노란 트럭은 천천히 길을 돌더니 성당을 향해 방향을 틀었다. 최준호는 트럭을 따라 다시 성당으로 냅다 뛰기 시작했다.

사무실에서 택배를 건네 받은 최준호는 그 자리에서 상자를 열어보았다. 상자 안에는 무언가가 포장지에 겹겹이 쌓여 있었다. 조심스럽게 포장을 벗겨내고 나니 세월의 흔적이 묻어나는 작은 종 하나가 보였다. 몬시뇰이 국보급 보물이라고 강조했는데 기대와 달리 특별한 점은 없어 보였다. 최준호는 조금 실망한 얼굴로 종을 살짝 흔들어보았다. 땡그렁! 맑고 경쾌한 종소리가 사방으로 울려 퍼지자 성당 지붕 곳곳에 앉아 있던 비둘기들이 일제히 하늘로 날아올랐다. 그러나 그 모습을 보지 못한 최준호는 고개를 갸우뚱거리며 가방에 종을 챙겨 넣었다.

＊＊

　다음으로 가야 할 장소는 작은형제회였다. 김 신부는 수도회
로 돌아간 박 수사를 만나 돼지를 받아오라고 했다. 그리고 수
도원장은 되도록 마주치지 말라는 말을 덧붙였다. 프란치스코
작은형제회는 도심 한가운데에 있었고, 전경 버스가 기다란 행
렬을 이루며 성벽처럼 둘러싸고 있었다. 최준호는 버스 사이
좁은 틈을 지나 건물 안으로 들어갔다.
　수도회는 마치 세상과 분리된 것처럼 고요했다. 최준호는 붉
은 벽돌로 된 네 개의 건물 가운데 있는 본관 앞 공터에 도착했
다. 그리고 박 수사를 찾아 주위를 두리번거렸다. 그때 조용히
걸음을 옮기며 어디론가 바쁘게 걸어가는 사람들이 눈에 들어
왔다. 직접 찾아 헤매는 것보다 물어보는 게 빠르겠다고 생각
한 최준호는 재빨리 걸음을 옮겨 그들을 따라 본관 뒷문으로
들어갔다.
　건물 안은 빛이 잘 들지 않아 어두웠고, 앞서 들어간 사람들
은 어느새 사라지고 보이지 않았다. 최준호는 건물 안쪽으로
깊숙이 걸어가다가 지하로 향하는 계단을 발견하고 그 아래를
살폈다. 그러자 박스를 들고 지나가는 사람의 둥근 머리가 보

였다. 계단을 내려가자 곳곳에 녹이 슬어 있는 커다란 철문이 나타났는데, 그곳은 눅눅한 공기에 묻은 쾌쾌한 냄새가 코끝을 찌르는 곳이었다.

최준호는 긴장감이 도는 얼굴로 슬며시 철문을 밀고 안을 들여다보았다. 예상과 달리 넓은 지하 공간이 나왔고, 그 안에는 수십 명의 수도승들과 대학생들이 분주하게 움직이고 있었다. 지상에서 볼 때는 건물이 텅 빈 것처럼 보였는데 알고 보니 모두 이곳에 모여 무언가를 준비하는 모양이었다. 몇몇은 한쪽에서 래커를 뿌리며 현수막을 만들고 있었다. 그리고 다른 몇몇은 집회를 위한 촛불과 물건들을 정리하고 있었다. 벽면에는 '천주교 정의실현 사제단'이라고 적힌 현수막이 길게 붙어 있었다.

"저, 박태근 수사님 좀 뵐 수 있을까요?"

최준호는 자신과 가까운 곳에서 글씨를 쓰고 있는 수도승에게 다가가 목소리를 낮추고 물었다.

"저는 다른 지부에서 와서 잘 모르겠습니다."

수도승이 겸연쩍은 얼굴로 대답했다. 최준호가 작게 고개를 끄덕이며 다른 사람을 향해 돌아서는 찰나 뒤에서 누군가의 목소리가 날아들었다.

"박 수사는 왜?"

도둑질을 하다 들킨 사람처럼 화들짝 놀란 최준호는 소리가 난 곳을 돌아보았다. 질문을 한 사람은 다름 아닌 수도원장이었다. 수도원장과는 마주치지 않는 것이 좋겠다고 한 김 신부의 말이 뇌리를 스쳤다. 최준호는 선뜻 대답을 하지 못하고 머뭇거렸다.

"누구야? 자네는?"

수도원장이 다그치듯 정체를 물었다. 주변에서 작업에 몰두하던 사람들이 힐끗거리며 둘을 쳐다보았다. 안절부절못하던 최준호는 할 수 없이 사실대로 털어놓았다. 가만히 이야기를 듣던 수도원장이 최준호를 데리고 지하실에서 나와 인적이 없는 복도에서 물었다.

"거기 왜 가는 거야?"

"그게 학장 신부님께서….'"

최준호가 시선을 내리깔며 말끝을 흐리자 수도원장이 홍분한 듯 입을 열었다.

"야, 쓸데없는 소리하지 말고 내가 학장한테 전화해줄 테니까 그냥 돌아가. 이 인간이 이제는 본당에까지 가서 사람을 구해?"

수도원장의 눈썹이 꿈틀거리며 미간이 일그러졌다. 말을 끝마치고 잠시 숨을 고르던 수도원장은 난처한 기색이 역력한 최준호를 향해 말했다.

"네가 지금 몇 번째인지 알아? 열 명도 넘는 수사들이 거기

갔다 왔어. 걔네들 지금 수도회도 안 나오고 연락 두절이야. 더 이상은 안 돼. 안 그래도 지금 방송국에서 알아가지고 난리들인데…."

고개를 절레절레 흔드는 수도원장의 얼굴에는 짜증이 가득했다. 최준호는 말을 가로막으며 그래서 가려는 거라고 힘주어 말했다.

"학장 신부님께서 확인하고 오라고 하셨어요. 애를 추행한다는 이야기도 있어서…."

"미치겠네, 진짜."

수도원장은 점점 머릿속이 복잡해지는지 한숨을 푹푹 내쉬었다. 그리고 혼잣말을 하듯 허공에 바라보며 중얼거렸다.

"다들 비슷하게 말은 하는데…."

"이번에는 제가 확인하고 오겠습니다. 네?"

최준호가 수도원장 앞에 얼굴을 들이밀며 말했다. 그러자 수도원장이 혀를 차며 대답했다.

"나 참. 좋아. 그럼 이제 우리는 빠지는 거야."

최준호는 알겠다는 듯 재빨리 고개를 끄덕였다.

수도원장은 박 수사가 지난주에 잠깐 왔다가 부모님을 뵈러 고향으로 내려갔다고 전했다. 그러더니 박 수사가 돼지를 맡기고 간 안토니오를 불렀다. 최준호는 안토니오를 따라 취사장으로 향했다. 취사장 뒤편에는 작은 풀밭이 있었고, 구석에 줄에

묶인 채 킁킁거리는 돼지 한 마리가 있었다. 최준호는 그 옆에 털썩 주저앉아 돼지의 몸을 뒤집은 다음 배에 난 점의 개수를 꼼꼼하게 세기 시작했다. 잠시 후 최준호는 고개를 끄덕이며 돼지를 확인하고 목줄을 손에 쥐었다.

수도원장은 뒷짐을 지고 옆에서 그 모습을 지켜보고 있었다. 최준호가 모든 용무를 마치고 수도원장에게 이만 떠나겠다는 인사를 했다. 그러자 수도원장은 최준호를 불러 세우고서 앞으로 다가와 성호를 긋고 짧은 축사를 읊었다. 최준호는 고개를 숙이고 눈을 감은 채 경건한 마음으로 축사를 받아들였다.

"다들 뭐라 그래도 범신이 걔는 그런 짓 할 사람 아니야. 너도 몸조심하고. 무슨 말인지 알지?"

축사를 마친 수도원장이 마지막으로 당부했다. 최준호가 사뭇 진지한 얼굴로 고개를 끄덕였다.

작은형제회에서 나온 최준호는 명동으로 가는 버스에 올라타며 준비는 모두 마쳤다고 생각했다. 버스에 타고 있던 승객들이 사제복을 입은 최준호와 품속에서 버둥거리는 돼지를 번갈아가며 쳐다보았다. 최준호는 자리에 앉아 주머니에 넣어둔 메모를 꺼냈다. 그것은 녹취 자료를 들은 날 영신의 말을 받아적은 메모였다. 분명 발음하는 대로 쓴 것인데 아무리 사전을 뒤져봐도 그런 말은 나오지 않았다.

최준호는 의문이 가득한 얼굴로 멍하니 창밖을 바라보았다. 어느덧 해가 저물었고, 도로에는 헤드라이트를 켜고 달려가는 차들이 가득했다. 한숨을 내쉬며 고개를 떨군 순간 창가에 비친 메모가 눈에 들어왔다. 종이 위 글자들의 방향이 다르게 보였고, 뇌리에 번뜩 스친 생각에 최준호는 메모를 뒤집어보았다. 종이 뒷면에 희미하게 비치는 글자들. 최준호는 더듬거리며 순서대로 읽어보았다.

"novas sedes, donecehet male. 새집을 찾자. 수컷이 필요해…."

최준호의 얼굴에는 순식간에 불안이 번졌다. 정말로 보이지 않는 무언가가 존재하는 것일까. 이 말은 어떤 의미일까. 수컷이 새집이라는 말은 아닐까. 꼬리에 꼬리를 무는 생각이 이어지면서 귓가에는 테이프에서 들은 영신의 기괴한 목소리가 소음처럼 웅웅 울렸다.

**

최준호는 로데오 거리에 내려 어두운 골목으로 들어갔다. 바닥에는 구겨진 전단지들이 나뒹굴었고, 전봇대 아래에는 누런 오물 자국들이 남아 있었다. 품에 안은 돼지가 킁킁거리며 움직이는 동안 최준호는 낮은 목소리로 구마에서 해야 할 기도를 연습했다. 그리고 얼마 지나지 않아 김 신부에게서 전화가 왔다.

"네, 도착했습니다. 세븐일레븐 옆 골목입니다."

최준호가 대답하자 김 신부가 물었다.

"달은?"

최준호는 고개를 들어 하늘을 올려다보았다. 어둠이 몰려온 하늘에 아직 달은 보이지 않았다.

"아직 달은 뜨지 않았습니다. 네, 길 건너서 시장통으로 들어오기 전…. 금방 가겠습….

대답을 하는 사이 전화는 일방적으로 끊어졌다. 최준호는 신호음이 울리는 휴대전화 화면을 들여다보며 투덜거렸다.

"똥개 훈련하는 것도 아니고."

통화를 하는 동안 바닥에 내려둔 돼지를 다시 안아 들자 돼지가 버둥거리며 몸부림을 쳤다. 최준호는 이마에 땀이 흘러내리는 것을 느끼며 김 신부가 말한 가게를 찾아 발걸음을 옮기기 시작했다.

"여기 어디쯤이라고 했는데…."

메뉴가 어설프게 붙어 있는 유리문 안을 힐끗 쳐다보니 홀로 앉아 고기를 굽고 있는 사내가 보였다. 최준호는 낯익은 얼굴에 눈을 가늘게 뜨고 기억을 떠올렸다. 생각해보니 학장실 복도에서 우연히 본 거친 인상의 신부였다. 최준호는 크게 숨을 들이마시고 심호흡을 한 다음 가게 안으로 발을 들였다.

"안녕하세요. 제가 최준호 부제…."

김 신부는 갑자기 들려오는 다부진 인사 소리에 돌아보고는 짜증 섞인 목소리로 말했다.

"야, 돼지는 좀 밖에 묶어놔라. 넌 양심도 없냐? 삼겹살집에 돼지를 데려오고."

예상치 못한 반응에 당황한 최준호는 연거푸 고개를 숙이며 사과했다. 그리고 허둥지둥 가게 밖으로 나와 근처에 있는 입간판에 돼지를 묶고 있던 줄을 단단히 동여맸다.

다시 가게 안으로 들어오자 자신은 쳐다보지도 않고 계속 텔레비전만 보고 있는 김 신부가 보였다. 텔레비전 화면에는 단정하게 옷을 차려입은 아나운서가 뉴스를 전하고 있었다.

"가톨릭 귀신 쫓기와 관련하여 수도회 측에서는 아무런 답변을 내놓고 있지 않는 상황입니다. 여기 뒤에 보이는 곳이 예식을 행했던 수도회 신부와 관련이 있는…."

어느새 최준호도 아나운서의 말에 귀를 기울였다. 뉴스에 나오는 수도회 신부란 바로 눈앞에 앉아 있는 김 신부를 말하는 것이었다. 화면이 넘어가자 이번에는 인터뷰를 하는 수도원장의 모습이 나왔다.

"같은 수도회의 사람도 아닐뿐더러 저희는 모르는 사람입니다. 다시 한 번 말씀드리지만 저희 수도회와 한국 가톨릭은…."

수도원장은 김 신부가 수도회 사람이 아니라고 선을 긋고 있

었다. 수도원장의 인터뷰가 끝나자 다음으로 가톨릭대학병원 앞에서 흰 가운을 입고 질문에 대답하는 사람이 화면에 잡혔다.

"저희 측에서도 전혀 그런 일이 있었는지 모르는 바이고, 환자는 극심한 스트레스와 가정불화로 인하여…."

김 신부는 화면에서 시선을 거두더니 입에 소주잔을 털어 넣었다. 그리고 우습다는 듯이 말했다.

"다들 참 자연스러워. 그치?"

최준호는 테이블 앞에 바짝 몸을 붙이고 앉아 김 신부의 얼굴을 눈여겨보았다. 눈가의 짙은 주름과 작은 상처들, 낮은 목소리와 투박한 눈빛이 강한 인상을 자아냈다. 김 신부는 입을 우물거리며 고기를 먹다가 최준호와 시선이 마주치자 말을 던졌다.

"넌 몰몬교처럼 생겼냐?"

"네? 아…, 가끔 듣습니다."

최준호는 앞에 놓인 젓가락을 집어 들며 대답했다. 이번에는 김 신부가 최준호의 얼굴을 훑으며 탄식을 하듯 중얼거렸다.

"새파랗구먼. 새파래."

최준호는 어깨를 으쓱해 보이더니 불판 위에서 익어가는 고기를 입안에 집어넣었다. 김 신부는 빈 소주잔을 채우면서 신상조사를 하듯 질문을 하기 시작했다. 고향이 어딘지, 부모님 직업은 무엇인지, 형제는 몇이나 있는지. 최준호는 얼떨결에 용인 수지가 집이고, 부모님이 교직에 계신다고 대답했다. 그러나 형제가 있느냐는 질문을 듣고는 대답을 하지 못하고 입을 닫았다. 문득 이상한 낌새를 눈치챈 김 신부가 얼굴을 들이밀었다. 대답을 원하는 표정이었다.

"동생이 하나 있었습니다."

최준호가 과거형으로 대답하자 김 신부가 재차 물었다.

"교통사고?"

민감한 질문인데도 전혀 신경 쓰지 않는 태도였다. 최준호가 시선을 피하며 말을 얼버무렸지만 김 신부는 물러나지 않았다.

"무슨 사고?"

"……."

최준호는 문득 젓가락질을 멈추고 바닥을 향해 시선을 고정했다. 복잡한 생각에 사로잡힌 얼굴이었다. 김 신부가 연거푸 소주를 들이마시며 말했다.

"말하기 싫으면 안 해도 되고."

잠시 침묵하던 최준호는 바닥에 시선을 고정한 채 천천히 말을 했다.

"개한테 사고를 당했습니다."

"개한테? 재밌네. 자세히 좀 얘기해봐."

김 신부가 대수롭지 않다는 표정으로 말하자 최준호가 울컥 화를 내며 쏘아붙였다.

"뭐가 재밌으신데요?"

김 신부는 묘한 웃음을 지으며 얼굴이 붉어진 최준호의 얼굴을 정면으로 바라보았다.

"짐승한테 죽으면 연옥에서 떠돈다는 이야기 알지? 불쌍해서 어떡하나. 슬퍼서 눈물이 다 나오네."

김 신부는 약 올리듯 말을 하고 소주를 마셨다. 불판 위에서 고기가 지글지글 끓으며 연기를 냈다. 최준호는 끓어오르는 화를 누르며 가만히 주먹을 쥐었다. 김 신부는 쌈을 싸서 입에 집어넣고 우걱우걱 씹었다. 그러더니 대충 짐작이 간다는 듯이 고개를 끄덕거렸다.

"교육자 집안에 외아들만 남았으니 신부가 되는 걸 죽도록 반대하셨을 거고. 집에서 쫓겨나다시피 신학대로 온 아들은 맞지도 않는 사제 과정을 겨우 버티고 있고. 신부가 돼서 자신을 바치면 연옥에 떠도는 동생이 천국에 갈 수 있다고 생각하는 멍청한 아들은 답답한 부모 마음도 몰라주고."

다 안다는 듯이 함부로 말하는 김 신부의 말에 최준호는 어이가 없다는 듯 웃었다. 잠시 말을 멈춘 김 신부가 다시 말을 이었다.

"원래 범띠가 사제랑은 상극이야. 다 이런 사연들이 있어. 넌 별로 특별한 것도 아니야."

김 신부가 말을 마치자마자 최준호가 주먹으로 테이블을 내려치며 소리쳤다.

"그럼 신부님은 뭐가 그렇게 특별하신데요!"

김 신부를 노려보는 눈에 분노가 일고 있었다. 김 신부는 아무 일도 없었다는 듯 노릇노릇 구워진 고기를 집어 먹었다. 최준호는 온몸에 뻗친 흥분을 가라앉히며 쏘아붙였다.

"왜? 핏덩이는 몰라도 되나요?"

"이 새끼가…"

김 신부가 거칠게 말을 내뱉으며 젓가락을 던지듯 내려놓았다. 잠시 침묵이 흘렀다. 최준호는 이제 더 이상 숨길 것이 없다는 듯 불편한 질문을 쏟아냈다.

"박 수사님은 왜 그만두셨습니까?"

"뭐, 내가 잘랐어. 겁도 많고 이래저래 잘 안 맞아."

대답을 들으며 최준호는 박 수사의 집에 찾아와 애걸복걸하던 김 신부의 목소리를 떠올렸다. 최준호가 대꾸 없이 못마땅한 표정을 짓고 있자 김 신부가 말을 돌렸다.

"놈들은 범죄자들이랑 비슷해. 자신의 존재가 알려질수록 더 깊게 숨어버리지. 들켜버리는 순간 이미 반은 진 것이나 다름없어."

김 신부가 말하는 놈들은 보이지 않는 존재였고, 실제로 보고 싶지도 않은 어둠 속의 존재였다. 최준호는 어쩌면 이런 이야기를 하는 김 신부가 정말 이상한 사람일지도 모른다는 의심이 들었다. 그러자 머릿속에 그동안 만난 사람들의 모습이 빠르게 스쳤다. 미친놈 하나 있다고 내뱉던 박 수사의 얼굴과 애엄마와 합의를 했다고 말하던 학장 신부의 목소리, 그리고 김 신부가 그럴 사람이 아니라고 말하는 수도원장의 눈빛.

"다행히 수컷이 여자 몸에 들어갔으니까 가능한 일이야. 일종의 불시착이지. 그래서 우리한테 행운이고."

김 신부의 얼굴은 어쩐지 쓸쓸해 보였다. 최준호는 김 신부가 어떤 사람인지 도무지 감을 잡을 수 없었다. 김 신부는 어두워진 표정으로 술병을 들어 잔에 기울였다. 병은 텅 비어 있었고, 겨우 소주 한두 방울이 떨어질 뿐이었다. 최준호는 취기가 오른 김 신부의 얼굴을 살피며 그만 일어나자고 했다.

"그래, 이제 달도 올라왔겠다."

빈 잔을 다시 내려놓는 김 신부의 얼굴은 아무것도 남지 않은 술병처럼 허전했다.

최준호는 먼저 가게 밖으로 나와 묶어둔 돼지를 챙겼다. 가게 안에서는 계산을 하려는 김 신부와 가게 주인으로 보이는 젊은 여자가 실랑이를 벌이고 있었다. 상황을 봐서는 김 신부가 돈을 내려고 하고 가게 주인은 받지 않겠다고 하는 모양이었다. 결국 어떤 말을 하며 억지로 돈을 쥐어준 김 신부는 만삭인 젊은 여자의 부푼 배를 만지며 따뜻한 미소를 지었다. 최준호는 그 모습이 어쩐지 수상해 눈여겨 바라보았다.

　잠시 후 김 신부가 가게를 나오자 가게 주인이 한 손으로 허리를 받치고 뒤따라 걸어 나왔다. 김 신부가 얼른 들어가라는 손짓을 하고 최준호와 함께 골목을 빠져나갔다. 그러자 가게 주인이 뒤에서 소리쳤다.

　"오빠! 나 다음 달이야. 안 오기만 해봐!"

　가게 주인이 김 신부의 여동생이라는 것을 깨달은 최준호는 놀란 눈으로 김 신부를 돌아보았다. 김 신부는 뒤를 돌아보지 않은 채 화답하듯 손을 들어 흔들고 있었다. 입가에는 부드러운 기운이 서려 있었다.

　유흥업소가 몰려 있는 길은 번쩍이는 불빛과 시끄러운 음악 소리가 뒤섞여 번잡했다. 김 신부는 문득 돼지를 쳐다보며 최준호에게 물었다.

"어째 살이 좀 빠진 것 같아. 그놈 맞지?"

"네, 확인했습니다."

최준호가 단호한 말투로 대답했다. 그러자 갑자기 김 신부가 걸음을 멈추고 최준호의 얼굴을 정면으로 바라보았다. 영문을 모르겠다는 표정으로 서 있는 최준호의 이마를 손가락으로 툭 툭 때리며 김 신부가 말했다.

"우리 지금 5000살 먹은 놈 만나러 가는 거야. 긴장해!"

최준호는 이마를 매만지며 인상을 찌푸렸다. 김 신부는 눈을 치켜뜨고 성큼성큼 다시 앞으로 나아가기 시작했다.

C#1

L.S
High Angle
고깃집 앞에서 돼지를 챙기는 최부제.

C#2

최부제 M.S
안에서 계산을 하고 있는 김신부를 바라본다.

C#3

최부제 POV

가게 주인으로 보이는 만삭의 젊은 여자와
실랑이를 벌이고 있는 김신부.
지갑에서 돈을 꺼내주려고 하고
만삭의 여인은 받지 않으려고 한다.
결국 돈을 건넨 김신부는 여자의 배를 만지며 웃는다.

C#4

최부제 B.S
그 모습을 수상하게 바라보는 최부제.

C#5

F.S
잠시 후 고깃집에서 나오는 김신부.
따라나오는 만삭의 여인 Frame In

C#6

M.S

만삭 여자 : 오빠...! 나 다음 달이야... 안 오기만 해봐...!

김신부는 건성으로 손을 들어주고 Frame Out
최부제 Frame Out

C#7

F.S
돼지를 데리고 김신부에게 따라붙는 최부제.

김신부 : (돼지를 돌아보며) 어째 살이 좀 빠진 것 같아.
그 놈 맞지?

최부제 : 네. 확인했습니다.

C#8

김신부 측면 B.S
Tracking

김신부 : 박수사한테 확실하게 신송 받았고?

최부제 : 네.

김신부 : 별말 없었어?

C#9

최부제 B.S
Tracking

최부제 : 뭐.. 별거 없다고... 그러시더라고요.

C#10

김신부 멈추어 선다.
최부제 Frame In 같이 멈추어서는 최부제.
김신부는 최부제의 미간을 손가락을 툭 치며 말한다.

김신부의 행동이 의심스러운 최부제. 김신부를 따라 나선다.

C#11

최부제 OS 김신부 B.S

김신부 : 야! 우리 지금 5000살 먹은 놈 만나러
　　　　 가는 거야. 긴장해!

C#12

김신부 OS 최부제 B.S
Track In

최부제 : …

앞에 먼저 걸어가는 김신부를 노려보는 최부제.

최부제 C.U
그 위 나오는 북소리. 둥! 둥! 둥!
최부제의 얼굴에서 움직이는 호랑이의 모습으로
천천히 디졸브.

✝

모든 악으로부터 오는 협박에서
당신의 모상을 구하시며

밤하늘에는 커다란 보름달이 떠 있었다. 환한 달빛이 구름 사이로 뿜어져 나와 마치 전등을 새로 갈아 끼운 것처럼 눈부셨다. 로데오 거리 뒷골목에 있는 한 건물에서는 거리 분위기와 전혀 어울리지 않는 징 소리가 새어나오고 있었다. 옥상에는 까마귀 떼가 앉아 날개를 퍼덕거렸고, 분주하게 움직이는 사람들의 그림자가 다락방 창문에 비쳤다.

다락방 안에는 영신이 산소 호스를 코에 끼운 채 누워 있었다. 머리를 빡빡 깎고 광대가 앙상하게 드러난 영신의 얼굴은 사진 속 모습과는 완전히 달랐다. 호스와 연결된 기계에서 일정한 소리가 흘러나오고 있고 영신은 조금도 움직이지 않았다.

이미 죽은 사람처럼 고요했다.

침대 반대편에는 붉은 옷을 입은 영주 무당이 격렬하게 뛰고 있었다. 오들오들 몸을 떨며 얼굴에는 비 오듯 땀을 흘리고 있었다. 영주 무당은 발을 모으고 계속 뛰어오르며 왼손에는 영신의 교복을, 오른손에는 방울을 움켜쥐고 힘차게 흔들었다. 제천 법사는 영주 무당 앞에 앉아 있었다. 그는 여자가 그려진 가림막 뒤에 숨어 누군가에게 쫓기는 것처럼 다급하게 진언을 외우는 중이었다. 이미 오랜 시간이 흘렀는지 제천 법사의 옷은 땀으로 흠뻑 젖어 있었다. 주위에서는 진언에 맞춰 4명의 무녀가 악기를 연주했다. 그들은 귀신 글이 쓰인 악기를 연주하며 고통스럽게 울부짖었다. 연주는 마치 지옥에서 들려오는 진혼곡 같았다. 상 위에는 간소한 차림이 준비되어 있었고, 가운데 놓인 돼지 머리는 입을 벌린 채 웃고 있었다.

한참 동안 격렬한 무당춤이 계속되었다. 그러다 문득 영주 무당이 춤을 멈추고 숨을 몰아쉬었다. 영주 무당의 움직임이 신호라도 되는 것처럼 방 안에 있던 사람들도 일제히 행동을 멈췄다. 더 이상 진언도 외우지 않았고, 악기를 연주하며 울지도 않았다. 정적이 흐르자 무녀들은 서로 시선을 주고받으며 제천 법사의 눈치를 보았다. 영주 무당은 기진맥진한 표정으로 허리를 숙이고 헉헉거렸다.

"말을 해 이년아. 아무것도 안 들리냐고!"

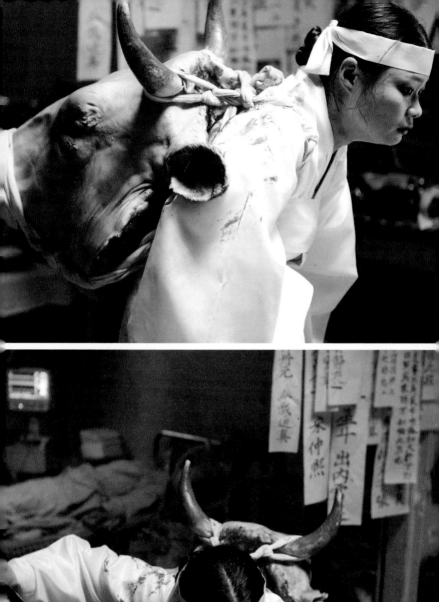

긴 라일락 담배에 불을 붙여 입에 문 제천 법사가 소리쳤다.

"네⋯. 죄송합니다."

"아이, 좆같네, 진짜."

제천 법사는 인상을 험악하게 일그러뜨리고 욕지기를 했다. 그러다 갑자기 무슨 생각이 드는지 눈을 번뜩이며 무녀들에게 우두로 바꾸라고 소리쳤다. 흰색 옷을 입고 악기를 연주하던 무녀들이 일어나 구석에 있는 커다란 보자기를 풀었다. 그 안에는 잘린 소머리가 들어 있었다.

무녀들이 소머리를 들고 끙끙거리며 옮겨와 영주 무당의 등에 밧줄로 단단히 묶었다. 영주 무당은 등을 돌리고 있었지만 소머리는 의식 없이 누워 있는 영신을 마주했다. 그사이 자리를 잡던 무녀들 중 하나가 무심코 영신 쪽을 쳐다보았다. 순간 무녀는 사악한 기운과 마주하는 착각에 휩싸였다. 숨이 조여오고 온몸이 경직되는 것 같은 고통이 느껴지는 순간 다리 사이에서 붉은 피가 줄줄 흘렀다.

"으악!"

무녀가 날카로운 비명을 지르며 주저앉자 그 모습을 본 제천 법사가 한심스러운 표정으로 혀를 찼다.

"공주야 왜 말을 안 들어. 나가!"

벼락 같은 소리가 떨어지기 무섭게 피를 흘린 무녀는 단숨에 다락방을 뛰쳐나갔다. 문이 닫히는 순간 공기가 얼어붙었다.

그러나 영신은 어둡고 깊은 곳에 잠긴 사람처럼 아무런 반응도 보이지 않았다.

**

　최준호와 김 신부는 까마귀 떼가 모여든 허름한 건물 앞에 도착했다. 김 신부는 스산한 기운에 고개를 들어 주변을 살폈다. 네온사인이 번쩍거리는 맞은편 건물과 어두침침한 이쪽 골목은 마치 이승과 저승처럼 대조를 이루었다.

　김 신부는 담배를 입에 물고 불을 붙였다. 최준호는 돼지를 끌어안으며 건물 안에 보이는 으슥한 계단을 훑어보았다. 김 신부가 담배 연기와 함께 숨을 내뱉으며 말했다.

　"이 건물 다락방이야. 한 대만 피우고 올라가자."

　최준호가 대답 대신 고개를 끄덕였다. 그 순간 까마귀들이 까악 하고 울면서 요란스럽게 날갯짓을 했다. 화들짝 놀라 최준호가 가볍게 몸을 떨자 김 신부가 말했다.

　"무서워? 겁먹고 있다는 걸 들키지 않는 게 중요한 거야. 구마는 기 싸움이야."

　"네."

　"쉽게 생각해. 우리는 일종의 용역 깡패 같은 거야. 집주인이 알박기 하고 안 나가니까 많이 괴롭혀서 쫓아내는 거지."

집주인을 괴롭히는 용역 깡패라니. 최준호는 피식 헛웃음을 뱉었다.

"내가 다 알아서 하니까 크게 걱정하지 마. 보조 사제는 매뉴얼대로만 하면 절대 존재를 들키지 않아. 절대 처다보지도 말고, 대답하지도 말고, 기도 없이 듣지도 마. 그냥 내 언명을 반응에 따라 반복하고 단계별로 연장 준비해서 반응 끌어내면…."

김 신부는 마지막 당부를 하듯이 신중하게 설명했다. 귀를 기울이던 최준호의 눈에는 불현듯 검은 형체가 가까워져 오는 것이 보였다. 어두운 골목 끝에서 천천히 다가오는 그림자. 그것은 사람 같기도 했고 커다란 짐승 같기도 했다. 김 신부의 말소리가 점점 아득해지면서 최준호는 그 형체를 자세히 보기 위해 눈에 힘을 주고 가늘게 떴다. 점점 다가오는 것은 바로 죽은 여동생이었다. 최준호의 얼굴이 하얗게 질리는 순간, 찰싹! 따귀가 날아들었다.

"뭐하냐! 정신 안 차릴래?"

"아닙니다. 죄송합니다."

얼얼한 뺨을 어루만지며 최준호는 사과를 했다. 김 신부는 최준호가 눈을 떼지 못하는 곳을 향해 돌아보았다. 그러나 그곳에는 아무것도 없었다. 김 신부가 의심스러운 얼굴로 물었다.

"헛것이라도 보이냐?"

"아닙니다."

최준호는 시선을 아래로 피하며 기분이 상한 얼굴로 대답했다. 그러자 김 신부는 나쁘지 않다는 듯 슬쩍 웃으며 말했다.

"새끼, 예민한 놈이네."

"예민하면 안 됩니까? 그래도 전 술은 안 취했습니다."

"이 새끼… 한 마디도 안 지네."

김 신부는 어이가 없는 얼굴로 말을 뱉었다. 그리고 다시 정색한 얼굴로 최준호를 향해 입을 열었다.

"형상 특징에 대해 말해봐."

"형상에는 사자형, 뱀형, 전갈형으로 크게 나누어져 있고 아시아에서는 대개 대륙성 뱀형이 많이 발생한다고 들었습니다. 하지만 이번에 박 수사님의 서취 노트를 살펴본 결과 해당자의 가장 오래된 형상은 서방 쪽 사자형으로 장미회 넘버 11호로 추측되고 있습니다. 1941년 중국 난징에서 독일 요한 신부님께서 마지막으로 발견하셨고 전쟁이 끝나고 놓쳤다고 들었습니다."

"됐고! 최종 목적과 축출 단계는?"

"예식의 최종 목적은 우선 출처와 시기 그리고 사람들에게 보호받는 가장 오래된 형상의 이름을 실토하게 만드는 것입니다. 그래서 이름이 밝혀지면 그릇으로 축출하고 1시간 이내로 음귀이면 불로 태우는 소살법. 양귀일 경우 물에 빠뜨려 죽이는 익살법…."

최준호가 열성을 다해 대답을 하는 동안 불현듯 살의를 느낀

김 신부가 최준호를 재빠르게 끌어당겼다. 최준호는 중심을 잃고 김 신부 쪽으로 쓰러졌다. 곧이어 최준호의 등 뒤로 화분이 떨어져 그대로 박살 났다. 쾅! 산산조각이 난 화분은 처참하게 흩어졌다. 얼굴이 창백해진 최준호가 고개를 들어 화분이 떨어진 곳을 올려다보았다. 그러자 검은 까마귀가 푸드덕거리며 하늘로 날아올랐다. 목덜미에는 식은땀이 주르륵 흘러내렸다.

"이제 슬슬 너도 보이나 보다. 올라가자."

김 신부가 한탄하듯 말을 뱉었다. 최준호는 무엇이 보인다는 건지 정확히 알 수는 없었으나 불길한 일이 벌어질 거라는 강한 예감이 들었다. 의문스러운 얼굴로 김 신부를 따라 건물 안으로 들어서자 요란한 징 소리가 들려왔다.

꿉꿉한 냄새가 배어나는 복도를 따라 걷자 멀리 두 사람이 보였다. 복도 맨 끝에 있는 집 앞에 서서 대화를 나누고 있는 사람은 박 교수와 영신의 아버지였다. 영신의 아버지는 수척한 얼굴로 언성을 높였다.

"교수님, 이제 그만 좀 하시면 안 돼요? 할 만큼 하셨잖아요."

"아버님, 이게 다 과정이에요. 저 사람도 노력하는 거 아시잖아요."

박 교수가 대답을 하는 순간 다가오는 김 신부를 발견한 영신의 아버지가 노골적으로 눈을 흘기며 불만을 토로했다.

"아니 우리 애 저렇게 만든 게 누군데…."

"그래서 저희가 성의도 보여드렸잖아요. 오늘은 정말 마지막이에요. 다 끝납니다."

"아니 우리 애가 이렇게 됐는데, 고작 2천만 원이 말이 됩니까?"

박 교수가 영신의 아버지에게 애걸하듯 부탁을 하는 동안 김신부와 최준호는 아무 말도 하지 않은 채 집 안으로 들어갔다.

문을 열자 주문을 외우는 소리가 쏟아졌다. 추임새처럼 들려오는 여자들의 울음소리가 애처로워 듣는 사람도 가슴이 찢어질 듯 괴로웠다. 최준호는 소리가 흘러나오는 곳을 찾아 계단위에 보이는 영신의 방을 쳐다보았다. 굳게 닫힌 영신의 방문에는 덕지덕지 부적들이 붙어 있었는데, 마치 피로 쓴 것 같은 붉은 글씨들을 보고 있자니 신경이 바짝 곤두섰다. 영신의 방에서는 뭐라고 설명할 수 없는 음울한 기운이 뿜어져 나왔다.

최준호가 부적에서 시선을 거두며 김 신부에게 물었다.

"굿을 하나 보네요?"

"응. 제천 법사라고 꽤 실력 있는 친구야."

다락방 안에서는 격렬하게 의식이 진행되는 중이었다. 김 신부는 의식이 아직 끝나지 않은 것을 보고 다락방으로 향하는 좁은 계단에 털썩 주저앉았다. 눈치를 보아하니 다음 차례까지 기다릴 모양이었다. 최준호는 김 신부와 조금 떨어진 곳에 자신도 자리를 잡고 앉았다. 품에 끌어안은 돼지가 꿀꿀거리며 울음소리를 냈다. 버둥거리는 짧은 다리와 일어선 작은 귀가 쫑긋거렸다.

김 신부는 앞으로 자신이 해내야 하는 일의 무게를 느끼며 눈을 감았다. 어깨 근육이 뻐근하게 굳어지는 기분이었다. 벽에 고개를 기울이고 마음의 준비를 하던 김 신부는 문득 정 신부의 병실에서 편지를 발견한 기억을 떠올렸다.

정 신부의 소지품과 함께 바구니에 담겨 있던 편지가 눈에 들어온 것은 붉은 장미 문양 때문이었다. 김 신부는 밀봉된 편지를 뜯어 발신처를 확인했는데 짐작대로 그것은 장미십자회에서 보낸 것이었다. 김 신부는 편지 내용을 확인하고 이탈리아인 신부들의 사고가 단순한 사고가 아니었다는 것을 알게 되었다. 그리고 영신의 몸에 들어간 사령이 12형상 중 하나일지도 모른다는 점도. 김 신부는 불안한 예감을 애써 지우며 장미십자회로 급하게 연락을 취했다. 그러자 수화기 너머에서는 단호한 어조의 이탈리어가 들려왔다.

"부마자가 누군지 모르지만 코마 상태인 걸 보면 숙주가 형상을 잡고 있는 게 분명하다. 최선의 방법을 써야 할 것 같다."

수화기를 들고 있던 김 신부의 손이 덜덜 떨렸다. 숙주가 형상을 잡고 있다는 말은 영신이 마지막 사력을 다해 형상을 붙들고 있다는 의미였다. 게다가 그것을 끝내기 위해서는 영신의 숨을 거두는 방법밖에는 없다는 말을 하고 있었다. 김 신부는 울분이 치밀었다. 눈에 붉은 핏발을 세우며 수화기에 대고 윽박을 질렀다.

"씨발, 애를 죽이란 말이야?"

수화기 너머에서는 잠시 침묵이 흘렀다. 그러나 이내 단호한 말이 돌아왔다.

"살인이라고 생각하지 마라. 지금 그것을 잡는다면 앞으로 너희 동아시아에서 일어날 50명 이상이 죽는 모든 참사를 전부 막는 거나 다름없다. 할 일을 하는 것이다."

"그게 말이나 되는 소리냐고!"

김 신부는 수화기를 책상 위에 내려치며 분노했다. 아직 일어나지도 않은 참사를 막기 위해 자신의 손으로 무고한 영혼의 숨을 거두어야 한다는 사실을 받아들이고 싶지 않았다. 그리고 무엇보다 괴로운 것은 부마자가 맑고 순수한 기운으로 가득하던 영신이라는 사실이었다.

김 신부가 눈을 감은 채 생각에 잠겨 있을 때 다락방 안에서는 점점 고조되는 살풀이 소리가 들려왔다. 김 신부는 자신도 모르게 주먹을 힘껏 움켜쥐었다. 이제 영신을 죽이든 살리든 결단을 해야 하는 순간이었다. 더 이상 시간을 끌었다가는 형상의 기운이 강해질 뿐만 아니라 시체와 같은 육신 안에 갇힌 영신의 고통도 끝나지 않을 터였다. 생각을 거듭할수록 손톱이

살 안으로 파고들었다. 그러나 김 신부의 얼굴은 얼음장처럼 차갑게 굳어갔다.

다락방 안에서는 살풀이가 절정을 향해 치닫고 있었다. 영주 무당은 아까와 달리 왼손에는 칼을, 오른손에는 신발을 든 채 뜀박질을 하고 있었다. 주문 소리와 북 소리가 뒤엉켜 허공을 뒤흔드는 동안 침대 위에 의식 없이 누워 있던 영신의 몸이 움직이기 시작했다. 그러나 방 안에 있는 사람들은 살풀이에 휩쓸려 영신의 움직임을 보지 못했다.

기이한 몸짓으로 상반신을 세운 영신은 침대 위에서 천천히 내려왔다. 발끝이 바닥에서 일자로 세워지면서 온몸이 꼿꼿하게 일어섰다. 이 모습을 바라보고 있는 것은 오직 영주 무당의 등에 매달린 채 출렁거리는 소머리뿐이었다. 영신은 스르르 앞으로 움직이더니 문을 향했고, 그 모습은 마치 그림자가 흘러가는 듯했다.

문을 열고 나와 영신이 마주한 사람은 벽에 머리를 기대고 앉은 김 신부였다. 영신은 관절을 기묘하게 움직이며 김 신부 옆으로 다가왔다. 그리고 다정한 얼굴로 김 신부의 어깨에 얼굴을 기댔다. 입에서는 예전의 영신처럼 맑고 단아한 목소리가 흘러나왔다.

"신부님, 사랑하는 신부님. 이제 그만하세요. 저 정말 괜찮아요."

"그래…. 나 오늘 너 죽이러 왔다."

김 신부는 꿈결처럼 들려오는 영신의 말에 차갑게 대답했다. 그러자 영신은 몸을 벌떡 일으켜 세우더니 김 신부를 내려다보았다. 순식간에 다른 사람으로 변한 것처럼 얼굴에는 서늘한 빛이 가득했다. 영신은 교활한 미소를 지으며 다시 계단을 올라 방문을 열고 들어갔다. 쾅! 거센 바람이 불어온 듯 문이 닫히고 방 안에서는 허공을 찢을 듯 비명 소리가 터졌다.

다락방 바닥은 온통 붉은 피로 가득했다. 영주 무당의 사타구니에서 빗물처럼 피가 흘러내렸고, 나머지 무녀들 또한 마찬가지였다. 두려움에 짓눌린 무녀들은 갑자기 와락 열리는 방문 소리에 놀라 기겁을 하며 뛰쳐나갔다. 제천 법사는 아수라장이 된 방 안을 살펴보다가 연막 너머로 영신을 흘깃거렸다. 짙은 안개처럼 축축하고 사악한 기운. 영신의 얼굴에는 검은 형체가 서려 있었다. 그것을 발견한 제천 법사는 창백하게 질린 얼굴로 연거푸 절을 하기 시작했다. 무릎을 꿇고 엎드려 고개를 조아릴 때마다 두 손이 벌벌 떨렸다.

제천 법사는 결국 살풀이를 중단하고 짐을 챙겨 도망치듯 방을 빠져나왔다. 계단 밑에서 기다리던 김 신부가 제천 법사를 발견하고 말을 걸었다.

"뭐 좀 봤어?"

제천 법사는 진절머리 난다는 얼굴로 고개를 절레절레 흔들며 대답했다.

"피 봤어, 피. 근데 애들이 하혈하는 걸 보니 뱀은 아니야. 조심해."

"또 뭐 있어?"

"분명히 중간에 뱀인 척할 거야. 그때 속으면 큰일 나."

김 신부는 시름에 잠긴 듯 신음을 흘렸다. 그러다 문득 함께 온 무녀들을 본 김 신부가 목소리를 낮추고 물었다.

"근데 딸래미 왔네? 괜찮아?"

"첫날부터 험한 꼴을 당해서… 좀 미안하긴 해요."

제천 법사는 사납게 몰아치던 살풀이 때와는 달리 안쓰러운 얼굴로 대답했다.

"무당 되기 싫어서 도망갔다고 하지 않았어?"

"지가 어떡하겠어요. 전생에 한이 얼마나 많은지… 안 눌려져서 결국 저번 보름에 내림받았어요."

김 신부는 예전에 스치듯 들은 이야기를 떠올렸다. 제천 법사는 자신의 딸이 전생에 사람을 많이 죽여서 그 업보에 현재의 생이 괴로울 거라는 말을 했다. 김 신부는 고개를 주억거리며 넋두리를 하듯 말했다.

"그래. 팔자대로 살아야지, 뭐."

김 신부가 제천 법사를 위로하듯 어깨를 가볍게 두드렸다. 그때 최준호가 계단을 내려와 성찬 준비가 되었다고 알렸다. 제천 법사가 처음 본 최준호를 훑어보며 김 신부를 향해 말했다.

"이번엔 제대로 된 범이 왔네요? 근데 좀 어리다."

"나이만 어리지 순 꼰대 새끼야. 수고들 했어."

김 신부는 인사를 하고 다시 계단을 올랐다. 고개를 드니 최준호가 문 앞에서 돼지를 작은 협탁에 묶으며 성찬 준비를 하고 있었다. 순간 다락방 문이 열리고 사복으로 옷을 갈아입은 영주 무당의 모습이 보였다. 양손에 짐을 한가득 들고 걸어 나오는 영주 무당은 울었는지 눈가가 부어 있었다. 그 모습을 바라보던 최준호는 영주 무당과 시선이 마주치자 자신을 꿰뚫는 것 같은 섬뜩한 기분에 사로잡혔다. 최준호가 몸을 움찔거리며 뒤로 물러나자 영주 무당은 계단을 내려섰다. 그리고 서늘한 시선으로 반대편에서 올라오는 김 신부를 향해 입을 열었다.

"신부님 몸에도 악귀가 가득하시네요."

"우리는 평생 달고 살지."

김 신부가 피곤이 가득한 목소리로 대답했다. 그러자 김 신부를 쏘아보는 영주 무당의 눈빛이 날카롭게 빛났다. 김 신부는 어두운 얼굴로 영주 무당을 지나쳐 방 안으로 들어갔다.

옷을 갈아입고 나온 김 신부는 최준호에게 세례명을 물었다. 그러자 최준호가 집기를 들어 올리며 대답했다.

"아가토입니다."

세례명을 듣자마자 김 신부는 피식 웃음을 지었다. 그 많은 이름 중에 아가토라니.

"누가 준 거야?"

"제가 골랐습니다. 남들 다 하는 거 싫어서요."

김 신부는 특이하려고 골랐다는 이름치고는 신기한 우연이라는 생각이 들었다. 아가토는 구마사 성인의 이름이었으니 말이다. 어쩌면 오늘 밤에는 구마에 성공할지도 모른다는 가느다란 희망이 마음속에 생겨났다.

김 신부는 성찬 준비를 마치고 잔에 담긴 포도주를 마셨다. 그리고 최준호의 머리를 잡고 기도를 시작했다. 최준호는 기도에 맞춰 자신의 몸에 성호를 그으며 회개 기도를 읊었다.

"성부, 성자, 성령의 이름으로 아멘."

김 신부는 이어 작은 향수병을 집어 들고 자신의 몸에 골고루 뿌렸다. 그리고 최준호를 향해서도 향수병을 분사했다. 코를 킁킁거리며 냄새를 맡던 최준호가 무엇이냐고 묻자 김 신부가 씩 웃으며 대답했다.

"여자 분비물. 우리 신부 인생에는 없는 거야."

"네?"

"일종의 위장술이야. 자칫 잘못하면 우리가 숙주가 될 수도 있어. 음기로 속이는 거지. 좀 그렇기는 해도 박 교수가 힘들게 구한 거야."

최준호는 못마땅한 얼굴로 인상을 찡그렸다. 김 신부는 아랑곳하지 않고 치약을 건넸다. 구마 의식에 처음 참여하는 것이니 코 밑에 바르라는 뜻이었다. 최준호는 마지못해 손끝으로 살짝 치약을 발랐다. 자신을 초짜라고 무시하는 것 같아 기분이 썩 내키지 않았다.

준비를 마친 두 사제는 다락방 문을 열고 안으로 들어갔다. 순간 지독한 냄새가 코를 찔렀는데 한여름 완전히 부패한 음식보다도 몇 배는 더 끔찍한 냄새였다. 최준호는 총알같이 밖으로 튀어나와 한쪽 벽을 붙들고 구역질을 했다. 코끝에 남은 역한 냄새가 느껴질 때마다 속이 뒤집혔다.

현전 現顯

굿판이 벌어졌던 영신의 방은 어수선한 상태였다. 일정한 간격으로 들려오는 심박기 소리는 영신이 아직 살아 있다는 것을 보여주는 유일한 신호였다. 죽은 듯이 누워 있는 영신의 얼굴은 텅 비어 있는 상자처럼 아무 감정도 남아 있지 않았다. 최준호는 간신히 구역질을 참으며 김 신부 옆에 다가섰다. 그러자 김 신부가 시계를 풀면서 말했다.

"전문용어로 말로도르라고 하지. 부마자 숨 속에서 나는 고기 썩은 내야."

"냄새 때문에 병원에서 쫓겨난 거군요."

최준호가 손가락으로 코를 막으며 대답했다.

두 사제가 대화를 나누는 사이 밖에서 대기하던 박 교수가 들어와 영신의 상태를 확인했다. 혈압을 재고 혈액을 채취하며 재빠르게 손을 움직였고, 영신의 몸에 청진기를 대고 귀를 기울였다. 지켜보던 최준호가 신문 기사를 떠올리며 김 신부에게 물었다.

"왜 뛰어내렸을까요?"

"내가 괴롭혀서 그랬을까봐? 들키니까 도망가려고 뛰어내린 거지. 사자가 재수 없게 암컷에게 들어갔잖아. 숙주를 죽이고 수컷에게 도망가려고 발악한 거지."

김 신부가 영신의 얼굴을 내려다보며 대답했다. 그러자 영신을 살펴보던 박 교수가 의문스러운 얼굴로 말했다.

"이상해. 보통 뇌사면 호흡을 못하는데 자가 호흡을 하고 있단 말이야."

"독한 년이라서 그래."

김 신부가 무겁게 가라앉은 목소리로 말했다. 박 교수가 서류에 사인을 받고 나가자 김 신부는 협탁 서랍에서 케이블 끈을 꺼냈다. 그리고 영신의 팔과 다리를 단단하게 묶기 시작했다.

최준호는 매뉴얼대로 성물들을 꺼내 하나하나 올려두었다. 그리고 몰래 김 신부를 흘깃거리며 학장 신부가 건넨 캠코더를 꺼냈다. 김 신부를 향하도록 방향을 고정시키고 작동 버튼을 누르는데 식은땀이 났다. 이를 눈치채지 못한 김 신부가 영신의 팔다리를 모두 묶자 최준호는 소금을 들어 침대를 따라 뿌리기 시작했다. 일자로 그려진 소금 선은 마치 공간을 나누는 하얀 벽처럼 보였다. 김 신부는 최준호를 보며 잔소리를 했다.

"꼼꼼하게 뿌려. 네가 살길이야."

김 신부는 이불을 걷어내고 창문을 활짝 열었다. 하늘에는 캄캄한 밤을 밝히는 달이 환한 빛을 뿜어내고 있었다. 일 년 중 가장 커다란 달이 뜨는 날이었다. 최준호는 협탁에 준비를 마치고 영신이 마주하고 있는 벽에 성모마리아의 성화를 붙였다. 마지막으로 가방에서 서취 노트와 예식서를 꺼내놓자 방 안에는 긴장감이 감돌았다. 김 신부가 깊게 숨을 내쉬며 최준호에게 말했다.

"예식서대로 미카엘의 기도를 해. 한글, 영어, 라틴 순으로."

"네."

"중국어도 가능하다고 했지?"

"해방의 기도와 시편 가능합니다."

"그럼 해방의 기도는 중국어로 해줘."

"알겠습니다."

김 신부는 창문을 닫고 영신에게 다시 이불을 덮어 주었다. 그리고 무당패가 떨어뜨리고 간 국화꽃 한 송이를 들어 영신의 코에 가져다 대었다. 물기를 머금고 있던 하얀 꽃잎이 순식간에 말라들어 까맣게 썩어버렸다.

최준호는 무릎을 꿇고 앉아 가슴팍에 성호를 그은 뒤 기도를 시작했다. 김 신부는 협탁 위에 놓인 성물 중 청동으로 만들어진 거울을 들고, 손가락으로 성수를 찍어 영신에게 다가갔다. 그리고 거울을 움직여 영신의 얼굴을 비춘 다음, 성수로 십자가를 그으며 언명했다.

"주님의 이름으로 말하라. 기혼. 아락세스. 이락투. 유카!"

강하고 힘찬 목소리와 달리 방 안은 고요했다. 영신은 조금의 미동도 없었다. 김 신부는 고개를 갸웃거리며 다시 한 번 언

명을 반복했다. 그러나 결과는 마찬가지였다. 김 신부는 무언가 방해하고 있다는 생각에 주위를 천천히 둘러보았다. 이상한 분위기를 눈치챈 최준호는 슬쩍 실눈을 떴다. 바로 앞에는 언명을 하다 말고 서성거리는 김 신부가 보였다. 마침 최준호의 가방에 숨겨져 있는 캠코더를 발견한 김 신부는 불같이 화를 냈다.

"이거 뭐야, 이 새끼야! 이제 아주 별짓을 다하는구먼."

최준호는 난처한 얼굴로 김 신부를 바라보았다. 김 신부는 가방에서 캠코더를 꺼내 구석으로 힘껏 던지며 말했다.

"쥐새끼들한테 가서 말해. 여기서 일어난 일 전부 다 하나도 빠짐없이. 알겠어?"

최준호가 당황한 얼굴로 고개를 끄덕거리자 김 신부는 영신에게 다가가 다시 자세를 잡았다. 엉거주춤하게 앉아 눈치를 보던 최준호도 다시 기도를 외우기 시작했다.

그사이 영신의 얼굴 위에는 파리 한 마리가 날아와 앉았다. 점점 영신의 입으로 다가가던 파리는 안으로 들어가 버렸지만 기도에 열중하고 있던 두 사제는 아무것도 보지 못했다.

위장偽裝

김 신부는 의료용 라이트를 집어 들고 영신의 눈을 비춰 보았다. 불빛을 움직여도 반응하지 않는 영신의 눈동자는 깊은 구덩이처럼 아득했다. 김 신부는 다시 거울을 들고 손가락에 성수를 찍었다. 그 순간 침대에서 숨이 터지는 소리와 함께 가늘게 떨리는 영신의 목소리가 들렸다.

"신부님."

분명 영신의 입에서 나온 소리였다. 최준호는 기도를 멈추고 믿을 수 없다는 표정으로 영신을 바라보았다. 코마 상태인 환자가 말을 한 경우는 들어본 적이 없었다. 김 신부는 동작을 멈추고 천천히 흘러나오는 영신의 말에 귀를 기울였다.

"저 이제 괜찮은 것 같아요."

한 마디 말을 마친 영신은 힘겨운 듯이 깊은 숨을 토해냈다. 김 신부는 손에 쥐었던 거울을 내려놓았다. 손끝이 가늘게 떨리고 있었다.

"Dio. Abbi piet di noi." (주님. 자비를 베푸소서.)

김 신부는 보호 기도를 중얼거리며 천천히 허리를 숙였다. 협탁 밑에는 여러 종류의 십자가가 쌓여 있었는데 그중 가장 낡아 보이는 나무 십자가를 집어 들었다. 최준호는 빠르게 뛰는 심장을 애써 진정시키며 기도를 외우는 데 집중했다.

"주님. 지옥의 불구덩이 속에서도 우리와 함께하시고…."

최준호의 기도 소리가 일정한 속도를 되찾았을 때, 다시 영신의 목소리가 들렸다.

"이거 좀 풀어주시면 안 돼요? 여기 누구 계신가요? 여기요! 신부님 혼자 계세요? 엄마랑 의사 선생님 좀 불러주세요. 저 괴롭히려고 여기 오신 거예요?"

연달아 말을 건네는 영신의 목소리에는 급박한 숨소리가 섞여 있었다. 김 신부는 영신의 애절한 부탁을 외면하며 시선을 십자가에 고정시켰다. 이마에서는 땀이 줄줄 흘러내렸고, 쉬지 않고 기도를 외우는 입술은 바짝 타들어 갔다. 김 신부가 십자가를 영신의 가슴 가까이 가져가자 영신은 괴로운 듯이 몸을 비틀며 목소리를 높였다.

"누구… 누구 없나요? 이 사람 좀 말려주세요. 이 사람이 절 만졌어요. 아무도 없나요?"

최준호는 자신을 만진다고 말하는 영신의 목소리에 놀라 어깨를 움찔했다. 진실이 무엇인지 확인해야 한다는 생각이 들었다. 눈앞에 벌어지는 광경을 보기 위해 가늘게 실눈을 떴다. 녹슨 철제 침대가 눈에 들어오고 그 위에 누운 영신의 얼굴을 보는 순간이었다.

"하지 말라니까! 이 오입쟁이야!"

영신이 갑자기 눈을 부릅뜨고 김 신부를 향해 소리쳤다. 영신의 목소리가 비명처럼 울리자 전등이 파열음을 내며 깜빡거렸다. 최준호는 기겁하며 눈을 질끈 감았다. 재생되고 있던 녹음기가 저절로 꺼져버리고 촛불은 위태롭게 흔들리며 작게 뭉그러졌다.

폭풍이 휘몰아치듯 강렬한 기운이 휩쓸고 지나가자 방 안은 다시 고요해졌다. 심장 박동을 알리는 기계음만 일정하게 울렸고, 영신은 아무 일도 없던 것처럼 평온한 얼굴로 침대 위에 누워 있었다. 김 신부는 눈에 힘을 주고 최준호를 쏘아보았다. 최준호는 아차 하는 얼굴로 자리에서 일어나 가방에서 바흐 칸타타 CD를 꺼냈다. 그리고 구석에 놓인 오디오에 CD를 넣고 재생시켰다. 스피커에서는 분위기와 어울리지 않는 멜로디의 칸타타 bwv 140이 흘러나오기 시작했다. 부드러우면서도 경건함이 묻어나는 선율이 허공을 가득 채웠다.

최준호는 다시 자리로 돌아와 성호를 그으며 기도를 시작했다. 김 신부는 협탁 옆에 놓인 상자 안에서 보라색 영대를 꺼내어 목에 둘렀다. 그리고 금색 십자가가 새겨진 끝자락을 들어 영신의 한쪽 눈을 덮었다.

"주님. 저희에게 힘을 주소서. 미카엘 천사장이여, 연약한 당신의 양들을 보호해 주소서. 당신의 창과 성모님의 방패를 저희에게 주시옵소서."

영신의 고요한 얼굴 위로 김 신부의 기도 소리가 흘렀다.

두 사제는 귓가에 흘러드는 칸타타의 선율을 느끼며 점점 의식의 깊이를 더하고 있었다. 두 사제의 믿음과 경건한 의지는 하나의 에너지를 이루었다. 그리고 그것은 영신의 몸에 깃든 형상을 자극하며 깊은 곳에 숨어 있는 어둠을 끌어올리고 있었다.

발화 發話

방 안을 가득 메운 기도 소리와 함께 밤은 더욱 깊어졌다. 두 사제는 눈을 감고 의식에 몰입하고 있었다. 그때 영신의 벌어진 입에서 아까 들어간 파리가 다시 나왔다. 처음에는 한 마리뿐이었으나 순식간에 수십 마리의 파리 떼가 영신의 얼굴을 뒤덮었다. 이를 시작으로 벽 틈새에서는 벌레들이 스멀스멀 기어

나왔고, 곧 사방에서 물이 쏟아지듯 온갖 벌레들이 모여 들었다. 어느새 수백 마리로 늘어난 벌레들은 모두 영신을 향해 움직였다. 그리고 두 사제 주변을 지나 철제 침대를 타고 오르며 영신의 몸을 뒤덮었다.

눈을 감은 두 사제가 외우는 기도는 절정을 향해 치달았다. 순간 빠르게 깜빡거리던 전구가 픽! 하고 터졌다. 최준호는 머리 위에서 불빛이 터지는 것을 느끼며 몸을 움찔거렸지만 기도를 멈추지 않았다. 땀으로 뒤범벅이 된 김 신부는 눈을 떠 파리 떼로 가득한 영신의 얼굴을 바라보았다. 그리고 손을 들어 영신을 향해 성호를 긋고 언명했다.

"Aperi oculos tuos, est vox quod Dominus vocat!" (눈 뜨라. 주님의 부르는 소리 있도다!)

영신의 몸에서 으르렁거리는 짐승의 울음이 터져 나왔다. 앙상하게 마른 몸과 어울리지 않는 소리였다. 최준호는 자신의 귀를 의심하며 신경을 곤두세웠다. 크르르릉. 귓가에 날아드는 소리는 사납게 달아오르는 사자를 연상케 했다. 울음소리가 날을 세우듯 커지자 파리들이 다른 곳으로 날아가기 시작했고, 벽을 타고 내려오던 벌레들도 캄캄한 틈새로 재빠르게 도망을 갔다.

파리가 사라진 영신의 얼굴은 조금 전과 달리 검은 안개가 자욱한 것처럼 캄캄했다. 피부 위로 굵게 비치는 핏줄은 마치 검은 피가 흐르는 듯한 착각을 일으켰다. 최준호는 방 안의 빛

들이 파르르 떨며 사그라지는 것을 느꼈다. 마음 깊은 곳까지 공포가 파고들어 심장을 옭아매는 기분이었다.

김 신부는 털이 곤두설 만큼 사악한 기운을 느끼면서도 결코 뒤로 물러서지 않았다. 마치 두 마리 짐승이 싸움을 벌이는 것처럼 보일 정도였다. 영대로 가리지 않은 영신의 눈이 번쩍 뜨였을 때 김 신부는 노란 눈동자가 살기로 번뜩이는 것을 보았다. 그것은 사람의 것이 아니었다. 오랜 세월 동안 어둠 속에 깃들어 있던 사자의 것이 분명했다.

눈을 마주친 영신은 갑자기 김 신부를 향해 몸을 벌떡 일으켰다. 크하! 크게 포효하며 김 신부를 위협했다. 이 순간을 기다린 김 신부는 재빠르게 상자 안에서 작은 활을 꺼냈다. 정체를 알 수 없는 글씨가 가득 새겨진 활이었다. 김 신부는 사자의 노란 눈동자를 향해 시위를 팽팽하게 당기며 외쳤다.

"미물은 물러나라! 나타나라 정결치 못한 검은 영이여!"

근엄한 목소리가 쩌렁쩌렁 울려 퍼졌다. 그러자 영신은 몸을 사리듯 뒤로 누우며 활을 노려보았다. 김 신부는 활을 내려두고 영대를 들어 영신의 두 눈을 모두 가렸다. 눈이 가려진 영신은 갑자기 검게 물든 입술을 움찔거리며 미소를 지었다. 입이 벌어지자 그 사이로 불에 타고 남은 것 같은 새까만 이빨이 드러났고, 섬뜩한 목소리가 흘러나왔다.

"Verdammp Bach." (빌어먹을 바흐.)

픽! 말이 끝나는 순간 오디오가 불꽃을 일으키며 터져버렸다. 음악이 멈추자 방 안은 숨 막히는 정적에 휩싸였다. 그리고 그 고요함이 두 사제의 떨리는 숨소리와 영신의 괴기한 목소리를 더 선명하게 만들었다. 오디오에서 타는 연기와 함께 매캐한 냄새가 흘러나왔다.

"Ich habe gesagt, du musst die. Schw agerin vergewaltigen. Du mutlos eunuch!"(내가 형수를 강간하라고 했었지. 용기 없던 고자 새끼!)

영신의 입에서 굵고 거친 음성이 흘러나왔다. 마치 여러 사람이 동시에 말하는 것 같았다. 최준호는 재빨리 서취 노트를 집어 들고 말을 받아 적었다. 손이 벌벌 떨렸다. 김 신부는 영신을 향해 다시 언명했다.

"거짓말의 아버지이자. 태초의 살인자여."

"Pater mendacis et homicida ab initio."

최준호는 방 안에서 들리는 모든 대화를 받아 적으면서도 김 신부의 말을 라틴어로 말하는 것을 잊지 않았다. 영신이 누워 있는 곳으로 성호를 그으며 언명을 반복했다.

"성부, 성자, 성령의 이름으로 묻는다. 어디서 온 것이냐!"

"Interrogatus tibi in nominae Pater Sanctus et Filius Sanctus et Spiritu Sancto, unde venis!"

"Semper adsum. Semper adero. Ubique ego sum,

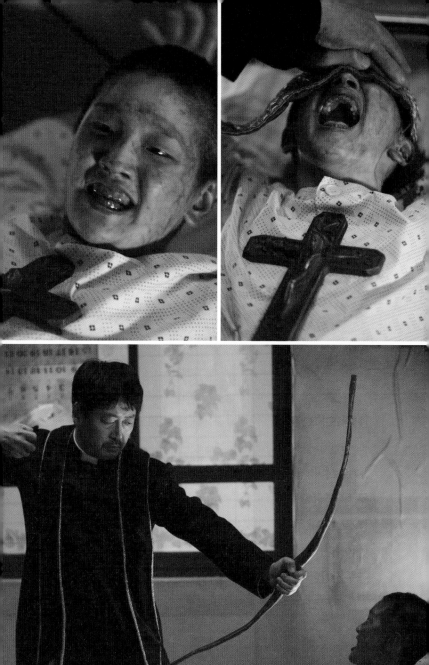

hic ego fui, ibi ego fui."(우리는 어디든지 있는 것이다. 여기에도 있었고 저기에도 있었다.)

영신은 경련이 이는 것처럼 몸을 덜덜 떨면서 말했다. 분노가 서린 얼굴은 험악하게 일그러졌고, 이가 부딪치면서 괴상한 소리를 냈다. 영신의 몸 깊은 곳에 숨어 있던 형상이 드디어 모습을 드러내고 있었다.

김 신부는 영대를 쥐고 있는 손에 힘을 주며 더 크고 강한 목소리로 물었다.

"언제부터 이곳에 온 것이냐! 말하라!"

"Usquequo eras tu ibi? Dica mihi!"

"Zai zher nimen huozi youdao sanbai ershi wuwan siqian liubai sanshi zhi de shihou wo jiu guolai le. haowuyong de xiao houzi!"

(여기에 니들 원숭이들이 3,254,630마리가 되었을 때 내가 건너왔다. 쓸모없는 원숭이들!)

"언제까지 여기에 있을 것이냐!"

"Ni (daodi) xiang dai nar dao shenme shihou!"

두 사제가 언명을 반복하는 순간 영신의 상태는 격렬하게 뒤바뀌었다. 덫에 걸린 동물처럼 고통스럽게 몸부림치다가도 교활하고 사악한 사자처럼 소리쳤다. 그리고 이번에는 혀를 날름거리며 뱀처럼 웃었다. 교태를 부리는 요부의 모습이었다.

"너는 존재를 들켰다. 거기 있어봐야 고통만 있을 뿐이다!"

"Ni yijing bei faxian le. Liu zai nar zhihui shouku!"

김 신부는 잘못을 꾸짖듯이 소리쳤다.

"Tongku? Tongku, binghuan, jihuang, zhanzheng, heping dangzhong wo zhongshi gen nimen zai yiqile. Uberprufen Sie die Geschichte!"(고통? 고통, 질병, 기근, 전쟁, 평화 속에 난 언제나 너희와 함께 있었다. 역사를 보란 말이다!)

라틴어로 언명을 반복하는 최준호의 목소리에 영신이 대답했다. 김 신부는 재빨리 올리브나무 가지를 꺼내 들고 영신의 몸을 기울였다. 등에 올리브나무 가지를 집어넣자 영신은 숨을 거칠게 몰아쉬었고 몸을 웅크리면서 추위를 느끼듯 덜덜 떨었다. 김 신부는 이 순간을 놓치지 않고 성호를 그었다.

"성부, 성자, 성령의 이름으로 묻는다. 왜 여기에 온 것이냐!"

"Is vicit mundum jam.! Interrogatus tibi in nominae Pater Sanctus et Filius Sanctus et Spiritu Sancto."

"Spiritu Sancto? Hoc nomen vetus finxit erat, sophe. Simula vides nihil, sicut alii. Oeconomia evolutio patrate, mordetis autem, sanguinem sugatis, homosapiens formicae!"(성부? 성자? 그런 이름은 이제 유행이 지났잖아. 지혜 있는 자여, 들어라. 그냥 밖에 사람들처럼 못 본 척하고 살란 말이야! 경제 발전 해야지. 서로 물어뜯고 피를 빨고. 호모 사피엔스 개미

들아!)

"성부, 성자, 성령의 이름으로 묻는다. 왜 여기에 온 것이냐!"

"Is vicit mundum jam.! Interrogatus tibi in nominae Pater Sanctus et Filius Sanctus et Spiritu Sancto."

"I…Ich wird sich euch nur Tier sind und zeigen Sie es Ihrem Gott. verwenden Sie Ihr Gehirn! sapiens sapie-ns!"(우…리는 니들이 원숭이라는 것을 증명하러 왔다. 그리고 너희 재판관에게 보여줄 것이다. 머리를 굴려라. 호모사피엔스. 사피엔스!)

영신의 입에서 저주처럼 들리는 사악한 말들이 흘러나왔다. 김 신부는 공격에 맞서 싸우는 것처럼 거칠게 영신을 몰아쳤다. 최준호는 마치 치열한 전투를 보고 있는 것 같은 착각이 일었다.

"너희들이 지키고 있는 가장 큰 놈이 누구냐!"

"Est primogenitus qui nunc dicitne?"

"Vos neglegendae audire non possunt vox luciferi stellae cecidit. Meiyou yi er san si, bai, qianwan, wanwan zhilei. women jishi zhuti youshi keti, jishi ling youshi rou, youshi lixing, youshi lilu, youshi kexue, youshi yu-wang, youshi guangming!"(너희 미물들은 떨어진 별의 목소리를 들을 수 없다. 하나, 둘, 셋, 넷, 백, 천만 10억 따위는 없다. 우

리는 종種이자 속屬이고 영靈이자 힘이며, 이성, 중심, 논리, 과학, 욕망, 빛이다!)

"떨어진 별의 군대여. 가장 오래 된 놈이 말하여라."

"Luoxing de jundui ya, zui gu lao de ren jiu shuo chu-lai ba."

영신은 입맛을 다시는 것처럼 혀에서 요란스러운 소리를 냈다. 그리고 망가진 인형처럼 기이하게 고개를 꺾었다. 영신은 두 사제의 물음에 대답을 하면서도 알 수 없는 말을 중얼거렸다.

두 사제는 더 크게 목소리를 높이며 기도를 외쳤다. 그러자 영신이 포효하며 비명을 질렀다.

"Sie sind nicht auf mich horen!"(네 가 우리말을 듣지 않잖아!)

날카로운 목소리가 귓가를 파고들자 김 신부가 강하게 다그쳤다.

"그가 이미 세상을 승리했노라. 왜 거기에 있는 것이냐!"

"Is vicit mundum jam, quare hic venisti!"

"Wir verstecken uns nur. Wir haben nichts gemacht. Donecehet Male! Donecehet Male!"(이 씨발 좆같은 고깃덩어리가 우리를 잡고 있어. 더 안전한 곳을 찾을 거야. 이년이 날 잡고 있어!)

"숨어 있는 것이다. 다신 들키지 않을 거야. 수컷이 필요해!

수컷이 필요해!"

영신은 한국어로 울부짖기 시작했다. 최준호는 발악하는 목소리가 가리키는 것이 코마 상태에 빠진 영신이라는 것을 직감했다. 영신에게 깃든 존재를 붙잡고 놓아주지 않는 것이 바로 영신이었던 것이다.

한 사람의 몸에서 다수의 존재가 강하게 느껴지는 기이한 경험에 최준호는 심장이 터질 것처럼 뛰었다. 그러나 그 와중에도 정신없이 서취 노트에 영신의 말을 받아 적었다.

"기도하며 중간 다리나 세우는 미물들 주제에. 내가 반드시 증명하겠어. 니들이 그냥 원숭이일 뿐이라고!"

김 신부는 불현듯이 머릿속에 스치는 말을 떠올리며 최준호에게 다가갔다. 그리고 최준호가 받아 적던 서취 노트를 집어들고 뚫어지게 처다보았다. 최준호는 공포에 짓눌린 몸을 가까스로 일으켰다. 영신은 격렬한 몸부림을 멈추지 않았다. 그 순간 노트에서 무엇인가 발견한 김 신부는 최준호에게 다급한 목소리로 말했다.

"사령들이 다 나왔어. 7번, 11번 가져오고, 오늘 받아온 거 준비해."

"네!"

최준호는 벌떡 일어나 성물들을 쌓아놓은 곳으로 움직였다. 그곳에서 영대와 요단강물이 들어 있는 생수병을 찾아 김 신부에게 건넸다. 김 신부는 자리로 돌아와 병뚜껑을 열었다. 그사이 최준호는 가방을 열어 어렵게 받아온 노란 택배 상자를 꺼냈다.

서서히 수면 위로 모습을 드러내는 사악한 존재에 맞서기 위해 두 사제는 신성함이 깃든 무기를 준비하고 있었다. 그리고 또 한 사람. 어둠 속에 갇힌 채 온 힘을 다해 싸우는 진짜 영신이 함께 있었다.

돌파 突破

김 신부는 신중하게 성수통에 요단강물을 채워 넣고, 붉은색 영대를 둘러맸다. 그러자 영신은 눈을 뒤집으며 두려움에 온몸을 벌벌 떨었다. 김 신부가 영신에게 다가가 다시 영대로 눈을 가렸다. 그 순간 맑고 영롱한 소리가 울려 퍼지며 방 안을 가득 메웠다. 그것은 바로 최준호가 성당에서 받아온 프란치스코의 종소리였다.

최준호는 악귀들을 쫓으며 숲을 걷는 것처럼 영신을 향해 한 걸음씩 다가왔다. 걸음을 내딛으며 종을 흔들자 영신은 놀란 사람처럼 혼비백산했다. 영신은 코를 킁킁거리며 어떤 기운을 감지했고 신음과 뒤섞인 말을 흘렸다.

"으… 프란치스코…."

"어둠은 물러나고 이제 그의 날이 올 것이다!"

"Tenebrae evanescabit nunc, veniet die eius!"

김 신부가 강하게 언명하자 최준호는 종을 들지 않은 손으로 성호를 크게 그었다. 그리고 김 신부의 말을 라틴어로 다시 언명했다. 두 사제의 목소리가 종소리와 함께 힘차게 어우러졌다.

"들어라. 너희를 다시 부르는 그들의 목소리를!"

"Ni ting zhe. zai zhaoji nimen de tamen de shengyin!"

영신은 벼랑 아래로 추락하는 것처럼 긴 비명을 질렀다. 길게 이어지는 소리에는 여러 목소리가 섞여 있었다. 마치 지옥에서 고통받는 수많은 사람의 비명 같기도 했다. 최준호는 종을 흔들며 다가오는 것을 멈추지 않았다. 마침내 성 소금으로 그어놓은 경계에 가까워졌을 때 김 신부가 명했다.

"살아 있는 성인들의 이름으로 사멸하라!"

순간 영신은 몸을 일으켜 검붉은 피를 토해냈다. 입에서 뿜어져 나온 엄청난 양의 피가 사방에 뿌려졌다. 그것은 성모마리아 성화의 온화한 미소를 뒤덮었고, 김 신부의 얼굴에 빨간 빗금처럼 튀었다.

바닥에는 피와 함께 뱉어낸 이상한 생물이 꿈틀거리고 있었다. 뒤엉킨 채로 움찔거리며 쉬익 소리를 내는 것은 두 마리의 뱀이었다. 아니, 한 마리의 뱀이었지만 앞과 뒤에 머리가 달린 괴기스러운 모습이었다. 최준호는 뱀을 보고 돌처럼 몸이 굳어

졌다. 목덜미에 뻐근하게 밀려오는 두려움이 느껴졌다. 피를
게워낸 영신은 침대 위로 무너지듯 누웠다. 그리고 엄마를 찾
은 아이처럼 엉엉 울음을 터뜨렸다.

영신의 얼굴은 예전처럼 밝은 빛이 돌았다. 김 신부는 예전
의 영신을 대하듯 머리를 부드럽게 쓰다듬으면서 머릿속으로
는 제천 법사가 한 말을 떠올렸다.

"분명히 중간에 뱀인 척할 거야. 그때 속으면 큰일 나."

김 신부는 다른 한 손으로 조용히 성수채를 집어 들었다. 영
신은 애절한 표정으로 김 신부를 바라보았다.

"신부님… 흐흑."

"말이 많네?"

김 신부가 기습을 하듯 갑자기 표정을 일그러뜨리고 성수를
뿌렸다. 정면으로 성수를 받은 영신은 고통스러워하며 격렬하
게 기침을 해대기 시작했다. 김 신부는 눈 하나 깜빡이지 않고
외쳤다.

"그가 우리에게 뱀을 밟을 권리를 주셨다!"

영신은 목에 막힌 덩어리를 토해내듯 연거푸 기침을 했다.
최준호는 구마 의식이 끝을 향해 간다고 느끼고 눈을 떠 영신
을 바라보았다. 고개를 숙이고 몸을 울컥거리는 영신의 얼굴이
서서히 변해가는 것이 보였다. 입에서 연기를 내며 타고 있는
불덩이들이 뚝뚝 떨어졌고 얼굴은 핏빛으로 변했다.

최준호는 믿을 수 없는 광경을 바라보면서 자신의 생각이 틀렸다는 것을 깨달았다. 아까와는 다른 존재가 나타나고 있었고, 끝이 아니라 이제 시작이었다. 영신의 얼굴에 피처럼 진한 붉은 빛이 도는 순간, 이제껏 한 번도 느껴보지 못한 공포가 온몸을 뒤흔들었다. 그 순간 영신이 사방을 두리번거리며 코를 킁킁거렸다.

"뭔가 큰 놈이 왔어. 킁킁."

"말하라 누가 대장이냐!"

"I sum princeps. ich bin der Kapitn. Wo sh dzhang."
(내가 왕이다. 내가 왕이다. 내가 왕이다.)

최준호는 여러 존재의 목소리가 동시에 귓가에 파고드는 것을 느꼈다. 온몸을 통과하듯 거칠고 날카로운 소리였다. 가까스로 부여잡고 있던 정신에 균열이 일었다. 창백한 얼굴로 얼어붙은 듯 서 있는 최준호를 향해 김 신부가 소리쳤다.

"정신 차려! 새끼야!"

김 신부의 외침에 대답처럼 들려오는 것은 아기 울음소리였다. 영신은 핏속에서 태어나는 아이처럼 응애 하고 울었다. 그리고 다시 숨을 거칠게 몰아쉬면서 저주를 퍼부었다.

"다음 달 네 조카가 태어날 때부터 하아… 1460일 뒤에 네가 감옥에서 피를 토하고 죽을 때까지. 하아… 하아. 내가 너희들의 땀구멍 속까지 붙어 있을 것이다."

영신은 히힛 웃으며 혀를 날름거렸다. 김 신부는 성수채를 버리고 붉은 묵주를 들어 영신의 이마를 눌렀다. 영신 안에서 나오려는 사악한 기를 찍어 내리듯이 강하고 단단한 움직임이 었다.

"거짓말의 아버지이자. 태초의 살인자."

"좇 까. 네 동생의 자궁을 들어내 버릴 것이고. 태어나는 피붙이의 눈알을 하나 더 만들어 버리겠어."

영신의 말이 끝나는 순간 흥건한 피 웅덩이 속에서 꿈틀거리는 뱀이 머리를 치켜들었다. 그리고 최준호를 향해 가느다란 혀를 내밀었다. 영신의 침대와 최준호 사이에 그어놓은 성 소금은 붉은 피와 뒤섞인 채 녹아내리고 있었다. 최준호는 까마득한 나락으로 떨어지는 기분이었다.

충돌 衝突

"만년의 짐승. 이제 모습을 보여라. 가장 큰 놈이 누구냐!"

김 신부가 외치자 영신은 씩 하고 웃음을 지었다. 뱀은 빳빳하게 두 개의 머리를 세우고 쉭 쉭 혀를 움직였다. 조금만 방심하면 순식간에 달려들어 목덜미에 날카로운 이빨을 박고 독을 흘려 넣을 것 같았다. 순간 영신은 침대에 묶여 있던 케이블 끈을 뜯어버리며 엄청난 힘으로 김 신부의 목을 움켜잡았다. 김 신부의 얼굴은 터질 듯이 달아올랐다. 숨이 통하지 않자 컥컥 신음을 내며 몸부림쳤다. 영신의 몸에서 깨어난 존재는 그 어떤 것보다 강력한 기운을 뿜어냈다.

김 신부의 목에 영신의 손톱이 파고들어 피가 흘렀다. 영신은 김 신부의 몸을 들어 올려 방구석으로 내동댕이쳤다. 쿵 하는 육중한 소리와 함께 김 신부의 신음 소리가 터졌다. 바닥을 나뒹구는 김 신부를 본 최준호는 온몸을 휘감는 두려움을 느끼며 머릿속이 새하얘졌다. 문득 영신은 반가운 사람을 발견한 기색을 띠며 최준호를 향해 말했다.

"새로 왔어? Male! Male!"

수컷. 영신에게 깃든 형상이 수컷을 찾고 있었다. 최준호는 정신을 바짝 차리지 않으면 자신이 형상에게 먹혀버릴지 모른다는 생각이 들었다. 김 신부가 가까스로 몸을 일으키자 협탁 아래 박힌 못이 덜그럭거리며 뽑혀나갔다. 그리고 순식간에 날아가 김 신부의 머리를 강타했다. 김 신부는 다시 바닥에 쓰러져 나뒹굴었다.

영신은 흥미진진한 얼굴로 최준호를 향해 시선을 고정한 채 말했다.

"날 봐. 내가 보고 싶었잖아. 그리고 궁금했잖아? 궁금은 하네요. 히힛."

최준호는 영신의 마지막 말을 듣는 순간 온몸에 소름이 쫙

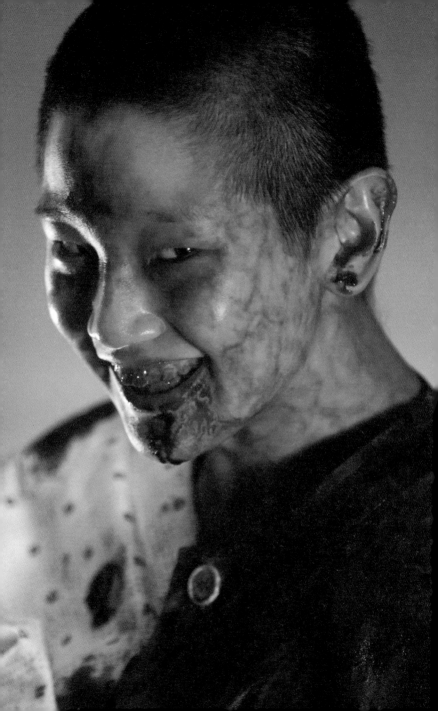

끼쳤다. 궁금은 하네요. 그 말은 자신이 학장 신부에게 한 말이었다. 자신이 궁금하다고 말한 존재는 한번도 보지 못했고 믿지 않은 존재였다. 그러나 지금 그것은 바로 눈앞에 형상을 드러내며 실재했고, 검은 태풍처럼 주변을 빨아들이며 모든 것을 어둠 속으로 끌어들이고 있었다.

영신이 암흑처럼 변해버린 최준호의 눈을 바라보며 재미있다는 듯이 입을 열었다.

"박 수사님은 왜 그만두셨습니까?"

최준호는 거칠게 숨을 몰아쉬었다. 흥분이 치솟으며 시야가 아득했다. 몸이 벌벌 떨려 두 발로 제대로 서 있기조차 어려웠다. 영신은 최준호가 느끼는 공포를 선명하게 보고 있는 것처럼 눈을 치켜뜨며 말했다.

"Timebunt me. Timebunt me."(두려워하라. 두려워하라.)

그사이 다시 일어난 김 신부가 최준호에게 걸어가 뺨을 세게 쳤다. 최준호의 눈동자가 흔들리며 허공을 더듬었다. 김 신부가 어깨를 흔들며 이름을 부르자 그제야 최준호는 아득한 어둠 속에서 빠져나온 기분이었다. 아무것도 듣지 말고, 아무것도 믿지 말라는 김 신부의 카랑카랑한 목소리가 귓가에 울렸다.

최준호는 김 신부의 목소리만 생각하기로 했다. 가까스로 몸을 숙여 바닥에 떨어진 종을 들고 다시 흔들었다. 맑은 종소리가 울려 퍼지자 새가 날아가듯 사악한 기운이 흩어지는 게 느껴졌다.

"성 미카엘 대천사와 세라핌 천사들의 전구함으로 상처 속에 저희를 숨기시고 사악한 악에서 지켜주소서!"

김 신부가 구마경을 외우며 몰입하기 시작했다. 그러자 영신은 사납게 반격해오는 짐승처럼 저주를 퍼부었다.

"내가 여기서 나가면 매일 밤 1시 30분에 너와 네 부모 침대 속으로 기어 들어갈 것이다."

"성 미카엘 대천사와 케루빔 천사들의 전구함으로 저희 영혼을 원수의 유혹으로부터 보호하소서!"

두 사제의 힘찬 목소리가 울려 퍼졌다. 최준호는 목에 힘을 주며 더 크게 소리를 높였다. 두려움에 맞서는 무기처럼 단단하고 날카로운 소리였다.

"성 미카엘 대천사와 좌품천사들의 전구함으로 모든 악과 악으로부터 오는 협박에서 저희를 구하소서!"

그때였다. 최준호는 종을 흔들고 있는 자신의 팔에 곰팡이 같은 검은 반점이 빠르게 번져나가는 것을 발견했다. 마치 벌레가 기어오르듯 선명하고 확연한 모습이었다. 컥! 최준호는 저도 모르게 숨을 들이마셨다. 검은 반점은 바로 박 수사의 몸에서 본 이상한 반점과 같은 것이었다. 그제야 최준호는 박 수사가 날카롭게 신경을 세우며 김 신부로부터 도망친 이유를 깨달았다. 물에 잉크가 섞여드는 것처럼 팔을 따라 다른 존재의 기운이 파고드는 느낌은 극심한 공포를 불러일으켰다. 최준호는 기함하며 팔을 털어내고 몸서리를 쳤다. 그러나 반점은 한밤처럼 깊어질 뿐이었다.

"네 살을 봐. 썩어가는 매독 같은 팔을. 돌아가. 내가 모른 척해줄게. 네가 잘하는 거잖아. 가서 말해. 여기에는 아무것도 없다고. 저기 저 미친놈 한 명 있다고. 그럼 내가 다른 놈들처럼 너도 모른 척해줄게. 응?"

영신의 입에서 소름 끼치는 웃음소리가 흘러나왔다. 최준호는 바닥에 주저앉아 팔을 벅벅 긁으며 버둥거렸다. 도망가라는 소리가 귓속에 파고들자 최준호는 당장이라도 문을 열고 뛰쳐나가고 싶은 마음이 간절해졌다. 그때 두 머리의 뱀이 최준호를 향해 기어가기 시작했다.

상황을 살핀 김 신부는 표정을 험악하게 일그러뜨리고 성수를 뿌리고 더 크게 구마경을 외쳤다.

"더러운 군대의 보호를 받는 짐승아. 너희는 어둠 속에 머물지니."

"다른 놈들처럼 그냥 지나가. 응? 옛날처럼 도망가란 말이야!"

최준호를 향해 소리치는 영신의 몸이 격렬하게 움직였다. 그러자 손목과 연결된 침대가 덜컹거리며 요동쳤다. 영신은 마치 한번 목덜미를 물면 숨이 끊어질 때까지 놓지 않는 짐승 같았다.

컹! 컹! 영신은 개처럼 짖기 시작했고, 최준호는 바닥에 주저 앉아 뒷걸음질을 쳤다. 으르렁거리는 영신의 입에서 검붉은 침이 흘러내렸다. 잿더미처럼 썩은 이빨과 입술 사이로 살기를 띤 짐승의 소리가 계속되었다. 최준호는 더 이상 영신의 얼굴이 영신으로 보이지 않았다. 침대 위에는 먹이의 살점을 뜯으려는 짐승이 있었고, 포효하는 교활한 짐승이 있었다.

영신이 더 크게 울부짖으며 소리쳤을 때 가늘게 흔들리던 촛불이 연기를 피우며 꺼져버렸다. 사방에 어둠이 가득 들어찬 순간, 최준호는 벌떡 일어나 문을 열고 뛰쳐나갔다. 발을 헛디뎌 휘청거리면서도 순식간에 일어나 뛰고 또 뛰었다.

골목을 빠져나오자 거리에는 화려한 네온사인들이 불을 밝히고 있었다. 사람들은 울먹이는 최준호를 힐끔거릴 뿐 금세 시선을 거두고 지나쳤다. 최준호는 자신이 어디로 향하는지도 모른 채 시야에 번진 불빛을 향해 달려가고 있었다. 금방이라도 검은 개가 쫓아와 뒷덜미를 물어뜯을 것 같아 걸음을 멈출 수 없었다.

C#1

High Angle
찢겨진 성모마리아 성화 위에서 고개를 치켜든 뱀.

C#2

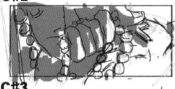

붉은 묵주로 영신의 이마를 누르며
강하게 언명하는 김신부. C.U

C#3

김신부 B.S

김신부: (라틴어) 만년의 짐승. 이제 모습을 보여라.
　　　　가장 큰 놈이 누구냐!

C#4

최부제 B.S
벌벌 떨고 있는 최부제.

C#5

이마를 누르고 있는 붉은 묵주. C.U

Tilt Down

씩 웃고 있는 영신의 입. C.U

C#6

순간 묶여 있던 오른손의 케이블 타이를 팍! 끊어버린다. C.U

C#7

김신부의 목을 움켜잡는 영신.

C#8

M.S
영신은 엄청난 힘으로 김신부의 목을 잡고 조금씩 들어올린다.

C#9

영신의 오른손. C.U
목에서 피를 흘리며 고통스러워하는 김신부.

Tilt Up

김신부 C.U

김신부 : 으으윽…

C#10

김신부의 목을 잡고 끌어당기는 영신. B.S

그리고 휙! 최부제를 향해 고개를 돌린다.

영신 : (최부제를 노려보며) 흠... 새로왔어?
　　　 Mas! Mas! 헤헤...

C#11

최부제 B.S
홀린 듯 영신을 쳐다보는 최부제.

최부제 : ......

C#12

F.S
영신은 몸을 일으키며 잡고 있던 김신부를
방구석으로 내동댕이 쳐버린다.
김신부 Frame Out

C#13

날아가 처박히는 김신부. Frame In

김신부 : 으악......

C#14

최부제 B.S
날아간 김신부를 쳐다보는 최부제.

C#15

영신 M.S

영신 : 날 봐... 내가 보고 싶었잖아... 궁금했잖아!

C#16

최부제 B.S
겁에 질린 얼굴로 영신을 바라보는 최부제.

C#17

영신 C.U

영신 : (최부제의 목소리로 흉내를 내며)
　　　궁금은 하네요. 히히힉...

C#18

최부제 B.S
Zoom In
당황하는 최부제.

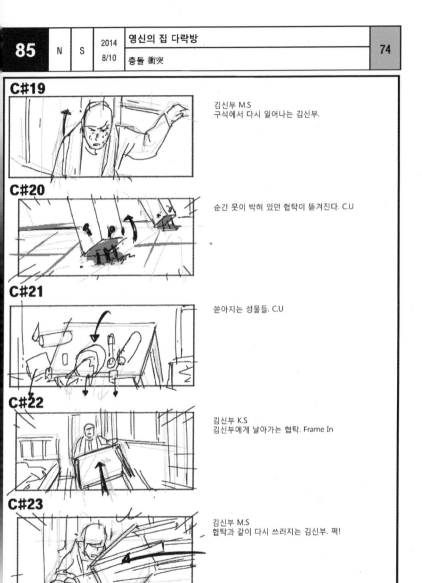

C#19

김신부 M.S
구석에서 다시 일어나는 김신부.

C#20

순간 못이 박혀 있던 협탁이 뜯겨진다. C.U

C#21

쏟아지는 성물들. C.U

C#22

김신부 K.S
김신부에게 날아가는 협탁. Frame In

C#23

김신부 M.S
협탁과 같이 다시 쓰러지는 김신부. 퍽!

C#24

M.S
High Angle

영신 : (라틴어) 두려워하라. 두려워하라.
　　　　(한국어) 겁 없는 족속 같으니. 하아... 하아...

C#25

최부제 B.S
뒤로 물러나는 최부제.

최부제 : 허허헉...

C#26

뒷걸음질 치는 최부제의 발 OS 영신 F.S

C#27

영신 B.S

영신 : (최부제의 목소리로) 박수사님은 왜
　　　　그만두셨습니까? ... 헤헤...

Tilt Up

묶여 있는 왼쪽 손목을 강하게 흔들며 위협하는 영신.

C#28

최부제 B.S
두려움에 가득 찬 눈빛으로 물러서는 최부제.

C#29

다시 일어서는 김신부. M.S

C#30

천천히 뒤로 움직이는 최부제. M.S

C#31

K.S
일어나 최부제 쪽으로 걸어가는 김신부.

C#32

B.S
최부제에게 다가가 정신 차리라는 듯 짧게 뺨을 친다.

C#33

최부제 OS 김신부 B.S

김신부 : (침착하게) 아무것도 듣지 말고,
            아무것도 믿지 마.

C#34

B.S

최부제 : (정신을 차린 듯) 네...

C#35

영신 B.S
조롱하듯 두 사제를 쳐다보는 영신.

C#36

K.S
김신부는 바닥에 있는 예식서를 들고
침착하게 구마경을 외친다.

다시 종을 치기 시작하는 최부제. 땡~ 땡~
나란히 구마경을 외우는 김신부와 최부제.

김신부 : (성호를 그으며) 성 미카엘 대천사와 세라핌
천사들의 전구함으로...

영신 : (최부제를 계속 응시하며) 헤헤... 헤헤...

C#37

흔들리는 종.

Tilt Up

최부제 B.S

같이 : 상처 속에 저희를 숨기시고 사악한 악에서
지켜주소서! (땡~ 땡~)

C#38

B.S

김신부 : (성호를 그으며) 성 미카엘 대천사와 케루빔 천사들의 전구함으로...

같이 : 저희 영혼을 원수의 유혹으로부터 보호하소서! (땡~ 땡~)

C#39

영신 B.S
최부제를 바라보며 반대 방향으로 성호를 긋는 영신.

영신 : (최부제를 계속 응시하며) 헤헤... 헤헤...

C#40

K.S
구마경을 외치며 다가가는 두 사제와
계속 반대 방향으로 성호를 그으며 웃고 있는 영신.

C#41

B.S
김신부의 어깨 너머로 영신의 붉은 얼굴에서
눈을 떼지 못하고 입만 움직이는 최부제.

김신부 : (성호를 그으며) 성 미카엘 대천사와
좌품천사들의 전구함으로...

C#42

영신 B.S
영신은 오른팔로 자신에게 성호를 반대 순서로 그으며
최부제를 보고 웃는다.

C#43

최부제 C.U

같이 : 모든 악과 악으로부터 오는 협박에서 저희를 구하소서!

C#44

영신 B.S
반대로 성호 긋기를 멈추고 씨익 웃는 영신.

C#45

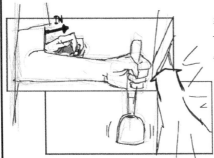

프란치스코의 종.

Tilt Up

순간 최부제의 옆에서 누군가의 팔이 슥 들어온다.

C#46

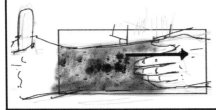

최부제의 팔을 쓰다듬자 종을 치던 최부제의 팔에 검은 반점들이 돋아나기 시작한다.
Follow Pan

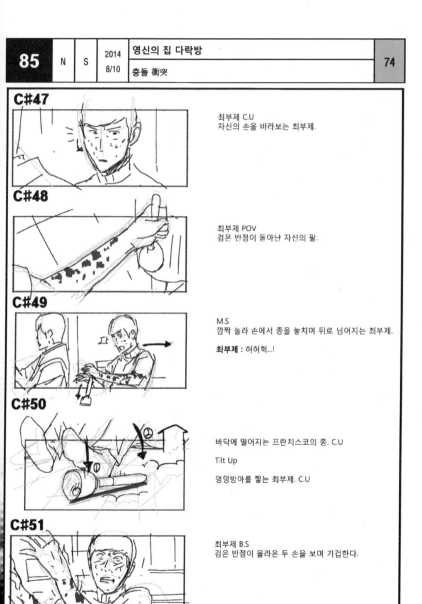

C#47

최부제 C.U
자신의 손을 바라보는 최부제.

C#48

최부제 POV
검은 반점이 돋아난 자신의 팔.

C#49

M.S
깜짝 놀라 손에서 종을 놓치며 뒤로 넘어지는 최부제.

최부제 : 허허헉...!

C#50

바닥에 떨어지는 프란치스코의 종. C.U

Tilt Up

엉덩방아를 찧는 최부제. C.U

C#51

최부제 B.S
검은 반점이 올라온 두 손을 보며 기겁한다.

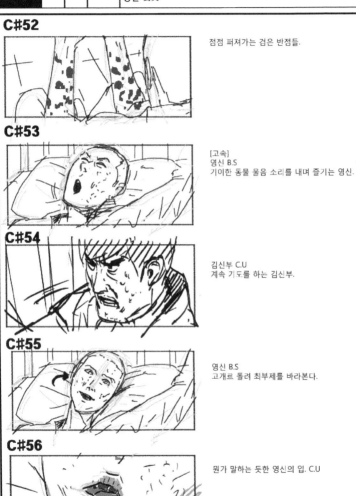

C#52

점점 퍼져가는 검은 반점들.

C#53

[고속]
영신 B.S
기이한 동물 울음 소리를 내며 즐기는 영신.

C#54

김신부 C.U
계속 기도를 하는 김신부.

C#55

영신 B.S
고개를 돌려 최부제를 바라본다.

C#56

뭔가 말하는 듯한 영신의 입. C.U

C#57

최부제 C.U

넘어져 있는 최부제의 얼굴 옆으로
검은 반점이 가득한 얼굴이 스르륵 나타나 속삭인다

반점 최부제 : (귀에 속삭이며) 니 살을 봐..
　　　　　　　그 썩어가는 매독 같은 니 팔을...

최부제 : ... 허... 허... 헉...

C#58

영신 C.U
강한 눈빛으로 최부제를 쳐다보는 영신.

C#59

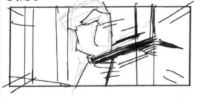

위협하듯 흔드는 왼쪽 손목. C.U

C#60

최부제 C.U

반점 최부제 : 돌아가. 내가 모른 척 해줄게.
냉큼 도망가. 니가 잘하는 거잖아.
히히힉... 가서 말해. 여기에는 아무것도
없다고. 저기 저 미친놈 한 명 있다고.
그럼 내가 다른 놈들처럼 너도 모른 척
해줄게...

C#61

[고속]
김신부 B.S
Low Angle
계속 혼자 구마경을 외치고 있던 김신부가
고개를 돌려 최부제를 바라보며 외친다.

김신부 : 쳐다보지 마!

C#62

[고속]
김신부 C.U
최부제에게는 들리지 않는다.

C#63

F.S

김신부 : 더러운 군대에 보호를 받는 짐승아.
　　　　너희는 어둠 속에 머물지니...

영신 : (자신의 몸에 반대 성호를 계속 그으며
　　　　짐승 울음소리) 우우우~

자신의 몸을 만지며 넘어진 채
슬금슬금 뒤로 물러나는 최부제.

C#64

목까지 올라오는 검은 반점. C.U

Tilt Up

공포에 질린 최부제. C.U

충돌 衝突

C#65

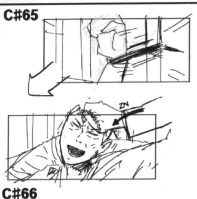

철컥거리며 끊어질 듯한 영신의
왼쪽 손목의 케이블 타이. 덜컥덜컥! C.U

영신 : (커다란 개의 소리) 으르르릉... 컹! 컹! 컹!

Tilt Down

붉은 묵주를 든 김신부의 손 Frame In
영신은 폐가 개처럼 미친 듯이 으르렁거리며
피 묻은 입으로 최부제를 노려본다.

영신 : 컹! 컹! 컹!

C#66

김신부 B.S

김신부 : 정신차려! 최부제!

C#67

최부제 C.U
정신을 잃기 직전의 모습으로 덜덜 떠는 최부제.

C#68

최부제 OS 반점 최부제 C.U
최부제 얼굴 앞에 보이는 반점이 가득하고
붉은 눈의 자기 자신의 얼굴.

반점 최부제 : 다신 어두운 곳으로 오지 마라.

C#69

반점 최부제 C.U

반점 최부제 : (크게 속삭이며) 가!

C#70

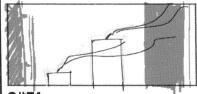

[고속]
꺼져버리는 최부제 쪽 촛불. C.U

C#71

[고속]
최부제 B.S
어두워진 방.
기겁하고 벌떡 일어나 방에서 도망 나가는 최부제.

C#72

[고속]
김신부 B.S
돌아보는 김신부의 반점이 올라온 얼굴.

C#73

[고속]
영신 C.U
만족스러운 미소를 짓고 있는 영신.

C#74

[고속]
F.S
최부제 방문을 열고 허겁지겁 뛰쳐나간다.

C#1

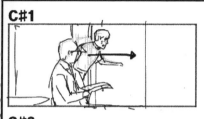

K.S
쾅! 문이 열리고 뛰어나오는 최부제.
방을 지키는 박교수를 지나 계단을 뛰어 내려간다.

C#2

OUT

F.S
Low Angle
일어서서 최부제를 바라보는 박교수.
최부제 Frame Out

줄지어 늘어선 상점들에는 환한 불빛이 새어나왔다. 최준호는 지나가던 행인과 부딪쳐 바닥에 넘어지고 나서야 움직임을 멈췄다. 행인은 겁에 질린 채 울고 있는 최준호를 의아한 얼굴로 내려다보았다.

"신부님, 괜찮으세요?"

검은 수단을 입고 바닥에 주저앉아 일어날 줄 모르는 최준호를 향해 행인이 손을 뻗었다. 최준호는 그제야 정신을 차린 듯 주변을 두리번거렸다. 주위에는 바쁘게 지나가는 사람들이 자신을 흘깃거리고 있었고, 눈앞에는 걱정스러운 얼굴로 쳐다보는 행인이 있었다. 최준호는 마른침을 삼키며 가까스로 말했다.

"괜… 괜찮습니다."

행인은 민망한 얼굴로 손을 거두더니 가볍게 고개를 숙이고 지나쳐 갔다. 최준호는 소매를 걷어 올려 자신의 팔을 들여다보았다. 문신처럼 선명한 검은 반점들이 눈에 들어왔다. 모든 일들이 분명 꿈이 아니었던 것이다. 확신이 드는 순간 최준호는 울음이 터졌다. 자신은 도망자였다. 생사를 걸고 싸우는 김 신부를 외면하고, 어둠 속에서 버티고 있는 영신을 버리고 혼자만 살겠다고 뛰쳐나온 도망자.

"옛날처럼 도망가란 말이야!"

최준호의 귀에는 자신을 벼랑 끝으로 내몰던 영신의 거친 목소리가 끊임없이 반복되었다. 다시 김 신부를 도우러 가야 한다고 생각하면서도 몸은 얼어붙은 듯 움직이지 않았다. 최준호는 고통스러운 표정으로 머리카락을 쥐어뜯으며 눈을 질끈 감았다. 그러자 커튼 사이로 김 신부를 바라보던 박 수사의 모습이 지나갔다. 얼굴에 가득 들어찬 불안과 두려움. 그것은 세상에 존재한다고 믿지 않았던, 아니 믿고 싶지 않았던 존재를 알게 된 인간의 얼굴이었다. 최준호는 자신이 이대로 도망친다면 겁에 질린 얼굴로 살아야 한다는 것을 직감했다. 이어 별거 없을 거라는 학장 신부의 목소리와 구마 의식을 말리던 수도원장의 표정이 겹쳐졌다.

이미 판도라의 상자는 열렸다. 최준호는 부르르 떨리는 손에 힘을 주어 가까스로 주먹을 쥐어보았다. 온몸의 피가 빠져나간 것처럼 저릿한 감각이 온몸을 훑고 지나갔다. 고개를 들어 소매로 눈물을 닦아냈으나 몸을 일으킬 힘조차 없었다. 그때였다. 눈부시도록 환한 달을 바라보는 순간 최준호의 눈에는 세상을 내려다보듯 높이 솟은 명동성당이 보였다. 최준호는 홀린 듯 일어나 대성당을 향해 가기 시작했다.

성당을 오르는 계단을 밟으며 최준호는 중심을 잃고 휘청거렸다. 지나가던 사람들이 걱정스러운 얼굴로 가까스로 계단을 오르는 최준호를 쳐다보았다. 최준호는 오로지 성당에서 새어나오는 불빛을 향해 가고 있었다.

"도망자! 도망자!"

여러 존재로 목소리를 바꾸며 말하는 영신의 목소리가 귓가에서 사라지지 않았다. 최준호는 더 이상 도망치고 싶지 않았지만, 환청으로부터 빠져나와 영신의 몸에 깃든 존재와 싸울 용기도 없었다. 발끝부터 치밀어 오르는 극심한 공포에 이가 딱딱 부딪쳤다.

성당 앞에 다다랐을 때 문 앞에는 작은 소녀가 등을 돌리고 서 있었다. 점점 소녀와 가까워지면서 최준호는 숨이 턱 막혀 왔다. 질끈 동여맨 소녀의 머리와 옷차림은 최준호의 기억 속에 문신처럼 각인된 모습이었다. 소녀를 향해 손을 뻗자 몸이 균형을 잃고 휘청거렸다. 소녀는 성당 문을 바라보고만 있을 뿐 아무런 반응이 없었다. 손끝이 닿을 듯 소녀와 가까워졌을 때 최준호의 눈에서 눈물이 흘러내렸다. 소녀의 목에서는 붉은 피가 흘러나오고 있었고, 머리카락 옆으로 보이는 살은 찢긴 듯 너덜거렸다.

"으윽!"

최준호는 긴 비명이 새어나오려는 입을 틀어막으며 신음했다. 순간 소녀는 성당 문 너머로 모습을 감추었다.

최준호는 문을 열고 성당 안으로 들어갔다. 그곳에는 미사가 끝나고 남은 신자들이 노래를 부르고 있었다. 경건하고 웅장한 음색이 성당에 울려 퍼졌다. 비틀거리며 안으로 들어온 최준호는 제단을 향해 나아가는 소녀를 따라 무거운 쇠사슬을 매단 듯 다리를 끌며 걸음을 옮겼다. 최준호는 온몸이 산산이 무너지는 기분이었다. 뇌리에 선명하게 각인된 소녀는 한시도 잊은 적이 없는 여동생이었다. 최준호의 머릿속에는 붉은 매트 위에 놓인 제단을 향해 걸어가는 동안 환영처럼 그날의 기억이 밀려들었다.

"무서워, 오빠…."

어린 최준호는 여동생의 손을 잡고 외딴곳을 향하고 있었다. 여동생은 울먹거리는 얼굴로 고개를 흔들었다. 그러나 어린 최준호는 친구들과 우연히 본 새끼 강아지에 대한 생각뿐이었다.

"오빠가 있잖아. 겁내지 말라니까."

의기양양한 얼굴로 말을 내뱉은 최준호는 여동생을 끌고 풀 냄새 가득한 길을 지나 폐가를 향해 가고 있었다. 멀리 보이는 폐가는 허물어져 내린 벽을 둘러싸고 수풀이 무성했고, 가구와 쓰레기들이 뒤엉켜 음산한 기운을 자아냈다. 그리고 폐가 앞에는 녹슨 쇠사슬에 묶여 으르렁거리는 미친개가 있었다. 미친개는 최준호와 여동생이 모습을 드러내자 사나운 이빨을 드러내고 격렬하게 짖어댔다.

여동생은 최준호의 등 뒤로 숨어들며 가늘게 몸을 떨었다. 그러나 최준호는 애써 아무렇지 않은 표정을 지으며 조심스럽게 다가갔다. 녹슨 줄이 팽팽하게 당겨질 정도로 달려드는 개 주변에는 태어난 지 얼마 되지 않은 대여섯 마리의 새끼들이 꼬물거리고 있었다. 최준호의 손이 새끼들의 보드라운 털에 닿는 찰나, 팍! 하는 소리와 함께 팽팽하던 줄이 끊어지고 미친개는 순식간에 여동생을 향해 달려들었다.

아악! 허공을 찢을 듯 여동생의 절규가 울려 퍼졌고 미친개의 날카로운 이빨은 여동생의 목을 파고들었다. 겁에 질린 최준호는 넘어진 채 뒷걸음질을 치며 개에게서 멀어졌다. 눈앞에는 여동생의 목덜미를 물고 살기 가득한 눈빛으로 노려보는 미친개가 있었다. 순간 최준호의 귀에는 경보음처럼 삐-하는 소리와 함께 이명이 일었고 시야가 아득해졌다. 아무 생각도 나지 않았다. 그저 저 개가 자신을 향해 달려들지도 모른다는 공포감만이 온몸을 휘감고 있었다.

그때였다. 부들부들 떨리는 손을 뻗으며 여동생이 가까스로 울음 섞인 말을 뱉었다.

"으아… 오빠…!"

어린 최준호의 눈에는 목에서 쏟아져 나오는 붉은 피와 눈물 범벅이 된 얼굴로 애처롭게 자신을 부르는 여동생의 얼굴이 보였다. 순간 여동생은 온 힘을 다해 발버둥을 치며 앞으로 기어오기 시작했다. 그러자 개는 먹이를 놓지 않겠다는 듯이 이빨을 더 깊이 박아 넣으며 으르렁 사나운 울음을 흘렸다. 여동생

은 남은 힘을 다해 앞으로 움직였고 가까스로 손에 닿은 최준호의 발을 붙잡았다.

"으아악!"

완전히 겁에 질린 나머지 최준호는 발을 뿌리치며 뒤로 물러났다. 그러자 신발이 벗겨졌고 여동생은 신발을 손에 쥔 채 미친개에게 목덜미를 물어 뜯겼다. 힘없이 늘어지는 여동생을 흔들며 사납게 노려보는 미친개는 입을 떼지 않은 채 최준호를 향해 살기를 내뿜었다. 심장은 터질 것처럼 뛰었고, 온몸은 전기가 흐르는 것처럼 저릿했다. 미친개가 여동생을 문 채로 최준호를 향해 몸을 틀었을 때 최준호는 뒤를 돌아 무작정 달리기 시작했다. 바로 뒤에서 목덜미를 물어뜯을 것 같은 공포가 덮쳐왔다.

어린 최준호는 얼마 못 가 돌부리에 발이 걸려 바닥에 얼굴을 처박았다. 그리고 몸을 일으키다가 눈앞에서 커다란 돌덩이를 발견했다. 피투성이가 된 여동생을 떠올리며 두 손으로 돌덩이를 집어 들었다. 그리고 다시 개를 향해 가는 순간 피가 모두 빠져나간 것처럼 힘이 들어가지 않았고, 멀리서 들려오는 개 울음소리에도 부르르 온몸이 떨렸다. 결국 작은 두 손에서 커다란 돌덩이를 놓친 최준호는 그대로 주저앉아 울음을 터트리고 말았다.

사람들이 둘을 발견하고 모여든 것은 해 질 녘이었다. 동네 사람들은 혀를 차며 안타까운 얼굴로 폐가를 둘러쌌다. 그리고 맨발로 아버지의 품에 안긴 어린 최준호는 폐가 앞에 떨어져 있는 자신의 신발을 바라보았다. 버려진 신발은 자신이 여동생을 버리고 도망친 비겁자라는 사실을 보여주는 것이었다. 자신 때문에 여동생이 처참하게 죽었다는 사실이 도저히 믿기지 않았다. 신고를 받고 도착한 경찰들이 여동생의 주검을 수습했다. 그때 여동생의 모습을 바라보는 최준호의 눈을 아버지가 가려주었다. 그러나 그 순간 최준호는 폐가 벽에 걸린 탱화속 붉은 얼굴을 마주했고, 죄를 벌하듯 꿰뚫어보는 붉은 얼굴의 시선은 공포와 함께 각인되었다.

오랜 기억에 사로잡힌 최준호는 나란히 놓인 나무 의자들 사이를 지나 앞으로 나아갔다. 의자에 앉아 노래를 부르던 신자들은 하나둘 의아한 표정으로 돌아보기 시작했다. 그들의 눈에는 발목까지 내려오는 긴 수단을 입은 젊은 신부가 괴로운 표정으로 오열하며 제단을 향해 걸어가는 모습일 터였다. 최준호는 기억이 생생하게 떠오를수록 괴로움에 몸부림쳤다. 그리고 제단 바로 앞까지 다가갔을 때 모래성이 무너지듯 완전한 절망에 사로잡혀 무릎을 꿇었다.

최준호의 입에서는 비명처럼 울음이 터졌다. 여동생의 환영은 목덜미에서 끊임없이 피가 흘러내렸고 최준호는 모든 죄를 고하듯 제단 앞에 고개를 숙였다. 죄책감에 가슴이 찢기는 것

처럼 아파올 때 귓가에는 불현듯 신도들이 부르는 성가가 번져 오기 시작했다. 어리둥절한 눈길로 흘끔거리던 신도들이 다시 목청 높여 한목소리로 부르기 시작한 노래였다. 하나의 선율에 겹쳐지는 여러 명의 목소리는 최준호를 휘감던 기괴한 목소리를 지워냈다.

그때였다. 최준호는 자신의 머리를 어루만지는 부드러운 손길을 느꼈다. 고개를 들자 눈앞에는 여동생이 한없이 부드러운 미소를 지으며 자신을 내려다보고 있었다. 최준호는 또다시 오열했다. 그동안 느꼈던 죄책감이 울음과 함께 쏟아져 나온 것이다. 한참을 오열하던 최준호는 자신이 맨발이라는 사실을 깨달았다. 구마 예식을 하던 중에 황급히 뛰쳐나오는 바람에 신발조차 챙겨 신지 못했던 것이다. 최준호는 어릴 적 동생을 버리고 온 그때와 자신이 하나도 달라지지 않았다고 생각했다. 자신이 도망치지 않았다면 여동생은 어쩌면 살 수도 있었다는 생각으로 수십 년을 살아왔는데 다시 혼돈의 어둠 속에 김 신부를 버리고 도망쳐 나온 것이었다.

최준호는 주먹을 움켜쥐었다. 후회의 기억으로부터 죄의식을 느끼며 사는 것을 끝내고 싶은 마음이 간절했다. 최준호가 고개를 들어 다시 여동생을 찾았을 때 눈에 들어온 것은 높은 곳에서 인자한 미소를 보내는 성모마리아였다. 최준호는 거센 파도처럼 덮쳐오던 공포가 잔잔한 물결로 잠겨드는 기분을 느

껐다. 떨리는 손을 들어 천천히 성호를 그었다. 울음을 멈추고
크게 심호흡을 했다. 부푼 가슴이 가라앉는 순간 나지막한 소
리로 중얼거리며 기도를 읊기 시작했다.

　기도를 마친 최준호는 몸을 일으켜 다시 성당 문을 향해 걷
기 시작했다. 수단의 검은 옷자락을 펄럭이며 맨발로 성당을
걸어 나가는 최준호의 얼굴은 번뜩이는 의지가 가득했다. 성당
문을 열고 나오자 바람이 불어와 얼굴을 스쳤고, 하늘에는 둥
근 달이 어둠을 밝히고 있었다. 최준호는 영신이 있는 다락방
을 향해 서둘러 걸음을 옮겼다.

　길을 되돌아오자 건물 앞에 앉아 있는 김 신부가 보였다. 어

깨를 늘어뜨린 김 신부는 초조한 얼굴로 담배를 피우고 있었다. 한숨을 쉬듯 연기를 내뿜다가 문득 가까이 다가오는 최준호를 발견하고 물었다.

"더 멀리 가지 그랬냐."

"신발을 두고 와서요."

"다 도망가도, 돌아올 놈은 정해져 있어."

김 신부가 단호한 어투로 말하자 최준호가 고개를 떨어뜨리며 고백했다.

"그때는 못 돌아갔어요. 동생을 물고 있는 개가 너무 무서웠어요."

김 신부는 숨을 크게 들이시며 담배를 빨아들였다. 담배 끝에 빨간 불덩이가 일었다.

"그 개가 왜 네 동생을 물었는지 알아? 네 동생이 더 작아서 그런 거야. 짐승은 절대 자기보다 큰 놈들에게 덤비지 않아. 그리고 악도 우리에게 말하지. 너희도 짐승과 다를 바 없다고."

김 신부는 담배를 밟아 끄며 말을 이었다.

"근데 신은 인간을 그렇게 만들지 않았어."

고개를 숙인 채 말을 듣고 있던 최준호에게 김 신부는 붉은 묵주를 건넸다. 묵주 알마다 장미 문양이 새겨진 성물. 그것은 정 신부가 남긴 것이었다.

"아이고, 예전에 어느 노신부가 똑같이 이 말을 했었는데."

김 신부가 천천히 손을 뻗어 묵주를 받는 최준호를 향해 말했다.

"아가토. 이제 넌 선을 넘었다."

묵주를 건넨다는 건 경계 너머에서 존재를 숨기던 보조 사제에서 함께 싸우는 동지가 되었다는 의미였다. 묵주 알의 매끄러운 표면이 반짝거렸다.

"네, 알고 있습니다."

최준호가 묵주를 힘껏 손에 쥐며 대답했다.

"악몽에 시달리며 술 없이는 잠도 못 잘 거야. 아무런 보상도 없고 아무도 몰라줄 거고."

"네."

담담한 최준호를 보며 김 신부는 고개를 끄덕였다.

"사람의 아들아. 그들을 두려워하지 말고 그들이 하는 말도 두려워하지 마라."

김 신부의 말에 최준호는 화답하듯 함께 기도문을 외웠다.

"비록 가시가 너를 둘러싸고 네가 전갈 떼 가운데에서 산다 하더라도 그들이 하는 말을 두려워하지 말고 그들의 얼굴을 보고 떨지도 마라."

기도를 마친 두 사람은 몸을 돌려 다시 어둠 속으로 걸어 들어갔다. 최준호는 손에 느껴지는 묵주의 단단함을 느끼며 다시는 도망치지 않겠다는 다짐을 거듭했다. 그리고 김 신부를 따라 무거운 발걸음을 옮겼다.

집 안에는 영신의 어머니가 주저앉아 있었다. 다락방을 지키던 박 교수는 난처한 얼굴로 영신의 어머니와 실랑이를 벌이고 있었다. 두 사제가 다시 들어오자 박 교수가 보란 듯이 김 신부를 말리며 말했다.

"김 신부! 이제 그만하자. 여기까지 했으면 됐어."

김 신부는 자신을 붙든 박 교수를 향해 진심으로 말했다.

"지금 죽지 못하고 버티면서 우리를 도와주고 있는 게 누군지 알아? 우리만 싸우고 있는 게 아니야. 비켜."

김 신부는 단호한 얼굴로 박 교수를 지나쳤다. 그리고 계단을 올라가려는데 영신의 어머니가 김 신부에게 달려와 멱살을 잡고 소리쳤다.

"당신이 어떻게 그럴 수 있어? 아비처럼 따르던 애를…."

영신의 어머니는 말을 마치지 못하고 주저앉아 흐느꼈다. 그러더니 두 손으로 자신의 가슴을 퍽퍽 치며 절규했다. 김 신부는 그 울음소리가 귓가에 파고들자 가슴이 찢어지는 것 같았다. 그러나 자신이 하려는 일은 영신을 죽이는 일이자 영원히 구하는 일이었다. 김 신부는 어두운 표정으로 다락방을 향하는 계단을 올랐다.

"시간이 없다. 사령 소환이랑 축출로 바로 가자. 몰약하고 유황가루 있지?"

방문 앞에 선 김 신부는 뒤따르던 최준호를 돌아보고 긴장감이 가득한 목소리로 말했다.

"네. 안에 있습니다."

최준호가 세차게 고개를 끄덕였다.

"사령들이 몇이나 나왔지?"

"언어로 4마리 전부 다 나왔습니다."

"거의 다 된 거야. 그리고 이제 너도 선을 넘어와."

"네."

김 신부는 방문 앞에 묶어놓은 돼지 줄을 풀어 제 손에 감았

다. 두 사제는 동시에 성호를 그으며 짧은 기도를 외웠다. 그리고 문 너머에 고여 있는 어둠을 향해 천천히 발걸음을 옮겼다.

소화召還 그리고 축출逐出

방에는 죽은 사람처럼 가만히 누워 있는 영신이 있었다. 그러나 사방은 피로 흥건했다. 김 신부는 앞으로 천천히 걸어가 침대 프레임에 돼지를 묶어놓고 다시 영신의 팔과 다리를 묶었다. 최준호는 협탁에 놓은 초를 집어 불을 붙였다. 그리고 다른 시대의 물건처럼 보이는 청동 향로에 불을 옮겨 붙이자 주홍색 불빛이 방 안을 메우며 일렁거렸다. 바닥에 예식서를 펼쳐놓고, 몰약과 유황을 비율에 맞춰 섞은 다음 불 위에 뿌리자 검은 연기가 피어올랐다.

연기는 허공을 가르며 영신을 향해 뻗어갔다. 최준호는 떨리는 목소리로 입을 열어 노래를 부르기 시작했다. 부드러운 선율로 흐르는 노래는 그레고리안 성가였다. 김 신부는 돼지를 들어 작은 면도칼로 피부를 살짝 그었다. 가는 선처럼 그어진 상처를 따라 붉은 피가 배어나왔다. 김 신부는 그 피를 손가락에 묻혀 영신의 이마 위에 십자가를 그렸다.

"주님의 십자가를 보라!"

"Eccem cucem domini!"

최준호는 종을 흔들며 숭고한 소리를 크게 울렸다. 영신을 에워싼 연기는 보이지 않는 어두운 기운을 압박했다. 최준호는 성 소금을 지나 경계를 넘어 계속 앞으로 나아갔다. 그 모습은 마치 어둠을 헤치고 나아가는 성 프란체스코를 연상케 했다.

두 사제가 영신 가까이에 다가왔을 때 영신은 수면 아래서 떠오르듯 몸을 일으키며 포효했다. 몸을 크게 움직이며 상대방을 위협하는 짐승의 몸짓이었다. 최준호는 종을 든 손에 힘을 주면서 물러서지 않았다. 사악하게 뿜어져 나오는 기운 속으로 맑은 소리를 흘려보냈다.

김 신부는 노래를 멈추지 않은 채 박스에 세워져 있는 갈고리와 막대를 집어 들었다. 그리고 마치 낚싯대처럼 보이는 둥근 나무 막대와 초승달 모양의 쇠창을 연결했다. 검은 연기 속에서 영신의 눈동자가 누런빛으로 번뜩였다. 김 신부는 갈고리봉을 영신의 목 위로 누르며 외쳤다.

"가장 큰 놈이 말하라. 너희는 무엇이냐!"

영신은 울부짖으며 몸부림을 쳤다. 노랫소리가 계속 들려오자 영신의 입에서는 중얼거리는 소리가 음울하게 흘러나왔다.

"342 Tage nach dem Brckeneinsturz gettet 78 Personen. 7803 Tage 5 Absturz Gebuden. 6682 Tage nach der Nadel eigene Menschen zu schaffen."(342일 뒤 무너지는 다리 78명 사망. 7803일 부서지는 빌딩 5개. 5680명 사

망. 6682일 뒤 너희들이 네 스스로 인간을 만들고.)

알아들을 수 없는 주문과 섞여 들려오는 소리는 죽음과 고통을 가리키는 말이었다. 내용은 사악했으며 그 어떤 말보다 어두운 기운을 뿜어내고 있었다. 가까이서 영신의 말을 듣는 김 신부의 귀에서 피가 흘러내렸다. 김 신부는 고막이 찢기는 고통에도 한 치의 흐트러짐 없이 자세를 잡았다. 그리고 더 크게 언명했다.

"성부, 성자, 성령의 이름으로 명한다. 왜 여기에 온 것이냐!"

"Nos veniebamus capitum omnes, 50255 Tage ohne Trinkwasser ist 85.938 Tage 69.302 Menschen sterben schwarzen Ballon platzen. Die andere Hfte wird zu 93.025 Tage sterben. Et ibimus ad locus excelsior."(너희들이 미웠다. 50255일 마실 물이 없고 85938일 검은 풍선이 터져 69302명 죽고. 오존층 소멸 93025일 반은 타 죽을 것이고. 세상에 빛을 끄려고 왔다.)

"우리 인간은 인간을 긍정한다. 이제 너희의 곳으로 물러가라. 지금 말하는 네 이름이 무엇이냐!"

김 신부가 내리누르고 있는 갈고리 사이로 검은 형체가 존재를 드러냈다. 영신의 상반신 길이만 한 그것은 인간의 얼굴을 하고 있었고, 얼굴과 목이 온통 사자 털로 뒤덮여 있었다. 김 신부는 연기 사이로 붉게 충혈된 그것의 눈을 마주 보았다. 강렬한 분노로 가득 찬 그것은 새까만 악마였다. 악마는 얼굴을 고통스럽게 일그러뜨리며 신음했다.

"말하라. 네가 불리는 이름이 무엇이냐!"

"Dica nomen tuum quod vocatiris tu!"

"마르… 베스."

악마의 이름이 모두 흘러나오자 최준호는 노래를 멈췄다. 방 안에는 무거운 침묵이 흘렀다. 드디어 존재의 이름을 알게 된 것이다. 이제 결단을 해야 하는 순간이었다. 악마의 이름을 호명하는 순간 사악한 기운으로 생명을 유지하고 있던 진짜 영신의 숨도 끝날 것이다. 김 신부는 수백 번 상상하며 각오한 순간이었지만 막상 현실로 다가오자 다시 망설여졌다. 하지만 이내 노래를 부르며 해맑게 웃던 영신의 얼굴을 애써 지워내고 천천히 눈을 감았다. 그리고 깊은 바닷속으로 무거운 돌을 던지듯 모든 생각을 마음 깊이 가라앉혔다. 김 신부는 자신을 온전히 바치겠다는 비장한 각오를 한 뒤 무거운 목소리로 언명했다.

"성부, 성자, 성령의 이름으로 명한다. 거기서 나와라! 마르베스."

마지막 언명이 방 안을 뒤흔들었다. 그러자 묶여 있던 돼지가 꽥! 하고 울부짖었고, 심정지를 알리는 기계 소리가 울렸다. 삐- 일정한 기계음이 방 안의 공기를 얼어붙게 했다. 김 신부는 몸이 갈기갈기 찢기는 듯한 고통이 밀려오는 것을 느끼며 무너지듯 주저앉아 오열하기 시작했다.

"흐흑. 영신아… 다 끝났어. 미안하다, 영신아…."

김 신부의 눈에서는 끊임없이 눈물이 흘렀다. 가까스로 상체를 든 김 신부는 상처로 가득한 손을 뻗어 침대 프레임에 묶인 끈을 뜯어내기 시작했다. 단단하게 묶인 끈을 잡아 뜯자 나무처럼 마른 영신의 팔이 아래로 힘없이 툭 떨어졌다.

"그래 다 끝났어…. 이제 다 끝났어…."

모든 끈을 다 풀어낸 김 신부는 울면서 몸을 일으켰다. 최준호는 아이처럼 우는 김 신부를 보면서 안에 눌러두었던 슬픔들이 한꺼번에 터져 나오는 것을 느꼈다. 김 신부는 전기에 감전된 것처럼 움직임마다 비틀거렸고, 최준호는 그 모습을 안쓰러운 얼굴로 바라보았다.

"잘 버텼다… 이제 끝났어. 우리 영신이… 네가 해냈다. 네가 다 했어…. 흐흑."

김 신부는 침대에 기대다시피 한 채로 영신의 얼굴을 하염없이 쓰다듬었다. 그리고 떨리는 손으로 이불을 끌어 올려 차갑게 식어가는 영신의 몸을 덮어 주었다. 사악한 악마와 끝까지 사투를 벌인 영신의 얼굴은 깊은 구덩이처럼 어둡고 아득했다. 김 신부는 애처로운 얼굴로 영신에게 볼을 부비며 마지막 인사를 나누었다. 그리고 성호를 긋고 두 손을 모아 기도를 읊기 시작했다. 울음이 섞인 목소리가 방 안에 흘렀다.

"주님의 자비를 간구하오니 저희 기도를 들으시고, 그들이 주님의 나라에서 영원한 행복을 누리게…. 흐흑."

울컥 울음이 터진 김 신부는 어깨를 들썩이며 눈물을 쏟아냈다. 그때였다. 최준호는 영신의 몸으로부터 환한 빛이 새어나오더니 점점 흘러넘치는 광경을 보았다. 김 신부는 눈부신 빛에 놀라 고개를 들어 영신을 바라보았다. 검은 그림자를 걷어가듯 영신의 몸에는 영롱한 빛이 번졌고, 그것은 점차 섬광처럼 커져갔다. 그리고 그 빛은 방 안을 가득 채우고 순식간에 사라졌다. 영신은 한결 편안해진 얼굴이었고, 방 안에는 빛이 남긴 희미한 향기가 감돌았다. 김 신부는 놀란 눈으로 그 광경을 지켜보다가 영원히 잠든 영신의 얼굴을 애처롭게 매만졌다.

최준호는 평온한 얼굴로 잠든 영신을 바라보다가 재빨리 고개를 돌려 돼지를 바라보았다. 하얀 피부에 살이 올라 있던 돼지는 어느새 검게 변해 있었다. 최준호는 붉은 눈을 희번덕거리며 발광하는 돼지를 안아 들었다. 그리고 침대 시트를 찢어 두 눈을 감싸고 케이블 끈으로 팔과 다리를 단단히 묶었다. 김 신부의 울음소리를 듣고 방 안으로 뛰어 들어온 박 교수가 심박기를 확인하며 소리쳤다. 그러나 귀를 다친 김 신부는 아무 소리도 들을 수 없었다.

최준호는 버둥거리며 발악하는 돼지에게서 영신의 몸에 깃들었던 사악한 기운을 느꼈다. 이제 남은 일은 모두 자신의 손

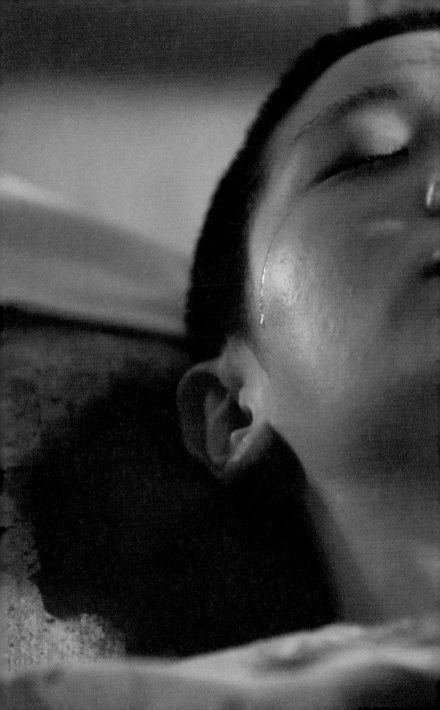

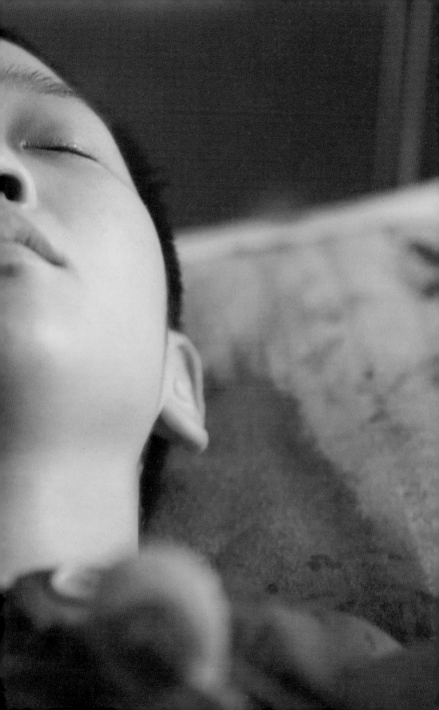

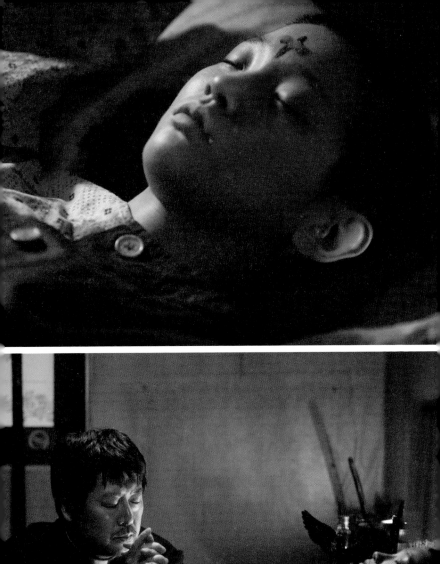

에 달려 있었다. 구마 예식을 시작하기 전 김 신부가 자신의 어깨를 붙들고 심각한 얼굴로 한 말이 뇌리를 스쳤다.

"마지막이 가장 중요한 단계야. 1시간이 넘어가면 위험해. 15미터가 넘는 강에다 돼지를 버려야 한다. 가는 길이 가장 위험하니, 주님이 항상 함께하기를."

최준호는 깊게 심호흡을 한 후 계단을 뛰어 내려가기 시작했다. 다락방에서는 영신의 주검을 발견한 가족들의 날카로운 비명이 터졌다.

거실을 가로질러 달려간 최준호는 현관문을 열기 위해 손을 뻗었다. 그러나 문은 밖에서 열렸고, 눈앞에는 두 명의 경찰이 보였다. 눈가에 주름이 깊고 나이가 있어 보이는 선임 경찰과 자신과 또래쯤으로 보이는 후임 경찰이었다. 두 경찰은 피가 묻은 돼지를 안고 다급한 얼굴로 서 있는 최준호를 의심스러운 눈으로 바라보았다. 그때 선임 경찰의 손에 쥐어진 무전기에서 지직거리는 잡음과 함께 목소리가 울렸다.

"천주교 신부 폭행신고 접수. 45호?"

무전을 들은 선임 경찰이 버튼을 누르고 입 가까이에 무전기를 가져갔다.

"45호 접수. 현장 도착."

선임 경찰은 보고를 끝내고 최준호를 향해 단호한 얼굴로 말했다.

"여기 신고 받고 왔습니다. 죄송하지만 지금 여기 계셔야 합니다."

최준호는 어쩔 수 없이 동작을 멈추고 가만히 서 있었다. 경찰들은 재빨리 집 안을 훑으며 들어섰다. 다른 가정집과 별로 다를 것이 없어 보이던 찰나 계단 위 다락방에서 비명이 들려왔다. 얼굴에 긴장감이 가득해진 두 경찰은 자세를 고쳐 최준호를 경계하기 시작했다. 선임 경찰이 소리가 들려온 계단을 힐끔거리며 후임 경찰에게 말했다.

"여기 이 사람 잡고 있어."

후임 경찰은 고개를 끄덕거리며 최준호에게서 눈을 떼지 않았다. 최준호는 돼지가 점점 심하게 발악하기 시작하면서 사악한 기운도 강렬해지는 것을 느꼈다. 온 힘을 다해 돼지를 붙들고 있는 팔에는 넝쿨이 벽을 타고 오르듯 검은 반점들이 선명하게 번지고 있었다.

후임 경찰은 돼지를 닮았지만 붉은 눈을 번뜩이는 괴상한 생물을 가리키며 최준호에게 명령했다.

"그거 내려놓으세요."

최준호는 손에 힘을 주며 돼지를 더 꽉 안고 단호하게 말했다.

"저 지금 가야 합니다."

말을 마친 최준호가 현관을 빠져나가려고 하자 후임 경찰이 앞을 바짝 막아서며 다급하게 소리쳤다.

"안 된다니까요. 가만히 있어요!"

한 걸음도 물러서지 않는 최준호와 후임 경찰 사이에는 팽팽한 긴장감이 흘렀다. 그때 계단 위에서 선임 경찰이 소리쳤다.

"야! 살인 사건이야! 지원 요청해! 구급차도!"

살인 사건이라는 소리를 듣는 순간 후임 경찰의 눈빛에는 불안이 스쳤다. 천천히 손을 뻗어 허리춤에 있는 권총 위로 손을 올렸다. 다른 한 손은 최준호를 방어하듯 올리고 동작을 멈추라는 신호를 주었다.

"뒤로 물러나세요!"

후임 경찰의 목소리가 거칠게 갈라졌다. 최준호는 여기서 쓰러진다면 영신의 희생과 김 신부의 노력이 허사가 되리라는 것을 떠올렸다. 그리고 후임 경찰을 달래듯 조심스러운 움직임으로 뒤로 한 발짝 물러났다. 얼굴에는 후임 경찰의 뜻에 따르겠다는 표정을 지었다.

문 안쪽으로 완전히 들어온 후임 경찰이 한 손을 뒤로 뻗어 문을 닫고 무전을 했다.

"본부 응답 여부 확인 요청. 여기는 45호."

무전기에서는 곧바로 응답하는 소리가 들렸다.

"여기는 본부. 응답 확인."

"살인 사건 발생. 용의자 2명 체포. 지원 요청. 구급차 지원 요청.”

무전을 듣는 동안 최준호는 시선을 돌리며 빠져나갈 수 있는 길을 찾았다. 거실에는 뛰어나갈 창문도 보이지 않았고, 사방은 벽으로 둘러싸여 있었다. 최준호는 점점 시간이 줄어든다는 생각에 심장이 터질 것 같았다. 사람들은 우리의 이야기를 믿지 않을 것이 분명했다. 영신을 악마에게서 구하고 모든 것을 바쳐 싸운 김 신부를 부정할 것이다.

최준호가 입술을 질끈 깨물며 돼지를 잡은 손을 그러쥐었다. 후임 경찰은 최준호를 향해 떨리는 목소리로 외쳤다.

“일단 차로 연행하겠습니다. 수갑 안 채울 테니까… 얌전히 따라오세요!”

후임 경찰은 기괴한 돼지와 피 범벅이 된 신부의 모습에 잔뜩 겁을 먹은 얼굴이었다. 엉거주춤 걸음을 옮겨 최준호 가까이 다가온 후임 경찰은 최준호의 왼팔을 세게 붙들었다. 그리고 문을 열고 천천히 복도로 발걸음을 옮겼다.

그때였다. 복도에 일정한 간격으로 매달린 희미한 전구들이 펑! 소리를 내며 어떤 기운에 폭발하듯 터졌다. 복도는 어둠에 잠겨들었고, 그것이 신호라도 되는 것처럼 갑자기 돼지가 미친 듯이 발광하며 울기 시작했다.

후임 경찰은 식은땀을 흘리며 캄캄한 복도를 바라보았다. 아무것도 눈에 보이지는 않았지만 멀리서 이상한 소리들이 들려오기 시작했다. 후임 경찰이 의아한 얼굴로 옆에 차고 있는 플래시를 들어 불을 켜는 찰나였다. 불이 비춘 복도에는 수백 마리의 새까만 쥐 떼가 몰려오고 있었다. 찍찍거리는 소리가 복도를 메웠고, 그 광경을 목격한 후임 경찰은 기겁을 했다. 쥐 떼가 가까워질수록 돼지는 발악하듯 몸부림을 쳤고, 공포에 질린 후임 경찰은 뒷걸음질을 쳤다. 그사이 최준호는 후임 경찰의 손을 뿌리치고 앞으로 달려가기 시작했다. 동굴처럼 입을 벌리고 있는 어둠과 눈을 번뜩이며 달려드는 쥐 떼 속으로 뛰어들었다.

"멈춰! 거기 서!"

후임 경찰의 외침이 등 뒤로 날아들었지만 최준호는 이 기회를 놓치면 안 된다는 생각뿐이었다. 이를 악물고 달리기 시작한 최준호는 물컹거리며 발에 쥐들이 밟히고 채였지만 절대 멈추지 않았다.

다급한 발걸음으로 계단을 내려오는 최준호 뒤로 쥐 떼 소리가 따라붙었다. 간신히 건물을 빠져나온 최준호는 로데오 거리를 향해 움직이기 시작했다. 그러나 몸을 돌리는 찰나 골목 초입에는 먹구름이 몰려오는 것처럼 수십 마리의 까마귀들이 내려앉았다. 앞으로 뾰족하게 뻗은 부리를 움직이며 공격적으로 길을 메우는 까마귀들을 발견한 최준호는 욕지기를 뱉으며 다른 골목을 향해 방향을 틀었다.

"거기 서! 새끼야!"

그사이 최준호를 따라 건물을 나온 후임 경찰이 최준호를 발견하고 소리를 질렀다. 최준호는 턱까지 숨이 차오르는 것을 느끼며 품에서 빠져나가려는 돼지를 다시 움켜잡았다. 그리고 막 골목을 빠져나와 좁은 도로로 들어서는 순간이었다. 쾅! 고속으로 달려든 스쿠터 한 대가 최준호를 들이박고 바닥에 미끄러졌다. 쓰러진 최준호는 살이 찢기는 고통에 몸부림치며 신음했다. 그러나 품에 안은 돼지를 손에서 놓지 않았다.

멀리 보이는 골목에서는 후임 경찰과 다른 경찰들이 자신을 쫓아 달려오고 있었다. 최준호는 몸을 비틀거리며 피가 흐르는 팔로 바닥을 짚고 일어섰다. 그리고 다시 환한 거리 속으로 내달리기 시작했다.

인파를 뚫고 차도까지 도착한 최준호는 8차선에서 빠르게 스쳐 지나가는 차들을 바라보았다. 그리고 이내 도로를 따라 계속 걸음을 옮겼다. 뒤에서는 경찰들이 바짝 쫓아오며 날카롭게 호루라기를 불었다. 그때 앞쪽에서 사이렌 불빛이 번쩍거리며 자신을 향해 달려드는 것이 보였다. 최준호는 짜증스럽게 미간을 구기며 초조한 기색으로 주변을 두리번거렸다. 앞뒤로 경찰이 몰려오는 상황에서 피할 수 있는 길은 넓은 8차선 도로를 가로질러 가는 것뿐이었다. 그러나 도로에는 바람을 가르는 매서운 소리를 내며 차들이 고속으로 내달리고 있었다.

최준호는 목덜미에 식은땀이 흐르는 것을 느끼며 도로로 발을 들여놓았다. 한번 움직이기 시작한 걸음은 멈출 줄 모르고 도로를 가로질렀다. 멀리서 달려오던 차들이 클랙슨을 울리며 급격하게 방향을 틀었다. 최준호를 아슬아슬하게 비껴가면서 거친 마찰음을 냈고, 그 광경을 본 경찰들은 소리를 질렀다.

"거기 서!"

"멈춰! 이 새끼야!"

근처까지 도착한 경찰차에서 몇몇 경찰관들이 경광봉을 들고 내렸다. 그리고 도로를 향해 신호를 보내며 차들을 멈춰 세웠다. 미처 신호를 보지 못했거나 고속으로 달려든 차들이 방향을 급격히 틀면서 8차선 도로는 난장판이 되어갔다. 최준호는 뒤를 흘끔거리며 그 틈을 놓치지 않고 발걸음을 재촉했다. 경찰들도 차들을 멈춰 세우면서 추격을 해왔다.

최준호와 경찰들이 간격이 가까워진 찰나 빠앙! 하는 소리와 함께 커다란 트럭 한 대가 달려왔다. 주변에 있던 경찰들이 급박하게 경광봉을 흔들었지만 트럭은 마치 어딘가 홀린 것처럼 오히려 속도를 높였다.

"안 돼! 멈춰!"

후임 경찰이 비명처럼 소리를 지르는 순간 최준호는 소리가 난 방향을 돌아보았다. 트럭의 헤드라이트 불빛이 시야에 가득 번지면서 섬광처럼 김 신부의 목소리가 들렸다.

"가는 길이 사악하다. 신의 가호가 있기를…!"

그때 미처 보지 못한 방향에서 달려든 자동차가 급격하게 방향을 틀어 트럭과 부딪쳤다. 굉음과 함께 두 대의 자동차가 바닥으로 나뒹굴었고, 도로는 순식간에 아수라장이 되었다. 매캐한 연기가 사방을 에워쌌다. 갑작스러운 사고에 넋이 나간 경찰들은 당황한 기색이 역력했다.

짙은 연기 속에 쓰러진 최준호는 앓는 소리를 내며 가까스로 눈을 떴다. 반대 방향에서 달려든 자동차가 아니었다면 최준호는 그대로 트럭에 부딪쳐 온 뼈가 산산조각 났었을 것이다. 간발의 차이로 트럭을 피한 최준호는 품에서 빠져나간 돼지를 찾아 시선을 헤맸다. 그리고 조금 떨어진 곳에서 꽁꽁 묶인 발을 파닥거리며 미친 듯이 울어대는 돼지를 발견했다. 몇 겹의 천 틈으로 어두운 기운이 끝없이 새어나오고 있었다.

최준호는 바들바들 떨리는 팔을 뻗어 돼지의 다리를 끌어당겼다. 그리고 바닥에 두 손을 짚고 몸을 일으키는 순간 눈앞으로 트럭과 부딪친 전봇대가 기울어지는 것이 보였다. 전봇대가 완전히 기울어져 바닥으로 무너지자 팽팽하게 당겨진 전깃줄이 스파크를 일으키며 끊어졌다. 환하게 빛나던 상가 조명들은 일제히 꺼져버렸고, 도로를 밝히던 가로등 불빛들도 순식간에 사라졌다. 사방은 이내 짙은 어둠으로 빨려 들어갔다.

C#13

영신 C.U
영신의 이마에 돼지의 피로 십자가를 그리는 김신부.

Tilt Up

김신부 C.U

김신부 : (영신에게 성호를 그으며)
　　　Ecce crucem domini! 주님의 십자가를 보라!

그때 그 위에 들려오는 최부제의 소프라노 노랫소리.
그레고리안 성가(Victimae Paschali).

C#14

최부제 F.S
영신에게 검은 연기가 천천히 흘러간다.

다소 떨리는 목소리로 노래를 부르며
천천히 다가오는 최부제.

C#15

최부제 C.U
Track Out

C#16

김신부 C.U
뜻밖에 최부제의 노래 소리가 들리자
최부제를 쳐다보는 김신부.

들려오는 영롱한 최부제의 소프라노에
저음으로 같이 노래를 부르기 시작하는 김신부.

C#17

김신부 OS 영신 B.S
두 명의 노랫소리로 가득한 방 안.
김신부 Frame Out

C#18

최부제 K.S
Tracking
땡~! 땡~!
다시 들리는 종소리와 영신 쪽으로 흘러가는 검은 연기,
그리고 두 사제의 숭고한 목소리가 영신을 압박한다.

C#19

최부제 C.U
Track Out

C#20

검은 연기를 피우며 움직이는 향로.

Track In

누워 있는 영신을 가득 감싸는 검은 연기.

C#21

김신부 B.S
연기에 가려져 잘 보이지 않는 영신.
김신부 고개를 돌려 창문을 바라본다.

C#22

김신부 POV
창문에 비친 악마의 실루엣.

C#23

김신부 B.S
김신부 계속 노래하며
종이박스에 세워져 있는 갈고리 봉을 꺼낸다.

Tilt Down

C#24

최부제 M.S
Track In
조금씩 영신에게 가까이 다가오는 최부제.

C#25

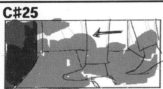

과감히 성소금을 넘는 최부제의 발. C.U

C#26

최부제 OS 영신 B.S
연기에 가려져 잘 보이지 않는 영신.
순간 갑자기 몸을 크게 움직이며 최부제를 위협한다.

영신 : (사자) 크하!

크게 움직이는 영신의 몸과 침대.

C#27

갈고리 봉을 조립한다.
두꺼운 낚싯대처럼 생긴 둥글고 낡은 나무 막대.
3개를 돌려 끼워 길게 만들자 끝이 둥글게 초승달처럼
생긴 녹슨 쇠로 된 창.

Tilt Up

김신부 B.S
김신부에게 다시 들리는 아기 울음소리.
김신부 동요하지 않는다.

C#28

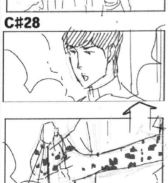

검은 반점이 다시 돋아나기 시작하는 최부제의 팔.

Tilt Down

동요하지 않고 계속 노래를 부르는 최부제. B.S

점점 고조된다.

C#29

F.S
High Angle
갈고리 봉을 들고 영신에게 다가가는 김신부.

영신 : (사자) 크하!

C#30

영신 B.S
검은 연기 속에 보이는 누런 사자의 눈.

C#31

영신 POV
김신부는 무서운 눈으로
갈고리 봉을 영신의 목에 내리 꽂는다.

C#32

영신 B.S
갈고리 봉 Frame In
영신의 목을 넉넉하게 감싼 갈고리.

C#33

최부제 C.U
최부제의 노래 소리는 점점 더 커진다.

C#34

김신부 B.S
영신을 바라보는 김신부.

C#35

High Angle – Boom Down
영신의 몸은 파닥거린다.
검은 연기 속의 분노가 가득한 누런 눈.

김신부 : 가장 큰 놈이 말하라. 너희는 무엇이냐!

강한 김신부의 목소리. 계속 노래하는 최부제.

영신 C.U

영신 : (독일어) 342일 뒤 무너지는 다리 78명 사망.
　　　7803일 부서지는 빌딩 5개. 5680명 사망.
　　　6682일 뒤 니들이 니 스스로 인간을 만들고...

C#36

최부제 M.S
Low Angle

C#37

김신부 M.S
Low Angle

C#38

김신부 C.U
영신의 주문에 김신부의 얼굴이 일그러지며
귀에서 피가 흘러나오기 시작한다.

측면에서 정면으로 이동.

다시 강하게 언명하는 김신부.

김신부 : 성부, 성자, 성령의 이름을 명한다.
왜 여기에 온 것이냐!

C#39

최부제 C.U

최부제 : (라틴어) 성부. 성자. 성령의 이름으로 묻는다.
왜 여기에 온 것이냐!

C#40

영신 C.U
Boom Up

영신 : (라틴어) 너희들이 미웠다.
40275일 마실 물이 없고 85938일 검은 풍선이
터져 7280402명이 죽고.
오존층 소멸 93025일 반은 타 죽을 것이고...

High Angle

영신 : (라틴어) 세상에 빛을 끄려고 왔다.

C#41

김신부 OS 최부제 B.S

C#42

김신부 C.U
김신부의 귀에서 계속 피가 흐른다.
고통을 견디며 다시 강하게 언명하는 김신부.

김신부 : 우리 인간은 인간을 긍정한다.
　　　　이제 너희 곳으로 물러가라.
　　　　지금 말하는 니 이름이 무엇이냐!
　　　　Dica nomen tuum... (말하라. 니 이름을...)

C#43

김신부 OS 최부제 B.S

최부제 : (라틴어) 말하라 니 이름이 무엇이냐!

C#44

F.S

C#45

김신부 C.U

김신부 : Dica nomen tuum... (말하라. 니 이름을...)

C#46

떨리는 갈고리 봉. C.U

C#47

김신부의 뒷목의 털이 곤두선다. C.U

C#48

최부제의 옆머리도 선다. C.U

C#49

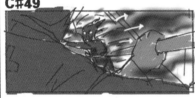

김신부 OS 악마 M.S
김신부의 어깨 너머로 보이는
갈고리 봉에 눌린 새까만 악마의 모습.
80cm의 길이에 인간의 얼굴과 사자의 몸.
목과 얼굴을 감싼 검은 사자 털.

C#50

악마 B.S
분노에 가득한 충혈 된 눈이 검은 연기 속에 보인다.

C#51 / 95-1 과거 어딘가 (N/L)

악마 POV
연기 속에서 갈고리 봉으로 그를 누르고 있는
두 명의 고대 수도승의 모습.

C#52

M.S

C#53

김신부 C.U

김신부 : 말하라. 니가 불리우는 이름이 무엇이냐!

C#54

최부제 C.U

최부제 : (라틴어) 말하라. 니가 불리우는 이름이 무엇이냐!

C#55

영신 M.S
Zoom In

악마 : Ecifircas. (에키피르카스)

C#56

김신부 C.U
최부제 노래를 멈춘다. 순간 감도는 정적.
무엇인가 주저하는 김신부. 악마를 바라본다.

C#57

악마를 꽉 끌어안고 있는 영신의 두 팔. C.U

C#58

힘든 영신의 얼굴 C.U

C#59

김신부의 눈 C.U

C#60 / 95-2 가톨릭대학병원 병실 안 (D/S)

영신 C.U
김신부의 머릿속에 스쳐 지나가는 영신의 해맑은 모습.

C#61

김신부의 눈 C.U

C#62

김신부 OS 최부제 B.S
최부제 주저하는 김신부를 바라본다.

C#63

김신부의 눈 C.U
Zoom Out

김신부 B.S
잠시 후 침착하게 언명하는 김신부.

김신부 : 성부. 성자. 성령의 이름으로 명한다.
거기서 나와라!

C#64

누런 눈동자가 사라지고 감기는 영신의 눈. C.U

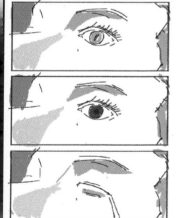

✝

천국의 모든 성인이여,
제 위에 내리소서

최준호는 소매로 머리에서 흐르는 피를 훔치며 걸었다. 아수라장이 된 상황을 틈 타 사고 현장에서 빠져나온 것은 기적이나 다름없었다. 그러나 시간은 점점 촉박해졌고, 머릿속에는 한강으로 가야 한다는 생각만 가득했다.

정차해 있는 택시를 발견한 최준호는 상처투성이가 된 팔을 들어 문을 열고 조용히 뒷좌석에 올라탔다. 인기척을 느낀 택시 기사가 손님을 확인하기 위해 백미러를 보았을 때 피를 흘리며 쓰러지듯 의자에 기대는 신부가 눈에 들어왔다. 택시 기사가 화들짝 놀라 뒤를 돌아보자 최준호가 숨을 몰아쉬며 말을 뱉었다.

"아저씨… 제일 가까운 한강 다리로 가주세요."

택시 기사는 한마디 말조차 힘겨워 보이는 신부를 보며 다급하게 말했다.

"아니, 신부님. 병원 먼저 가셔야죠."

최준호는 아무 대답도 하지 않았다. 아니, 돼지에서 흘러나오는 사악한 기운에 온전한 정신을 유지하는 것만으로도 충분히 버거운 일이었다. 택시 기사는 고통스러운 표정으로 무언가를 품에 안고 있는 신부를 보다가 차창 밖을 살폈다. 멀리 번쩍거리는 사이렌 불빛이 보였고, 인도를 따라 택시 가까이 모여드는 경찰들이 보였다. 신경을 곤두세운 경찰들이 주변을 두리번거리며 찾는 것은 바로 뒷좌석에 앉은 신부일 터였다.

"아저씨… 빨리요."

최준호가 상체를 숙여 창가로 자신이 보이지 않도록 자세를 바꾸며 말했다. 고민에 빠진 택시 기사의 눈에는 백미러에 걸어둔 묵주가 보였다. 매끄러운 묵주 알에 시선이 멈추었을 때 뒤에서 나지막한 목소리로 신음처럼 기도를 외우는 목소리가 들렸다.

"하나님의 영, 주님의 영, 성부와 성자와 성령의 지극히 거룩하신 삼위시여, 티 없으신 동정녀, 천사들과 대천사들, 천국의 모든 성인이여 제 위에 내리소서."

택시 기사는 기어를 움직여 액셀을 밟고 한강을 향해 달리기 시작했다. 택시가 속도를 높이며 내달리는 중에도 최준호는 기도를 멈추지 않았다.

한 시간이 가까워오자 검은 반점들은 최준호의 팔을 지나 목까지 타고 오르기 시작했다. 택시 기사는 초조한 얼굴로 앞에 막힌 차량들을 아슬아슬하게 추월해 나갔다. 밤공기를 가르며 차가 속도를 내기 시작할 즈음이었다. 최준호는 스펀지가 물을 빨아들이듯 자신의 정신이 돼지에게서 나온 기운에 휘감겨 흡수되고 있는 느낌이 들었다. 어두운 기운에 잠겨들수록 머릿속에는 두려운 생각이 점점 강해졌다.

시간을 넘겨 악령의 숙주가 될지도 모른다. 반점으로 가득해진 내 몸은 어둠의 새집이 될 수도 있다. 만약 내가 기억하고 있는 모든 것이 악령에 사로잡히고 내 육체는 사악한 기운의 꼭두각시가 된다면, 죽은 여동생을 위한 노력이 모두 물거품이 된다면 여동생의 영혼은 어디로 가게 되는 걸까. 깊은 곳에 가라앉아 있던 막연한 불안과 공포가 일제히 떠오르는 것 같았다. 최준호는 이어지는 생각에 피가 날 만큼 세게 입술을 깨물었다. 두려움이 짙은 안개처럼 머릿속에 퍼져 가고 있었다. 입으로 기도 소리를 내려고 했으나 고장 난 스피커처럼 목소리가 잘 나오지 않았다.

최준호는 가까스로 학교를 나오기 전에 기도를 올리던 성모 마리아상을 떠올렸다. 푸른 녹음과 코끝에 스치는 풀 냄새, 교황을 맞이하기 위해 연습하던 합창 소리에 담긴 경건한 기운.

한낮의 환한 햇볕과 하얀 빛으로 둘러싸인 듯 온화한 얼굴로 내려다보던 성모마리아상의 모습까지. 최준호는 깊은 구덩이 속에서 동아줄을 부여잡듯 그 기억을 생생하게 떠올리려 집중했다. 귓가를 바늘로 찌르듯 날아드는 돼지 울음소리가 흐려지고 다시 오후의 학교로 되돌아간 것처럼 생생한 기억으로 주변이 바뀌던 때였다.

끼익! 도로를 긁는 바퀴 소리가 요란하게 울리며 택시는 갑자기 샛길로 방향을 틀었다. 천에 싸인 돼지를 안은 채 한쪽으로 몸이 처박힌 최준호는 화들짝 놀라 눈을 떴다. 자신을 내려다보며 온화한 미소를 짓던 성모마리아상의 하얀 빛은 순식간에 사라지고 창가로 가로등 하나 없는 으슥한 길이 보였다. 갑자기 택시 기사가 한강과는 반대 방향으로 차를 돌린 것이었다. 최준호는 자세를 고쳐 앉으며 앞좌석 가까이 붙어 다급하게 외쳤다.

"기사님, 기사님!"

택시 기사는 아무 말도 들리지 않는 사람처럼 더 세게 페달을 눌러 밟았다. 엔진이 과열되는 소리가 들리며 최준호의 몸은 뒤로 밀려났다. 황급히 주변을 둘러보니 차 안은 어느새 돼지에서 흘러나온 탁한 기운으로 가득했다. 그것은 짙은 해무처럼 앞이 잘 보이지 않을 정도로 탁한 기운이었으며, 죽음의 냄새를 피우는 연기처럼 정신을 흐리고 있었다. 백미러에 비친 택시 기사의 얼굴은 돌처럼 굳어 있었고, 이를 악다문 것처럼 입가 근육이 일그러져 있었다.

최준호는 택시 기사의 어깨를 잡고 세차게 흔들었다. 수단이 내려오면서 나무껍질처럼 변한 자신의 검은 팔이 보였다. 여기 까지 와서 모든 것을 물거품으로 만들 수는 없었다. 악마에 사로잡힌 영신이 세상을 떠나기 전까지 어둠 속에서 홀로 사투를 벌이며 만들어낸 유일한 기회였다. 영신의 고결한 희생으로 얻어낸 다시없을 행운이기도 했다. 김 신부는 이를 위해 모든 것을 걸었다. 마지막 순간 이렇게 숙주가 되어 모든 것을 물거품으로 만든다면…. 최준호는 간절한 눈으로 백미러에서 흔들거리는 묵주를 바라보았다. 이제 자신을 내던질 차례였다. 다른 사람들의 헌신과 희생으로 이어진 기회에 자신이 마지막 바통을 이어받은 셈이었으니까.

최준호는 품에 안은 돼지를 천으로 세게 싸맸다. 그리고 아래에 내려두고 요동치는 돼지를 움직이지 못하게 발로 꾹 밟았다. 방향을 잃은 택시는 끝없이 달리고 있었다. 시간이 촉박해지면서 심장이 불안하게 뛰었다. 숨이 턱턱 막히는 순간 최준호는 앞으로 달려들어 택시 기사가 붙잡고 있는 핸들을 돌렸다. 그리고 숨을 몰아쉬듯 기도를 읊었다. 택시 기사는 귓가에 들리는 기도 소리에 괴로운 듯 얼굴이 급격하게 일그러졌다.

서로가 원하는 쪽으로 핸들을 움직이며 몸싸움을 하던 찰나,

택시 기사가 최준호의 명치를 불시에 팔로 가격했다. 컥, 하는 숨을 뱉으며 고꾸라지듯 허리를 굽힌 최준호는 고통스러운 신음을 냈다. 그러나 핸들을 붙잡은 손을 놓지 않고 다시 방향을 틀어 다른 길로 들어섰다. 도로를 달리는 택시는 중앙을 오가며 심하게 요동쳤다. 지나가는 행인이라도 있었다면 피할 길이 없는 일촉즉발의 상황이었다. 최준호가 핸들을 놓지 않고 기사를 문 쪽으로 밀어냈다. 그러자 택시 기사는 급작스럽게 브레이크를 밟았고, 고막을 찢을 듯한 소리와 함께 택시가 멈춰 섰다. 끼익! 최준호의 몸이 허공에 뜨면서 앞좌석으로 고꾸라졌다. 앞 창문에 머리를 박은 최준호는 두 손으로 얼굴을 감쌌다. 천에 싸인 돼지는 요동치며 몸부림쳤고 천이 벗겨지자 진흙으로 덮인 듯 검게 변한 모습이 드러났다. 붉게 번뜩이는 눈은 피처럼 붉었고 소름 끼치는 기운이 흘렀다.

도로 한복판에 멈춰 선 차 안은 고요한 주변과 달리 생사를 오가는 급박한 상황이 이어졌다. 최준호가 몸을 가누지 못하는 사이 택시 기사가 최준호의 목에 손을 뻗었다. 천이 벗겨진 돼지는 시간이 흐를수록 괴기한 울음을 울어댔다. 택시 기사는 공포에 질린 듯 동공이 확장되어 흰자위가 거의 보이지 않았다. 택시 기사는 미간을 찡그리고 괴로워하는 최준호의 목덜미를 움켜쥐었다. 두 손에 보통 사내와는 다른 힘이 전해졌다. 오랜 전쟁 속에서 죽음에 절망하는 젊은 병사의 것 같기도 했으며, 대량학살 속에 가족이 죽는 것을 지켜본 여자의 분노 같기도 했다. 차 안은 악마의 기운에 잠겨들었으며 그것은 모든 생명을 익사시킬 듯이 무자비하고 거대했다.

최준호는 목을 파고드는 엄청난 힘을 느꼈다. 피가 몰린 얼굴은 곧 터질 것 같은 풍선처럼 핏줄이 부풀어 올랐다. 온 힘을 다해 손을 떼어내려 했지만 아주 잠시뿐이었다. 택시 기사의 손에서 느껴지는 힘에 비하면 최준호의 저항은 작은 아이와 다를 바 없었다. 최준호는 가까스로 눈을 떠서 기사를 바라보았다. 기사는 험악하게 일그러진 얼굴로 최준호 가까이서 목을 조르고 있었지만, 눈빛 속에 갇혀 있는 표정이 있었다. 그것은 공포에 사로잡혀 의지를 잃고 두려워하는 얼굴이었다. 돼지의 두 눈은 이제 전구를 켠 것처럼 가득 들어찬 붉은 빛으로 발광하고 있었다.

최준호는 의식이 혼미해지면서 영신과 김 신부를 떠올렸다. 그들의 고결한 희생을 자신이 망쳤다는 죄책감에 심장을 옥죄었다.

"제발 정신 차리…."

최준호는 마지막 힘을 다해 애원했다. 그리고 성모마리아상을 떠올렸다.

'김 신부와 영신이 자신을 바쳐 여기까지 이루어낸 일입니다. 제발 마지막 힘을.'

최준호는 머리가 아득해지는 것을 느끼며 간절한 기도를 했다. 그러나 기억 속에서 환한 빛을 뿜어내며 미소를 짓던 성모 마리아상은 더 이상 웃고 있지 않았다. 얼굴은 점점 일그러지며 소리치는 영신의 얼굴처럼 변해갔으며, 붉은 피가 흐르며 검은 반점으로 뒤덮이는 환각이 일었다. 목이 조여들수록 최준호의 입안에 맺힌 숨이 기도로 넘어가지 못하고 허무하게 맴돌았다. 죽음에 가까워지는 순간이었다. 차가운 공기가 느껴지면서 멀리서 아득하게 누군가의 목소리가 들렸다.

"이보세요! 신부님!"

다급한 소리와 함께 최준호는 자신의 몸을 뒤흔드는 손길이 느껴졌다. 그리고 가까스로 터진 숨에 컥컥거리며 격렬하게 어깨를 들썩였다. 잠시 정신을 잃은 탓에 머리를 가로지르는 강렬한 통증이 일었다. 숨을 몰아쉬며 연거푸 호흡을 하고 나니 옆에서 택시 기사를 제지하고 있는 청년 둘이 보였다. 그들은 우연히 길을 지나다가 도로 한복판에 세워진 차를 발견하고 들여다본 모양이었다. 그리고 택시 기사가 신부의 목을 조르고 있는 것을 보고 말리고 있던 차였다.

　택시 기사는 두 청년이 손을 붙드는데도 최준호를 향해 맹목

적으로 손길을 뻗으며 몸부림쳤다. 두 청년은 땀을 뻘뻘 흘리며 안간힘을 쓰는데도 버거운 표정이었다. 최준호는 정신이 들자마자 발광하는 돼지를 다시 검은 천으로 뒤덮었다. 그리고 벌어진 틈이 없도록 돼지를 천에 싸고 묵주를 올려 기도를 읊었다. 그러자 차 안에 가득한 탁한 연기가 눈에 띄게 사그라졌다.

최준호는 성호를 그으며 터질 듯 뛰는 심장박동을 느꼈다. 더 이상 생각할 시간조차 남아 있지 않았다. 최준호는 주머니에 담아두었던 성수를 꺼내 택시 기사의 몸에 뿌렸다. 기사의 얼굴에 드리웠던 어두운 기운이 흩어지면서 문득 겁에 질린 표정으로 최준호를 바라보았다. 자신이 최준호의 목을 조른 것도 기억하지 못하는 듯한 얼굴이었다. 택시 기사는 몸을 덜덜 떨며 시선을 불안하게 움직였다. 최준호가 청년들을 바라보며 소리쳤다.

"한강으로 가야 합니다. 빨리!"

청년들은 긴박한 얼굴로 소리치는 최준호와 요동치는 검은 천을 번갈아 바라보았다. 그리고 얼떨떨한 얼굴로 몸을 움직이기 시작했다. 한 명은 기사를 길가로 끌어내려 상태를 살피고, 나머지 청년은 운전석에 앉아 액셀을 밟으며 핸들을 돌렸다.

택시는 다시 한강을 향해 내달리기 시작했다. 시간이 가까워지는 것을 느끼며 최준호는 기도를 읊었다. 그리고 아주 가느다란 빛줄기처럼 보이는 희망을 생각했다. 오로지 그것을 위해 최준호는 눈을 감고 자신의 모든 것을 바치는 기도를 계속했다.

운전석에 앉은 청년은 가장 가까운 한강을 향해 빠르게 택시를 몰았다. 최준호는 마지막 순간으로 향하는 극도의 긴장 속에 온몸이 떨리는 것을 느꼈다. 앞서가는 차들을 추월하며 위태로운 운전을 거듭하던 차가 고가 다리 위로 진입하자 창밖으로 한강이 눈에 들어왔다. 밤에 보는 한강은 흐르는 물이 아니라 거대한 어둠의 물컹한 덩어리처럼 꿈틀거렸다. 청년은 뒷좌석에서 흘러드는 기운에 등골이 서늘해지는 것을 느꼈다. 재빨리 갓길에 차를 세우고 뒤를 향해 소리치듯 말했다.

"도착했습니다. 신부님."

최준호는 눈을 뜨고 주변을 살폈다. 이제 여기서 악마가 들어 있는 돼지를 강 아래로 수장시키면 모든 일이 끝이었다. 손을 뻗어 문고리를 잡아 밀었다. 그러나 온 힘을 다해 문을 움직여도 덜컹거리며 요란한 소리만 낼 뿐 문은 꿈쩍도 하지 않았다. 그것을 본 청년이 의아한 얼굴로 운전석 옆에 있는 동작 버튼을 눌러 보았지만 소용이 없었다.

최준호는 문고리를 꽉 쥐고 다시 한 번 힘껏 밀어붙였다. 그러자 문이 벌컥 열리며 상체가 왈칵 밖으로 쏟아졌다. 그 상황을 지켜보고 있던 청년은 빠른 속도로 다가오는 차 한 대를 발견하고, 소리를 외칠 겨를도 없이 최준호의 옷을 잡아당겼다. 매서운 바람 소리를 내며 자동차가 아슬아슬한 차이로 최준호를 지나쳤다. 놀란 최준호는 심장이 쿵쾅거리며 땀이 주르륵 흘러내리는 것을 느꼈다.

안도의 숨을 내쉬는 청년과 최준호가 시선을 마주쳤다. 그 순간 청년의 시야에는 검게 변해 가는 최준호의 얼굴이 보였다. 아까 본 괴상한 돼지처럼 피부에 온통 검은 진흙이 말라붙은 것 같았다. 청년이 기겁한 얼굴로 말을 더듬거렸다.

"신부님… 얼굴이…!"

검은 반점이 최준호의 얼굴을 가득 메우고 있었다. 게다가 이미 검게 변해 버린 반쪽 얼굴은 불에 타 들어가는 것처럼 피부가 까맣게 일그러졌다. 최준호의 눈은 발광하는 돼지처럼 붉게 번뜩였고, 섬뜩한 기운이 서려 있었다.

"시간이 지나면 마지막 숙주는 구마사가 되는 거다."

최준호는 자신의 영혼을 파고드는 사악한 기운을 느끼며 김 신부의 경고를 떠올렸다. 시간이 다하면 돼지 안에 갇힌 악마는 다른 숙주를 찾아 이동하는데 그 숙주는 바로 구마사가 될 거라는 말이었다. 최준호는 자신의 의지에 반하려는 몸을 억지로 움직여 택시에서 가까스로 빠져나왔다. 그리고 바로 앞에 보이는 난간에 쓰러지듯 몸을 기대어 섰다.

한강이 보이는 다리 위에 서자 돼지가 최후의 발악을 하듯 몸부림치며 거친 소리로 울부짖었다. 최준호는 어두운 기운에 자신의 영혼이 완전히 젖어드는 것을 느꼈다. 목을 옮아매는 강력한 힘이 느껴졌을 때 최준호는 마지막 힘을 다해 다리 밖으로 돼지를 던지려고 팔을 뻗었다. 그러나 몸은 쇠사슬에 묶인 것처럼 덜컹거릴 뿐 단단하게 굳어버린 채 움직이지 않았다.

최준호는 자신이 악마의 숙주가 되고 있다는 것을 깨달았다. 거칠게 내쉬는 숨 속에 부패한 시체 냄새가 섞여 나오기 시작했고, 세상은 죽음과 공포로 이루어진 잿빛으로 보였다. 몸속 깊은 곳에서부터 분노가 끓어오르며 생명을 파괴하고 싶은 충동에 사로잡혔다. 품에서 좀처럼 떨어지지 않는 돼지 너머로 한강을 내려다보았다. 출렁거리는 물결 위에 건물에서 반사된 빛들이 떠다녔다. 그러나 둥근 빛들을 보며 인식할 수 있는 시간조차 사라지고 있었다.

최준호는 결심을 내린 듯 비장한 얼굴로 눈을 감았다. 머릿속에는 기숙사를 나오기 전에 본 마태 8장이 떠올랐다. 인간의 몸에서 쫓겨난 마귀들이 예수님께 청하였다. 저희를 쫓아내시려거든 저 돼지 떼 속으로 들여보내 주십시오. 예수님께서 가라고 하자 마귀들이 돼지들 속으로 들어갔다. 그러자 돼지 떼가 모두 비탈을 내리달려 곧장 물속으로 뛰어들어 빠져 죽었다. 최준호는 마귀가 깃든 한 마리의 돼지가 되어도 좋다고 생각했다. 비탈길을 내달려 한 치의 망설임도 없이 물속으로 뛰어들리라. 몸을 지탱하는 마지막 힘을 끌어모아 마지막 의지를 수행하겠다는 결심이었다. 최준호는 울부짖으며 난간 밖으로

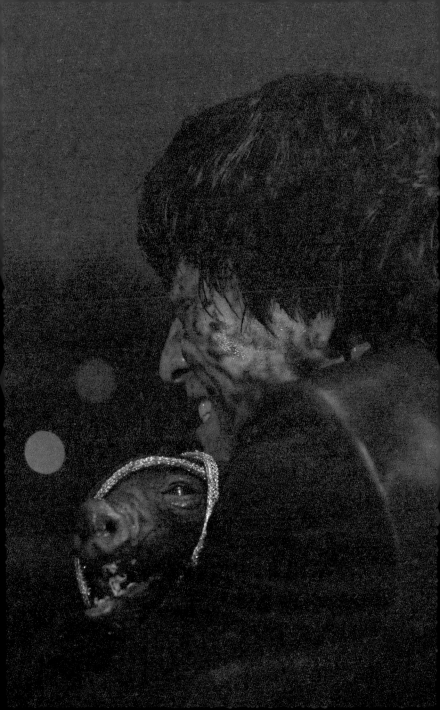

몸을 날렸다. 입에서 짐승 같은 기괴한 소리만 흘러나와 말을 제대로 할 수는 없었지만, 마지막으로 외우는 것은 자신을 바치는 기도였다.

'저는 비록 죄가 많사오나 주님께 받은 몸과 마음을 오롯이 도로 바쳐 찬미와 봉사의 제물로 드리오니 어여삐 여기시어 받아주소서. 아멘!'

허공에서 검은 수단을 펄럭이며 어둠 속으로 추락한 최준호의 모습은 순식간에 사라졌다. 풍덩 소리를 내며 강물이 튀어 올랐지만 그뿐이었다. 한강은 다시 고요하게 흘러가기 시작했고, 아무도 그 모습을 보지 못했다.

수면 아래로 잠겨든 최준호는 붉게 번뜩이는 두 눈을 감았다. 차가운 물이 온몸을 휘감으며 수단이 젖어들었다. 온몸에서 피가 빠져나가는 것처럼 힘이 풀렸고 나른한 잠에 빠져들 듯 의식이 희미해졌다. 미친 듯이 요동치던 검은 돼지도 강 아래로 잠겨들면서 서서히 움직임을 멈추었다.

마치 꿈을 꾸는 것처럼 눈앞에 기억들이 지나갔다. 김 신부와 구마 예식을 치르던 순간부터 시간을 거슬러 올라가듯 기억은 과거로 나아갔다.

"짐승한테 죽으면 죽어서도 연옥을 떠돈다지."

김 신부의 무거운 목소리가 들려왔다. 그리고 들려오는 뉴스

보도와 뜨거운 기름 판 위에서 지글대던 기름 소리가 섞여 들었다. 최준호가 커다란 돌덩이처럼 미동 없이 강바닥에 가라앉았을 때는 주변으로 기억 속의 교실이 펼쳐졌다.

"동생을 미친개한테 죽게 만들었다며?"

친구들이 경멸 어린 시선으로 바라보며 손가락질했다. 여러 명의 무리들 사이에서 겁쟁이라는 소리가 기습하듯 튀어나왔고 낄낄거리는 웃음소리가 이어졌다. 최준호는 귀를 틀어막으며 고개를 숙였다. 상처투성이의 맨발이 눈에 들어왔다. 들려오는 목소리는 하나에서 점점 여러 명이 되어갔다. 최준호는 견딜 수 없어 무작정 도망쳤다. 뒤에서 노골적으로 비웃는 소리가 입을 벌리듯 커져서 최준호를 삼킬 듯 따라붙었다. 숨이 턱까지 차오르도록 달린 최준호가 바닥에 주저앉아 가쁜 숨을 몰아쉬었다. 그때 누군가 거칠게 어깨를 흔들며 비명처럼 소리를 질렀다.

"대체 왜 거길 간 거니!"

최준호가 고개를 들자 어머니가 무너지듯 표정을 일그러뜨리며 오열하기 시작했다. 뒤늦게 손으로 입을 틀어막았지만 소용없었다. 손가락 틈새로 흘러나오는 울음은 심장을 죄는 것처럼 아프고 고통스러웠다. 어머니의 마른 어깨가 격렬하게 흔들리며 긴 울음이 이어졌다.

최준호는 미안해서 눈물조차 흘릴 수 없었다. 모든 것을 되돌리고만 싶었다. 그 순간으로 돌아가 동생을 밀어내고 대신 죽을 수만 있다면⋯. 최준호는 두 손으로 바닥을 짚은 채 고개를 숙이고 흐느끼는 어머니를 보고 있기가 괴로웠다. 방으로 뛰어 들어가 문을 닫아걸고 책상 밑으로 기어들었다. 불도 켜지 않은 어두운 방에 무릎을 굽히고 웅크리고 앉았다. 수백 번 수천 번 후회해도 어느 것 하나 되돌릴 수 없었다. 무릎 사이에 고개를 묻은 몰아치는 절망감에 숨조차 쉬기 어려웠다.

컹! 컹! 그때 아주 가까운 곳에서 사나운 개의 울음소리가 들려왔다. 화들짝 놀란 최준호가 고개를 들자 무성한 잡초로 둘러싸인 폐가가 보였다. 그리고 그 앞에서 쇠사슬에 묶인 검은 개가 팽팽하게 줄을 당기며 최준호를 향해 격렬하게 짖어댔다.

"어떡해⋯ 오빠."

소리가 난 쪽으로 고개를 들자 여동생이 몸이 굳은 채 서서 울먹거리고 있었다. 최준호는 빨리 도망쳐야 한다는 생각이 번쩍 일었다. 자리에서 일어나 여동생의 손을 잡고 뒤돌아가려는 찰나였다. 사슬이 끊어지는 소리와 함께 격렬한 포효가 울렸다. 순식간에 날아오른 검은 개가 여동생을 향해 이빨을 드러냈다. 그리고 피할 새도 없이 여동생의 팔에 날카로운 이빨을 박아 넣었다. 붉은 피가 개의 입을 타고 뚝뚝 흘러내렸다. 최준호는 심장이 입 밖으로 튀어나올 것처럼 뛰었다. 여동생을 잡아끌고 싶었지만 의지대로 몸이 움직이지 않았다. 여동생이 바닥에 쓰러진 채 비명을 질렀다.

최준호의 귀에는 이명이 일었다. 비명과 그르렁거리는 짐승의 소리는 어떤 벽을 통과해오는 것처럼 멀어졌고 오직 자신의 거친 숨소리만 귓가에 가득했다. 입으로 숨을 내쉴 때마다 공기의 떨림까지 느껴질 정도였다. 최준호는 저도 모르게 뒷걸음질을 치다가 바닥에 주저앉았다. 그리고 눈앞에 벌어진 끔찍한 광경을 바라보았다. 문득 넘어진 자리 근처에 놓인 돌덩이가 보였다. 최준호는 주먹으로 제 뺨을 쳤다. 정신을 차려야 했다. 손으로 땅을 더듬어 돌덩이를 집어 들었다. 어린 최준호는 한 손으로 들기에는 크고 무거운 돌이었다. 눈가에 힘을 주고 검은 개를 향해 달려들었다. 그리고 여동생을 물고 있는 개의 얼굴을 돌로 가격하기 시작했다. 공격당할 때마다 개는 사나운 울음을 내지르며 몸을 떨었다. 그러나 날카로운 이빨을 빼지는 않았다.

최준호가 온 힘을 다해 힘껏 두어 번 더 돌을 내리쳤다. 그러자 그제야 여동생을 놓은 개가 최준호를 사납게 노려보며 그르렁거렸다. 돌에 찍힌 부위는 살이 찢기고 피가 흐르고 있었다. 검은 개는 뒷발을 움직이며 최준호를 향해 방향을 틀었다.

바닥에 쓰러져 있는 여동생이 신음하는 소리가 들렸다. 최준호는 돌을 쥔 손에 힘을 주었으나 온몸이 덜덜 떨려 제대로 서 있기도 힘들었다. 그리고 자세를 잡는 찰나 손에서 돌이 툭 떨어졌다. 무방비로 개 앞에 선 순간이었다. 어린 최준호는 완전히 공포에 물들어 있었다.

"오빠… 도망가…."

여동생이 가까스로 뱉은 희미한 말이 들렸다. 그 순간 검은 개의 노란 눈이 번뜩였다. 개는 붉은 잇몸을 드러내고 여동생을 향해 다시 달려들었다. 최준호는 눈을 질끈 감고 여동생 위로 몸을 덮었다. 검은 개의 이빨이 다리에 박히는 게 느껴졌다. 칼로 베어내듯 순식간에 살이 찢겨나갔다. 최준호는 여동생을 감싸고 움직이지 않았다. 컹! 컹! 소름 끼치는 울음이 허공을 갈랐다. 그리고 다시 덮쳐올 극한 고통을 기다리며 여동생의 팔을 부여잡았다.

최준호는 덮쳐오는 찬물에 온몸이 휘감기며 숨이 턱 막혔다. 그 순간 화들짝 놀란 것처럼 눈을 번쩍 떴다. 한강 바닥까지 완전히 잠겨들었을 때 불현듯 의식이 돌아온 것이다. 최준호는 두 손을 들어 살폈다. 나무껍질처럼 검게 변한 거친 살갗은 그대로였다. 그리고 문득 어두운 저편에서 온몸이 사슬에 묶인 것처럼 몸부림치며 빠르게 다가오는 검은 덩어리를 발견했다. 그것은 사람이 아니었고 함께 가라앉은 돼지도 아니었다. 돼지에 깃들어 있던 악마의 형상이 강물 속에서 익사하듯 소멸해가고 있었다. 그것은 선명한 형태를 지닌 것이 아니어서 오히려 연기나 먹구름처럼 보였다. 그것이 점점 가까이 다가오자 최준호는 위험 경보를 보내는 것처럼 온 신경에 불이 켜지는 듯한 착각이 일었다.

최준호는 바닥에 힘껏 발을 구르고 위를 향해 솟구쳤다. 물살을 가르며 팔을 휘저었다. 그 순간이었다. 발이 어딘가 묶여 철컹거리는 느낌이 들었다. 고개를 내려다보니 밧줄처럼 발목을 감고 있는 형상이 보였다. 최준호가 다급하게 발을 굴렀지만 물살만 흔들릴 뿐 몸은 좀처럼 위로 나아가지 못했다. 오히려 사슬에 묶인 개처럼 다시 아래로 잠겨들었다. 최준호는 목이 막혀와 숨을 컥 뱉었다. 공기가 돌지 못하자 정신이 아득해지며 전원을 내린 기계처럼 몸은 서서히 기능을 정지하고 있었다. 울컥 입에서 공기 방울이 터져 나왔다. 실타래처럼 풀어진 몸이 아래로 다시 가라앉는 순간이었다. 그때 귓가에 대고 외치는 듯한 선명한 목소리가 들렸다.

"오빠 도망쳐!"

서서히 눈을 감는 순간 번쩍하고 빛이 일었다. 그리고 최준호는 자신을 끌어당기는 따뜻하고 부드러운 손길을 느꼈다. 수면을 향해 오르며 갈라지는 물살이 느껴졌고 손길이 이끄는 대로 나아가자 최준호의 몸이 마침내 수면 위에 다다랐다. 건물 불빛이 일렁이는 수면 위로 고개를 내미는 찰나 반쯤 감긴 눈으로 바라본 것은 여동생의 환한 얼굴이었다. 성모마리아의 미소처럼, 한낮의 마른 볕처럼, 자신을 따뜻하게 감싸주는 미소였다. 최준호는 자신이 죽음의 경계를 넘어 여동생을 만난 거라는 생각이 들었다. 드디어 만나는구나. 정말 미안해. 뜨거운 눈물이 울컥 솟구쳤다.

젖은 얼굴 위로 차가운 바람이 스쳤다. 컥컥, 물을 토해내는 격렬한 기침과 함께 숨을 들이마신 최준호는 귓가로 쏟아지는 도시의 소음을 느꼈다. 마지막 순간이라고 생각했는데, 죽음을 지나 여동생을 만나 용서를 구하는 순간이었는데, 살아남은 것이다.

최준호는 물살을 저어 둔덕으로 나왔다. 강을 빠져나오자 흠뻑 젖은 수단이 끌리며 소리를 냈다. 최준호는 바닥에 털썩 주저앉아 검은 강을 바라보았다. 한강에 수장된 채 익사하는 생물처럼 고통스러운 몸부림으로 사라지던 악마의 형상을 떠올렸다. 이제 영신의 몸에서 꺼낸 형상은 완전히 소멸된 것이다. 눈물이 울컥 터졌다. 자신을 바친 희생으로 새로운 생의 기회를 준 것은 바로 여동생이었다. 최준호는 자책과 후회의 눈물이 뒤섞인 복잡한 감정으로 아이처럼 어깨를 들썩이며 오래도록 울었다.

밤하늘엔 여전히 둥근 달이 빛을 발하고 있었고, 한강은 잔잔한 물결을 이루며 흘러갔다. 최준호는 고개를 들어 눈앞을

바라보았다. 세상의 모든 풍경이 이전과 달라 보였다. 최준호는 마치 강 속에서 새로 태어난 사람처럼 몸 안에 맑은 기운이 감도는 것을 느꼈다. 강물에 일렁이는 빛조차 달라져 있었다. 거대한 어둠의 흐름 속에서 사투를 벌이는 몇 개의 빛들. 그것들은 섬광처럼 빛의 순간을 이루고 있었지만, 한편으로 오직 어둠의 물결에만 반사되어 존재하고 있었다.

최준호는 숨을 크게 몰아쉬었다. 새로운 공기가 몸 안에 돌며 머리가 선명해졌다. 다리 위에서 몸을 던져 죽음 속으로 뛰어든 이후 죄의식에 사로잡혀 앞으로 나아가지 못하던 자신은 강바닥 속으로 영원히 가라앉았다. 최준호는 이제 어둠의 거대한 물결 속에서 빛의 뜻을 받들어 갈 것을 각오하며 눈가에 힘을 주었다. 얼굴에는 비장하고 단호한 기운이 감돌았다. 예전과는 다른 기운을 뿜어내며 진정한 부제로 거듭나는 순간이었다.

자리에서 일어난 최 부제는 허리를 깊숙이 숙이고 잠시 숨을 골랐다. 고요한 물소리와 함께 숨소리가 천천히 흘러들었다. 그리고 다리 위를 향해 저벅저벅 걸음을 옮겼다.

계단 위를 오르자 빠른 속도로 지나는 차들이 보였고 멀리 줄지어 이어진 건물들이 보였다. 아무 일도 없는 듯 고요해 보이는 이 도시에서 최 부제는 이제 자신이 무엇을 보게 되었는지 깨달았다. 세계 이면의 그림자를 보게 되었고 그 안으로 발을 들여놓았다. 최 부제의 눈에는 형상과 맞서는 동안 깃든 범의 기운이 선명하게 비쳐 들었다.

최 부제는 죽음을 각오하고 강 속으로 몸을 던진 자리로 걸어갔다. 그곳에는 둥근 알마다 장미 문양이 새겨진 붉은 묵주가 바닥에 떨어져 있었다. 최 부제는 그것을 바라보다가 천천히 손을 뻗어 집어 들고선 손에 휘감았다. 그리고 한강 아래 잠긴 어둠을 뒤로하고, 달빛이 쏟아지는 다리를 걷기 시작했다. 새로운 시작을 예감하며 앞으로 나아가는 최 부제의 눈빛은 타오르는 촛불처럼 빛나고 있었다.

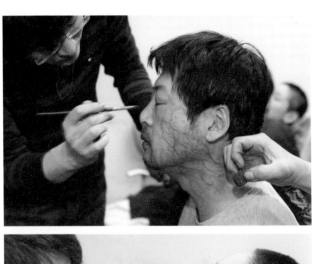

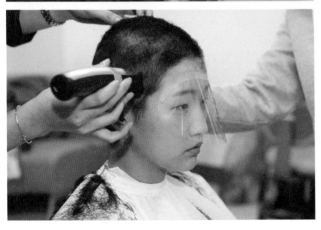

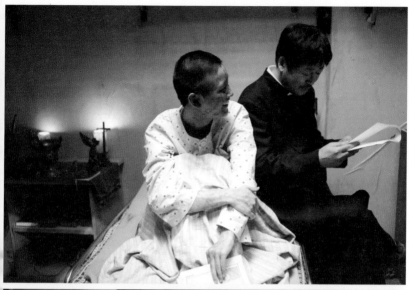

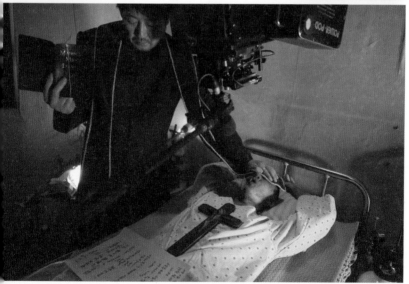

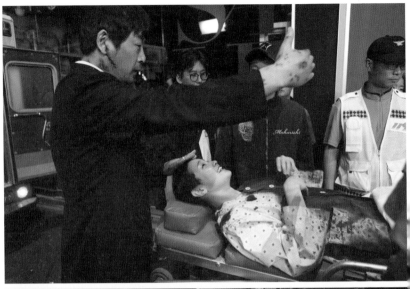

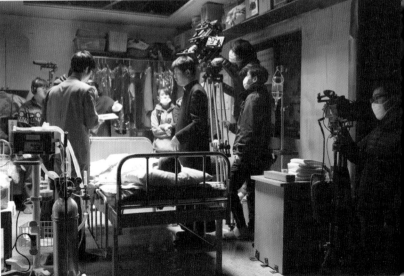

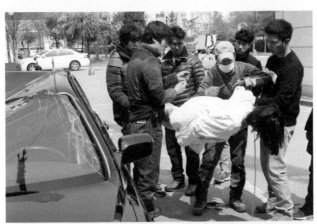

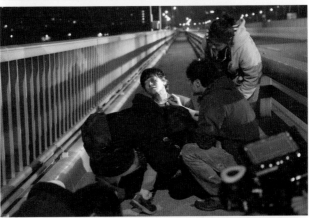

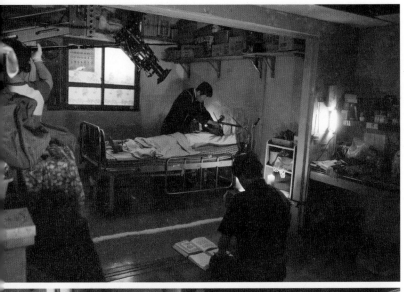

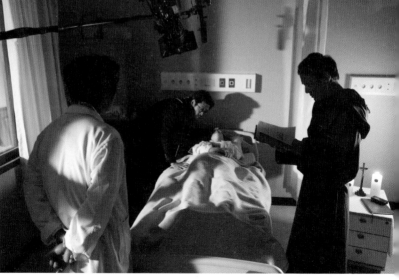

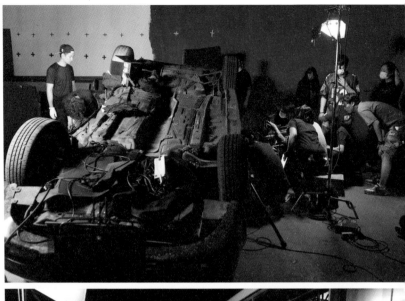

원작 장재현

2014년 제15회 전주국제영화제 한국단편경쟁부문 감독상, 제9회 파리 한국
영화제 숏컷 섹션 최우수 단편상, 2015년 제13회 미쟝센단편영화제 절대악몽
부문 최우수작품상을 수상하며 국내외 평단과 관객의 극찬을 받았던 장재현
감독. 그가 직접 각본과 연출에 나선 장편 데뷔작 〈검은 사제들〉은 소녀를 구
하기 위해 미스터리한 사건에 맞서는 두 신부의 이야기를 그린 작품으로, 기존
한국영화에서 볼 수 없었던 신선한 소재와 장르적 시도를 통해 독창적인 재미,
새로운 스타일의 영화를 예고한다.

소설 원보람

대전에서 태어났다.
대전일보 신춘문예에 시 「악어떼」가 당선되었다.(2018)
영화소설 『검은 사제들』, 『글로리데이』, 『형』, 『안시성』
드라마소설 『손 더 게스트』를 출간했다.

검은 사제들 - 확장판

발　　행　2021년 10월 22일

발행인　김성룡
편　　집　박소영
교　　정　김은희
디자인　김민정

펴낸곳　도서출판 가연
주　　소　서울시 마포구 월드컵북로 4길 77, 3층 (동교동, ANT 빌딩)
문　　의　02-858-2217
팩　　스　02-858-2219